O FUNDAMENTO
DA MORAL

O FUNDAMENTO DA MORAL

Marcel Conche

Tradução
MARINA APPENZELLER

Revisão da tradução
MÁRCIA VALÉRIA MARTINEZ DE AGUIAR

Martins Fontes
São Paulo 2006

Esta obra foi publicada originalmente em francês com o título
LE FONDEMENT DE LA MORALE por Presses Universitaires de France, Paris.
Copyright © Presses Universitaires de France.
Copyright © 2006, Livraria Martins Fontes Editora Ltda.,
São Paulo, para a presente edição.

1ª edição 2006

Tradução
MARINA APPENZELLER

Revisão da tradução
Márcia Valéria Martinez de Aguiar
Acompanhamento editorial
Luzia Aparecida dos Santos
Revisões gráficas
Sandra Garcia Cortes
Célia Regina Camargo
Dinarte Zorzanelli da Silva
Produção gráfica
Geraldo Alves
Paginação/Fotolitos
Studio 3 Desenvolvimento Editorial

Dados Internacionais de Catalogação na Publicação (CIP)
(Câmara Brasileira do Livro, SP, Brasil)

Conche, Marcel
   O fundamento da moral / Marcel Conche ; tradução Marina Appenzeller ; revisão da tradução Márcia Valéria Martinez de Aguiar. – São Paulo : Martins Fontes, 2006. – (Coleção justiça e direito)

   Título original: Le fondement de la morale.
   Bibliografia.
   ISBN 85-336-2311-9

   1. Direito e ética 2. Ética social I. Título. II. Série.

06-5299   CDU-340.12

Índices para catálogo sistemático:
1. Direito : Ética   340.12

Todos os direitos desta edição para o Brasil reservados à
Livraria Martins Fontes Editora Ltda.
Rua Conselheiro Ramalho, 330 01325-000 São Paulo SP Brasil
Tel. (11) 3241.3677 Fax (11) 3101.1042
e-mail: info@martinsfontes.com.br http://www.martinsfontes.com.br

ÍNDICE

Prefácio da segunda edição IX
Introdução 1

I. Escutar, responder, interrogar 41
II. Dizer a verdade 43
III. Verdade e liberdade 45
IV. A igualdade de todos os homens 49
V. A idéia de igualdade entre todos os homens na época da decadência da Grécia 54
VI. Igualdade essencial e desigualdades acidentais 59
VII. A dignidade humana e o direito de revolta ... 63
VIII. O dever de substituição 69
IX. Discurso moral e discurso político 71
X. Discurso moral e discurso de sabedoria 80
XI. Respostas a algumas objeções 86
XII. Primeira observação sobre a pena de morte . 92
XIII. A consciência jurídica 94
XIV. O direito à palavra 96
XV. O dever de liberdade 104
XVI. Liberdade de palavra e igualdade 107
XVII. O direito de querer viver e o direito aos meios de subsistência 117
XVIII. Discurso moral e culpa 122
XIX. O exercício do direito de punir 124

XX. O dom da vida	126
XXI. Esclarecimento sobre a igualdade dos direitos	128
XXII. O direito à qualidade de vida e seus limites	130
XXIII. Sociedade igualitária e aristocracia natural	133
XXIV. O direito de morrer voluntariamente	138
XXV. A sabedoria de morrer	149
XXVI. A natureza e o direito	155
XXVII. A noção de cultura	160
XXVIII. O direito à cultura e às luzes	169
XXIX. A pena de morte	181
XXX. A suspensão do direito de punir com a morte	189
XXXI. O direito de não ser julgado	190
Conclusão	195
Índice de assuntos	203
Índice de nomes	215

Para Michèle e Jean Jouppe

PREFÁCIO DA SEGUNDA EDIÇÃO

Se eu fundamentar minha moral em minha religião, vocês contestarão minha religião em nome de uma outra religião ou da irreligião (se forem agnósticos ou ateus), e minha moral não passará de uma moral como as outras, de uma moral entre outras, uma moral *particular*. Só poderei dizer: esta é minha moral, vocês têm a sua, e eu a minha. Se eu fundamentar minha moral em minha filosofia, vocês contestarão minha filosofia em nome de uma outra filosofia ou da não-filosofia, e minha moral não passará de uma moral entre outras, sem nenhum direito de se impor. Se vocês contestarem a necessidade de fundamentar a moral, porque todos já dispõem de uma, acreditarei decerto que minha moral é a melhor, mas vocês acharão o mesmo da moral de vocês. Todas as morais terão igual direito de julgar o que é bom e o que não é. Então os assassinos de Buchenwald, Dachau, Auschwitz, etc. estarão com a faca e o queijo na mão. Terem sido vencidos por uma força superior, mas da qual não será possível dizer que estava, mais do que qualquer outra, a serviço da verdade moral, terem sido vencidos, repito, será seu único erro.

Caso contrário, deve-se, em primeiro lugar, fundamentar a moral; em seguida, deve-se fundamentá-la não no particular – e uma religião ou uma filosofia sempre são particulares, porque existem outras –, mas no universal. O universal é o que deixa de lado todas as particularidades.

Deixar de lado o que nos separa ou nos distingue é o que é feito no diálogo, quando se escuta. Eu falo, você escuta; você fala, eu escuto. Operamos ambos a redução dialógica, colocando de lado nossas crenças, nossas opiniões, nossas tradições, nossas particularidades de todos os tipos para estarmos exclusivamente atentos ao verdadeiro e ao falso. Realizamos o universal vivo por nossa operação recíproca. O que acontece então? Cada qual pressupõe que o outro pode apreender a verdade que é a sua verdade, mesmo que para cada um deles esta seja apenas a do outro. Ou: cada qual, simplesmente para poder dirigir-se ao outro, falar-lhe, pressupõe o outro como capaz de verdade. Por esse motivo, cada qual pressupõe o outro como seu igual. A partir do momento em que os desiguais dos regimes baseados em privilégios se dirigissem um ao outro de uma maneira que não fosse para julgar, louvar ou criticar, ou comandar sem réplica, colocariam em perigo, pelo simples fato de serem dois seres humanos falando um com o outro apenas para dizer o verdadeiro e o falso, o próprio sistema que os estabelecia como desiguais. É por esse motivo que privilegiados e não privilegiados não dialogavam e muitas vezes não se falavam. Ora, dessa igualdade de todos os homens, implicada no simples fato de se poder travar uma conversa de fato, extrai-se toda a moral – aquela que, diferentemente das morais coletivas particulares, é a mesma para todos e contém todos os direitos e deveres universais do homem. A moral baseia-se não nesta ou naquela crença, religião ou sistema, mas neste absoluto que é a relação do homem com o homem no diálogo.

... A moral, não a ética. A "ética" de Espinosa supõe o sistema desse filósofo. É portanto uma ética particular, pois somos espinosistas ou não. O mesmo ocorre com a ética nietzschiana do super-homem, ou com a ética epicurista, ou com a estóica, ou com qualquer outra. A ética é a doutrina da sabedoria – mas, a cada vez, de *uma* sabedoria; e a sabedoria é a arte de viver a melhor vida possível. Como viver? Nosso juízo a esse respeito será este ou aquele conforme, por exemplo, concebamos a morte como um ponto final ou uma passagem. Acontece a mesma coisa com as filosofias e as religiões: elas são necessariamente múltiplas, e ninguém pode demonstrar a inexatidão das concepções que não partilha. Kant escreveu *Prolegômenos a toda metafísica futura que queira apresentar-se como ciência*, em que deu uma bela prova de cegueira metafísica. Pois a metafísica, a não ser que renuncie a si mesma, como acontece em Kant (pois o que ele ainda chama de "metafísica" não é mais nada que mereça esse nome), não pode, por princípio, tornar-se uma ciência, mesmo que pelo simples motivo de que jamais se *saberá* o que quer dizer morrer. Eu disse em outra parte, principalmente em *Orientation philosophique**, que sabedoria desejava para mim. Chamei-a de "trágica". Ela baseia-se na meditação sobre a vida como vida mortal – vida vivida sob o horizonte da morte, da não-vida. De resto, o trágico não reside na significação da morte como nada, pois não há tragédia no aniquilamento do que nada vale, mas no *valor* de uma vida no entanto mortal, e a "sabedoria trágica" é um voluntarismo, uma vontade de dar o maior valor possível àquilo de que, contudo, o Tempo onipotente nada deixará subsistir a longo prazo.

Criticou-se a filosofia de Heidegger por não conseguir fornecer nenhuma diretriz moral. Se nós mesmos, porém, não estivermos em condições de fundamentar uma moral universal, se permanecermos em uma moral de opinião – a nossa –, a ser confrontada com outras morais de opinião igualmente não fundamentadas, estaremos no mesmo ponto que ele: no niilismo moral; e um consenso qualquer sobre os "direitos do homem" nada muda com relação a isso. Quanto à ética, se a filosofia de Heidegger não propôs uma nova visão da vida, como explicar que tenha "repercutido profundamente no coração da juventude alemã"?[1] Um alu-

---

* Trad. bras., *Orientação filosófica*, São Paulo, Martins Fontes.

1. H. Thielemans, "Existence tragique: la métaphysique du nazisme", p. 561. In: *Nouvelle revue théologique*, n.º 6, junho de 1936, pp. 561-79.

no de Heidegger responde: "Saímos da filosofia de Heidegger como saímos de um mito germânico, ou seja, regenerados. Pois dela saímos não com boa ou má consciência; não com o arrependimento pelos nossos pecados ou com o sentimento de nossos pecados; não satisfeitos conosco ou com o bom propósito de corrigir-nos; mas com a nítida consciência de nosso ser humano como uma existência desprezada e abatida, regida pela fatalidade. A essa certeza de um destino inevitável, a esse saber claro de nossa eliminação final, opomos uma decisão corajosa de consagrar mesmo assim à tarefa que nos cabe todo nosso talento e energia; e isso nos dá o sentimento de uma verdadeira grandeza, isso nos torna capazes de uma atitude na qual o homem decerto perece, mas perece como herói."[2] Resta, é claro, *nós mesmos* determinarmos a "tarefa que nos cabe". A esse respeito, Heidegger em nada o ajudava. O aluno estava decidido sem saber com relação a quê. O Führer sabia por ele. Ética sim, mas formal, o conteúdo vindo de fora, o que coloca o homem no caminho da dependência total e não, como as éticas gregas, ou a ética de Espinosa, no caminho da independência. Uma juventude decidida sem saber com relação a quê: a juventude sonhada por um ditador sem nenhum escrúpulo; com Heidegger, Hitler dispunha do metafísico que lhe era necessário. Na "certeza de um destino inevitável", com o "saber claro de nossa eliminação final", consagrar-se à "tarefa que nos cabe"; nossa "sabedoria trágica" também quer isso. Mas essa tarefa é, para cada um, ser ele mesmo a partir de si e realizar-se não servindo a metas fixadas por outros, mesmo que sejam dirigentes de povos, mas vivendo uma vida e realizando uma obra parecida consigo.

No entanto, não se trata essencialmente de ética neste livro, mas de moral, e não desta ou daquela das inúmeras morais coletivas – que se abandona à curiosidade dos

---

2. H. Naumann, *Germanischer Schicksalsglaube*, Iena, 1934, p. 82; citado por Thielemans, *ibid.*, pp. 561-2.

etnólogos, sociólogos, historiadores, etc. –, mas da moral exclusiva e universal, a única fundamentada no direito e a única que permite fazer um juízo fundamentado sobre o valor relativo das outras. Pois as morais coletivas – ou individuais – *são válidas* na medida em que estão de acordo com a moral dos direitos e dos deveres universais do homem. As morais não são equivalentes. As morais coletivas modernas reconhecem em geral os direitos da pessoa, o que a moral dos tempos bárbaros não reconhecia. Uma moral que aceita a exploração do trabalho infantil – e ela o aceita se não o denuncia – não é melhor que uma moral dos tempos bárbaros. É, de direito, uma moral inferior; e dizer isso é verdadeiro com base em uma verdade objetiva, totalmente independente das opiniões de cada um. Não seria possível falar de um "progresso moral" caso não se dispusesse de um critério para julgá-lo. A moral universal fornece esse critério. Sem ela, as morais e portanto as culturas poderiam ser ditas equivalentes, enquanto uma cultura civilizada e civilizadora, que reconhece os direitos do indivíduo e especialmente os direitos da mulher e da criança (mesmo que ainda não tenha nascido), é, por isso mesmo, superior (moralmente) a uma cultura bárbara ou não civilizada. Houve uma cultura nazista (pois esse regime teve seus modelos de comportamento, seus costumes, suas instituições, suas obras, seus artistas, etc.), mas, evidentemente, *inferior*, apesar do que disso pensam os niilistas. A cultura greco-cristã é superior a qualquer outra, porque foi no solo greco-cristão que se reconheceram e afirmaram pela primeira vez a igualdade de direito de todos os homens e os direitos universais do homem. Exatamente por esse ponto é também a cultura mais civilizadora, o que significa que tem o direito de "exportar" seus ideais. Aos Estados que respeitam em seu território os direitos do indivíduo, que realizam da melhor maneira possível um ideal de universalidade, cabe garantir o respeito pelos direitos do indivíduo em todos os outros lugares e afirmar esses direitos sem medo de intervir, caso haja necessidade, nos problemas internos dos outros Estados. Principalmente a França da Revolução teria, sob esse ponto de vista e na medida em que fosse totalmente fiel aos ideais da Revolução, um direito de controlar as questões do mundo[3].

---

3. André Comte-Sponville levantou várias objeções às minhas afirmações. 1º Neste ponto fiel a Althusser (cf. minha *Orientation philosophique*, PUF, 1990, p. 92, n. 39), ele rejeita a noção de fundamento... sem, é claro, *fundamentar* essa rejeição. Com isso é obrigado a dizer que, se não quer o fascismo, é simplesmente porque não o quer: "O fascismo, o racismo..., eles me enojam, e se luto contra eles não é porque uma 'verdade' os condena objetivamente [...], mas, simplesmente, porque não os *quero*" (*Une éducation philosophique*, PUF, 1989, p. 140). Que bom que nesse caso, por sorte, ele escolheu bem. Naturalmente, concordo plenamente com Comte-Sponville com que "a moral não pode ser fundamentada cientificamente" (*ibid.*, n. 33). Daí nunca ter pensado nisso. O fundamento da moral não é mais científico do que religioso ou filosófico. Nenhuma ciência, religião ou filosofia é pressuposta, mas somente que um homem fale a um outro homem, no caso, que falando de moral eu não fale sozinho: dirija-me a alguém. 2º A. Comte-Sponville faz com que intervenham, nessas objeções, considerações como as seguintes: "se o silêncio é o fundo das coisas e da vida [...], será que um fundamento *dialético* é realmente um fundamento?" (*op. cit.*, p. 318). Mas conviria deixar de lado tudo o que procede das diversas filosofias destes ou daqueles: não se chegará ao que nos une ou deve nos unir a partir do que nos separa. Em particular, neste livro a moral universal encontra-se fundamentada de uma maneira totalmente independente do que Comte-Sponville chama justamente meu "niilismo ontológico", assim como de qualquer outra posição metafísica. 3º "Poderíamos perguntar-nos no que se fundamentam – fora de qualquer diálogo possível – nossos deveres para com os animais (no entanto evocados: pp. 14 e 124)" (*ibid.*). Essa objeção toca num ponto sensível. "Desejo, quero", diria meu amigo contraditor, que as espécies animais sejam protegidas e que o homem, na medida do possível, deixe os animais de nossos bosques, nossas sebes, nossos pântanos viverem... Mas não desejo, nem quero, sem acreditar *ter razão* para querer e desejar. Acredito estar meu querer, e não o querer contrário, bem fundamentado. No entanto, confesso não ter fornecido esse fundamento neste livro. Pensei nele sem conseguir satisfazer-me. Por isso hoje tendo a pensar que os deveres para com os animais não têm o caráter de deveres morais, mas dependem apenas da ética – caso em que, efetivamente, "desejo e vontade: isso basta e deve bastar" (Comte-Sponville, *ibid.*, p. 140).

INTRODUÇÃO

Todos, pelo menos em nossas repúblicas, têm a liberdade, nas áreas como a da alimentação, do vestuário, da escolha do lugar de residência, da decoração de seu apartamento, da escolha da profissão, do emprego de suas horas de lazer, de agir segundo seus gostos, se possível. Podem preferir o que os prejudica, escolher, sem ter muita consciência do fato, a autodestruição. São então o que Nietzsche chama de "decadentes". Seu gosto sofreu uma alteração. Aí, porém, não há uma falha moral. Todos, portanto, escolhem à vontade o que é bom para eles. Deve-se contudo acrescentar: dentro de certos limites. Algumas opções fazem com que eu me confronte com a consciência comum em cuja "reprovação" incorro, e não apenas com a consciência comum em suas maneiras particulares de julgar, manifestamente ligadas a condições variáveis, mas com uma consciência comum aparentemente universal. No caso, estima-se que não tenho o direito de julgar o que devo fazer ou não à minha maneira. Tal é *o fato do juízo moral*: "deve-se...", "não se deve..." – não sou o único juiz. Segundo ajo dessa maneira ou de outra, é bom ou é ruim. Existem ações "boas" e "más". O que está em conformidade com o "bem"? E o que não está? Não posso responder a essas questões apenas seguindo meus gostos ou minha inspiração. A esse respeito existe uma verdade, uma verdade moral. É pelo menos o que parece à consciência comum. Mas isso lhe parece com toda a legitimidade ou não? Este é o problema do "fundamento" da moral. Trata-se de manter um discurso cuja finalidade será justificar o juízo moral, isto é, o juízo que aprecia as condutas humanas do ponto de vista do *bem* e do *mal*, e validar a moral, isto é, o sistema de regras que, do mesmo ponto de vista, restringem as escolhas individuais aos limites do *permitido*.

O que nos faz pensar que a distinção do bem e do mal deve ter um fundamento é que nos é muito difícil conceber que um indivíduo possa de boa-fé considerar as diferentes condutas humanas como de igual valor. Mas, ao mesmo tempo, devemos reconhecer que uma convicção não pode ser considerada prova: tais convicções muitas vezes acompanharam simples preconceitos. Daí ser conveniente responder à questão do fundamento da moral por um discurso, ou seja, por uma série de proposições que visam justificar os princípios e as regras da moral e que acarretam o assentimento legítimo do espírito. No entanto, dado que a consciência comum não se preocupa com a questão do fundamento e dado que não pretendemos nos dirigir aqui exclusivamente àqueles que já estão convencidos do interesse da questão, convém antes de mais nada justificar o interesse pela própria questão.

I

Daremos cinco razões que, a nosso ver, justificam o interesse pela questão colocada:

1.º Fundamentar a moral é, em primeiro lugar, fundamentar o *direito de julgar* de um ponto de vista moral, ou seja, de fazer juízos morais.

Isso significa duas coisas segundo se considere a *forma* ou o *conteúdo* desses juízos.

a) No que diz respeito à forma, fundamentar a moral será reconhecer à consciência comum o direito (que ela já adquiriu) de fazer juízos que tenham a forma de juízo moral. Como se apresenta o juízo moral do ponto de vista da forma? "Deve-se", "não se deve", "não se devia", "você deve", "você não deve", "você não deveria": esses juízos apresentam-se como *objetivos*. Pretende-se não exprimir simplesmente uma opinião. Quando se sabe que um indivíduo matou seu pai, todos vêem nesse ato um crime hediondo; ninguém pretende exprimir uma simples opinião pessoal. "Não matarás", dizem, e não: "Na minha opinião, você não deve matar, mas, como você matou, é provavelmente porque você tem uma opinião diferente a esse respeito." Este seria um caso de niilismo moral. Mas, para a consciência comum, não é cada indivíduo que é a medida do bem e do mal, da verdade moral. "Você deve" significa: existe uma maneira *objetivamente* justa de se comportar, uma determinada maneira de agir, de modo que *qualquer um* deve agir assim. "Você deve", "é preciso" envolvem a exigência de que *todos* se comportem como devem e como todos os outros deveriam comportar-se em seu lugar, em suma, a exigência de *universalidade*. "Não matarás" tem a característica de uma *lei moral* que se impõe a todos. O mesmo acontece com as leis: "Não minta", "Não roube o bem dos outros", "Cumpra suas promessas", etc. As preferências, os interesses de cada um devem aqui ceder lugar às leis objetivas do *dever ser*. Essas leis devem ser respeitadas por si mesmas, incondicionalmente. "Não minta", "não mate", "não roube", "seja honesto" não significam de fato: "não minta se alguém lhe disser a verdade", "não mate se alguém não tentar matá-lo", "não roube o bem dos outros se não roubarem os seus bens", "seja honesto se forem honestos com você", e sim: 'Não minta – *ponto*", "não mate – *ponto*", "não roube – *ponto*", "seja honesto – *ponto*". O "você deve" impõe-se categoricamente: trata-se de um imperativo *categórico*. Por fim, quando a consciência comum pronuncia um juízo moral sobre uma ação referindo-se a uma lei moral que ela coloca como objetiva, ela não admite que essa lei se imponha de fora ao autor da ação à maneira de uma lei jurídica: considera que, se julga o autor da ação, é em nome de uma lei que ele reconhece ou pode reconhecer no fundo dele mesmo: credita ao autor da ação uma *consciência moral*, isto é, uma capacidade de fazer sobre sua ação o mesmo juízo moral que ela própria faz. O autor da ação se julga, ou pode ou deve julgar-se, em nome de uma lei sobre a qual reconhece ou pode reconhecer que se impõe a todos e também a ele mesmo, cuja validade ele reconhece para si mesmo. Obedece a uma lei que aprova em seu foro interior e que impõe a si mesmo: nesse sentido o sujeito moral é *autônomo*. "Lei moral", "imperativo categórico", "universalidade", "autonomia": são noções destacadas por Kant em sua análise da consciência comum. Parecemos dar-lhe razão. Efetivamente, achamos que sua análise é correta no que diz respeito à *forma* da consciência comum. Mas conviria distinguir bem o *conteúdo* e a *forma* e não misturá-los, como ele misturou. A forma da consciência comum é por toda parte e sempre a mesma a partir do momento em que há juízo moral, mas seu conteúdo é variável: a consciência comum pagã não é a consciência comum cristã, etc. Ora, quando Kant nos diz que "não há nada que possa ser considerado bom sem restrição além de uma boa vontade", analisa uma consciência comum *particular*: a consciência comum *cristã*, ou influenciada pelo cristianismo. E quando, ao analisar a noção de boa vontade tal como se encontra na consciência comum (cristã), ele a reduz à idéia de uma vontade agindo por puro dever, isto é, por puro respeito pela lei, é possível se perguntar se ele não substitui os juízos da consciência comum, mesmo cristã, pelos seus próprios juízos morais.

Se, portanto, a forma do juízo moral é o que acabamos de dizer, resta questionarmos se tal forma é legítima, se temos o direito de fazer juízos na forma "é preciso", "você deve", etc., ou seja, juízos *prescritivos*. Se, por exemplo, verificássemos que a pretensa liberdade do sujeito moral é uma ilusão, disso decorreria decerto que jamais teríamos o direito de ir além da simples constatação do que acontece, além de simples juízos *constatativos*. Então toda a moral não passaria de uma ilusão, só consistiria em preconceitos da consciência coletiva que seria vão tentar "fundamentar". Ao buscar o fundamento da moral pressupomos o contrário, mas não sem riscos.

b) No que diz respeito ao conteúdo, fundamentar a moral será reconhecer à consciência comum o direito de fazer *determinados* juízos morais e não outros. Ou seja, condenar o terrorismo, o racismo, as múltiplas formas da violência, as recusas de justiça e as iniqüidades de todo tipo na França no ano da graça de 1981. Ótimo. Mas, ao mesmo tempo que exprimem opiniões comumente partilhadas, esses juízos de valor não deixam de ser preconceitos (que se opõem ou não a outros) enquanto não sabemos dizer *com que direito* se julga assim e não de outra maneira. "Fundamentar" a moral é, antes de mais nada, estabelecer o direito de julgar as ações humanas de um ponto de vista moral. Mas isso ainda é apenas formal. No que se refere ao conteúdo, admite-se, principalmente desde 1789, que tudo se reduz ao respeito ou à falta de respeito aos "direitos" do homem. A noção de *homem* é a noção fundamental, todas as outras noções, que estabelecem as diferenças sociais, passam ao segundo plano. Isso significa que os *privilégios*, sejam eles de nascimento, de fortuna ou outros, são injustificáveis do ponto de vista moral. A consciência comum moderna condena-os e também condena os regimes políticos que os admitem. Ao opor as *coisas*, com as quais se pode fazer o que se quer, o que nos parece conveniente, e as *pessoas*, que constituem, independentemente de nós e de nossos fins próprios, fins *objetivos* e incondicionados (fins em si) – não fins a serem realizados, mas fins *negativos*, que *limitam* a faculdade de agir como nos parece conveniente e contra os quais jamais se deve agir –, e ao tornar o homem, como ser razoável, uma pessoa, aliás a única que conhecemos, Kant soube esclarecer bem o que está implicado na consciência comum moderna; soube formular bem (segunda fórmula do imperativo categórico) a exigência que está nela de que o homem jamais seja tratado como um simples meio, mas sempre como uma pessoa, ou seja, como objeto de respeito, e de que trate sempre a si mesmo com respeito. Se a consciência comum *moder-*

na não é simplesmente uma consciência comum *particular* (como houve a consciência comum, escravagista, dos antigos gregos ou romanos, etc.), deve ser possível fundamentar universalmente a *igualdade* dos homens enquanto pessoas. Fundamentar a moral é então fornecer valor universal às exigências da consciência comum moderna. Também é fundamentar os verdadeiros direitos do homem. A Constituição de 1791 enumera "a liberdade, a propriedade, a segurança, a resistência à opressão". Afirma esses direitos "na presença e sob os auspícios do Ser supremo", portanto com muita solenidade. Não os fundamenta: os constituintes não sentiam necessidade de fundamentá-los tanto era decerto forte o *consenso* que os unia (para que tentar demonstrar em plena luz do sol que é dia?); e, além disso, este não era o papel de uma constituição. Mas fundamentar os direitos e correlativamente os deveres do homem é o que o filósofo deve tentar fazer.

2.º Deve-se reconhecer que a questão do fundamento da moral não é muito urgente enquanto existe um *consenso*, isto é, enquanto todos julgam mais ou menos da mesma maneira. Mas este não é o caso hoje, em que o consenso geral e verbal sobre o respeito devido a qualquer homem e os "direitos" do homem oculta a profunda desordem dos espíritos, já que os homens não se entendem, por exemplo, a respeito da questão de saber se o aborto é um crime ou uma ação moralmente inocente, embora lamentável, ou um delito leve. A consciência comum moderna está em crise. Daí a segunda razão para "fundamentar" a moral com todo o rigor: acabar com a anarquia moral – com a anarquia dos juízos morais.

Já dizia A. Comte[1] que a sociedade está sendo "arrastada para uma profunda anarquia moral e política que parece ameaçá-la de uma dissolução próxima e inevitável", anarquia que lhe parecia conseqüência da "liberdade ilimitada

---

1. Na Introdução ao *Plan de travaux scientifiques nécessaires pour réorganiser la société* (*Écrits de jeunesse*, Paris, Mouton, 1970, p. 241).

de consciência" reconhecida a todos os indivíduos pela Revolução, e tanta, que, ao final, cada indivíduo julga seus direitos e seus deveres como entende, na desordem. O tempo em que as crenças religiosas, ainda não abaladas, protegiam os juízos morais do arbitrário individual passou: deste ponto de vista, "a liberdade ilimitada de consciência e a indiferença teológica absoluta são exatamente a mesma coisa... Em ambos os casos, as crenças sobrenaturais não podem mais servir de base à moral"[2]. A esta é necessário um outro fundamento.

Hoje, as variações dos juízos morais, que chegam à contradição e à anarquia, são facilmente constatadas:

a) Em um mesmo indivíduo, se não "da manhã à noite", como diz A. Comte[3] – qualquer que seja, às vezes, a influência de um programa de televisão ou de um artigo de jornal –, em todo caso de uma idade da vida à outra. Vejam meu próprio exemplo. Hoje torno a questionar deveres que em outras épocas me pareciam incontestáveis. Nos anos que precederam 1940, minha educação moral foi constituída pela quádrupla influência dos pais, do professor, do sacerdote e dos colegas. A estrutura de minha consciência moral, de acordo com o que foi ao sair da adolescência, poderia ser estabelecida segundo o seguinte quadro:

Deveres	segundo os pais			segundo o professor			segundo o padre			segundo os colegas		
	escritos	ditos	não ditos	escritos	ditos	não ditos	escritos	ditos	não ditos	escritos	ditos	não ditos
religiosos												
morais												
higiênicos												

---

2. A. Comte, *Sommaire appréciation de l'ensemble du passé moderne*. In: *Écrits de jeunesse*, p. 216, n. 1.
3. *Ibid.*

Não importa preencher as casas definidas dessa maneira (será, aliás, compreensível algumas permanecerem vazias). Basta distinguir as quatro instâncias moralizantes (e culpabilizantes): dos pais, leiga, religiosa, dos amigos, e as três formas sob as quais a exigência se manifestava: escrita (catecismo, lição de moral, exortações e conselhos epistolares, etc.), dita (ordens expressas, repreensões, reflexões moralizantes, etc.), não dita (educação silenciosa, em outras palavras, aquela que, simplesmente pelo silêncio, *dava a entender* – tanto deveria parecer evidente que *a idéia mesma* de certas falhas, certos vícios, não poderia surgir em minha mente).

Assim quadruplamente educado, considerava como *devidos* (sem que houvesse uma demarcação nítida entre os deveres religiosos, higiênicos e propriamente morais): a obediência, o "bom comportamento", a delicadeza, o trabalho, o "cuidado", a diligência, a veracidade, a sinceridade, a paciência, a humildade, a justiça, a caridade, a humanidade, a piedade, a bondade, a devoção, a assiduidade, a limpeza, o respeito pela pessoa e pela propriedade do outro, a honestidade, a fidelidade, a coragem, a retidão, o arrependimento, a tolerância, a castidade. Os vícios e falhas eram: a desobediência (aos pais, ao professor), a indolência, o mau comportamento, a indelicadeza, a preguiça, a mentira, a impaciência, o orgulho, a injustiça, o egoísmo, a malvadeza, a crueldade, a falta de assiduidade e de pontualidade, a falta de limpeza e de cuidados, o roubo, a falta de fé, a covardia, a hipocrisia, a teimosia, a luxúria...

Meu "superego", caso se queira chamá-lo assim, tinha quatro componentes essenciais. Cada instância sociológica moralizante estabelecia sua própria hierarquia de valores. Para os pais, contava principalmente a devoção filial, a obediência e o estudo; para o sacerdote, a assiduidade aos ofícios; para o professor, o bom comportamento e o sucesso escolar; para os colegas e amigos, a força. A estrutura de minha consciência era complexa e mais ou menos unificada, ocultando fatores de tensão e de contradição.

Mas não quero subestimar a parte do *eu*. Qualquer pessoa humana tem, além de sua sensibilidade moral própria, um poder de reflexão, de crítica e de invenção. Eu tinha exigências que só procediam de mim, que ninguém me tinha ensinado ou inculcado, e meu próprio poder de hierarquização tornava a fundir as quatro hierarquias morais, os quatro sistemas de valores. Algumas das virtudes exigidas deixavam-me cético; aceitava-as por diplomacia, mas as relegava a meu eu superficial: assim, a virtude da "obediência" "satisfazia" demasiadamente pais e professores para que eu a considerasse uma virtude bem autêntica (desobedecia raramente, mas sem remorso ou arrependimento). Outras eram aceitas para fazer parte de meu eu profundo e essencial: a honestidade, a probidade, a coragem, a vontade. Seria uma sensibilidade excessiva que me levava à compaixão? Lembro-me de que um dia meu pai, achando que eu ia gostar, me trouxe um pássaro para que eu o criasse em uma gaiola (e é claro que devo a meus pais, se deixarmos de lado alguns detalhes, uma educação tanto mais rigorosa quanto mais silenciosa, limitando-se sempre a me dar o exemplo de sua vida) e que eu chorei até que o libertassem. Também tenho esta lembrança: durante a noite, um rato fora pego numa armadilha que o professor primário colocara em seu sótão. De manhã, tivemos aula de moral. Seu tema era os animais nocivos. Fomos até a estrada que passava ao longo do pátio da escola, e o professor libertou o rato, mas dando-nos a tarefa de esmagá-lo com nossos tamancos como nocivo. Meus colegas começaram a perseguir o pobre rato com entusiasmo. Fiquei atrás, tentando enganá-los e não deixá-los ver minha compaixão e meu nojo. (Narro esses dois fatos, sem querer me ater ao fato de eles serem favoráveis à criança que fui, para mostrar o que pode haver de estritamente individual na sensibilidade moral).

Dito isso, as variações de minha consciência moral foram sensíveis através das épocas da vida. Preciso dar mais um ou dois exemplos. Um dia, passava com meus colegas perto de um pomar repleto de pêssegos que haviam caído após a chuva. A maioria correu para pegá-los e comê-los. Não os imitei, dizendo que não estava com vontade de comer. A verdade é que, naquela época, a perspectiva de roubar um único fruto me detinha. É provável que hoje, na mesma situação, veria nisso um delito tão leve que ele me pareceria praticamente inexistente. Mas então, estóico sem saber, era levado a não ver nenhuma diferença entre um delito leve e um delito grave, o essencial sendo o delito e a ruptura aceita do estado de inocência. Hoje, admito, com Montaigne e a maioria dos moralistas, graus no delito e no vício. – Penso, por outro lado, na castidade rígida que se exigia de nós na juventude. Hoje desaprovo (sem no entanto responsabilizar quem quer que seja – afinal, tratava-se de um fato social) a educação que me deram a esse respeito e que eu ascetizava ainda mais por um traço de caráter. Não invejo, mas não desaprovo, a liberdade de costumes de que hoje a juventude em geral desfruta. Acho possível usá-la bem; e não duvido que a tivesse, no que me diz respeito, usado bem. As barreiras exteriores entravam inutilmente nossa liberdade e nossa felicidade quando o mal pode ser afastado por nossa própria energia. A educação moral deve, antes de mais nada, forjar a confiança do indivíduo nele mesmo, em sua razão e em sua vontade.

Devo reconhecer ainda as variações de minha consciência e de meu juízo sobre questões como o direito ao suicídio, que em outros tempos não admitia, que hoje admito, ou a pena de morte que um dia admito e no outro não.

Haverá referência, contudo, à enumeração das virtudes que eu admitia quando adolescente. Irão me dizer que certamente hoje enfatizo tanto quanto antes todas as virtudes essenciais: honestidade, veracidade, justiça, caridade... Sim, e contudo minha consciência moral mudou fundamentalmente e está estruturada de forma bem diferente. Pois o medo e a esperança não são mais – o que era o caso – os móveis essenciais de minha vontade. As idéias de uma Vontade sobrenatural governando o mundo – de uma "bondade suprema organizando o destino do gênero humano", como diz Herder[4] – e de um Juízo final tornaram-se estranhas para mim. Os elementos de minha consciência moral organizam-se de outra forma, a partir de um princípio e de um fundamento diferentes, que me proponho a esclarecer aqui.

b) De um indivíduo para outro. No momento presente é grande a desordem dos juízos morais. Bastam alguns exemplos: o do direito ao suicídio (que alguns reivindicam alto e bom som[5], que lhes é recusado por outros do ponto de vista moral ou religioso), o da pena de morte (as opiniões se dividem, como se sabe, e, no entanto, trata-se de saber se deixarão um homem vivo ou se o farão morrer), o do aborto (a desordem chega a ponto de os mesmos que querem, com ou sem razão, deixar os grandes criminosos vivos, não verem qualquer delito grave em não deixar os bebês virtuais viverem), o dos deveres para com os animais (alguns são caçadores, praticam sem escrúpulos a arte de matar, outros desaprovam a caça na qual se mata pela arte e pelo prazer de matar), etc.

É necessário estabelecer o fundamento da moral a fim de – em função de uma exigência de coerência – optar por uma dessas posições contraditórias. Pois não seria possível na moral conservar a tese ("você não deve matar", "você não deve mentir"...) e a antítese ("mate", "minta"...). É preciso escolher. Não há síntese moralmente possível entre o bem e o mal. A moral e a dialética de tipo hegeliano são incompatíveis. Em termos hegelianos, o pensamento moral é um pensamento "de entendimento" em que um *sim* é um *sim*, em que um *não* é um *não*.

Dada a anarquia moral, não se trata de buscar o fundamento de uma moral *já existente* – uma vez que, na realidade, há muitas morais dividindo entre si os espíritos ou o

---

4. *Idées sur la philosophie de l'histoire de l'humanité*, trad. fr. E. Quinet, 1827-28, t. III, p. 143.

5. Como os membros da "Association pour le droit de mourir dans la dignité" [Associação pelo direito de morrer com dignidade (ADMD)].

mesmo espírito. Segundo Kant, é certamente ridículo pretender inventar a moral. Para ele só se trata de destacar o princípio da moralidade a partir das evidências da consciência comum. Isso significa admitir a identidade e a não-contradição da consciência moral comum. Isso talvez correspondesse à realidade moral de seu tempo, quando talvez houvesse mais uniformidade nos juízos morais (sobretudo na Prússia!) que hoje, quando as variações e as contradições da consciência talvez fossem negligenciáveis. Mas quando reina a anarquia moral, como se propor simplesmente a buscar o princípio e o fundamento de uma moral já existente? Ao contrário, é preciso encontrar um *fio condutor* que permita operar uma triagem entre opiniões contraditórias, rejeitar algumas e conservar outras, todas as vezes por razões suficientes e, se todas as opiniões fundamentadas não se encontram já representadas nos juízos comuns, autorizá-las como legítimas embora novas.

3º Sem fundamentar a própria moral, não se conseguiria *fundamentar uma educação moral.*

Cada época tem sua forma própria de coragem. Em 1572, ela consistia em reivindicar com Montaigne a liberdade de consciência, em citar Juliano, o Apóstata, como exemplo. Hoje talvez consista em educar as crianças. Mas que educação moral lhes dar? *Que moral devo querer transmitir?* A que recebi, a que herdei? O mais simples, dirão, não é transmitir essa herança moral que recebi?

Deixemos de lado as questões subsidiárias: "a" moral que recebi é realmente uma moral, é coerente, sendo a resultante, quanto à parte propriamente "recebida", de várias influências sociológicas mais ou menos divergentes? Ela ainda é totalmente a minha moral, na medida das variações de meus juízos morais sob o efeito de minha reflexão e com o século?

Resta a questão essencial: devo querer educar meus filhos como eu mesmo fui educado? A moral que recebi, *é essa moral que devo querer transmitir?* Nesse caso é necessário reconhecê-la como bem fundamentada. Mas, então, qual o seu fundamento? Religioso? Isso podia ser suficiente em uma época em que os indivíduos pouco examinavam as opiniões religiosas que lhes eram transmitidas. Hoje, ao dar tal fundamento à moral, devo antes temer colocá-la em perigo. Pois não tenho nenhuma garantia de que a fé religiosa dos pais seja ainda amanhã a dos filhos. Devo portanto desejar poder dar à moral um fundamento completamente independente da religião. Em suma, devo buscar o fundamento de uma moral *independente*.

É preciso acrescentar que, caso nos limitássemos a transmitir a herança moral que recebemos sem aumentá-la, isso significaria que recusamos a possibilidade de um progresso moral, de um progresso nas idéias e nas exigências morais. Ora, se tal progresso não tivesse acontecido, ainda teríamos a mesma moral dos celtas. Para que a educação moral? Para formar um homem "digno desse nome". Que homem? Evidentemente, o homem *de amanhã*, já que educamos *nossos filhos*. A vontade educadora é uma vontade de futuro. É de direito relativa não à humanidade de ontem, mas à humanidade de amanhã. Convém então perguntar-se *que humanidade* se deve querer. A questão do fundamento da moral é mais precisamente a seguinte: que fundamento dar à moral *de amanhã*, ou melhor (pois "amanhã" só pode nascer hoje): que fundamento dar à moral de hoje para amanhã?

4º Só a fundação da moral pode nos autorizar a falar de um "progresso moral", a admitir um "sentido da história" do menos bom para o melhor.

Houve, desde o estado primitivo das sociedades, um progresso moral, em primeiro lugar nas idéias, nas exigências morais e, em seguida, nos fatos, ou seja, no direito consuetudinário ou escrito? Parece difícil negar esse fato. Como não admitir que a volta a certas práticas significaria um recuo da civilização? Estas seriam no Ocidente a volta à atimia, ou a outras práticas de exclusão da coletividade, como a excomunhão, a volta à vingança particular, à pena de talião (que todavia já representava um progresso com relação à vingança particular, cuja violência temperava por uma lei de equilíbrio), ao duelo convencional (meio pelo qual a coletividade limitava a querela aos indivíduos envolvidos, dessa forma evitando que ela degenerasse) ou judiciário, à tortura legal, aos suplícios, à monitória[6], à desigualdade de penas (para um mesmo delito) segundo a raça, a casta ou a condição social, à escravidão... Se é bom que tudo isso tenha sido suprimido, é porque então certas opiniões, certos costumes, certas legislações, certas práticas são, de um ponto de vista moral, melhores do que outros: a moral da vendeta não equivale à moral da individualização da pena etc. No entanto, quando julgamos assim simplesmente a partir da moral que é hoje a nossa, deparamos com a objeção de que cada coletividade, tendo "a moral de que precisa", como diz Durkheim, não pode deixar de julgar, por um perspectivismo inevitável, sua moral como a melhor e todas as outras pela sua. Para cada coletividade, sua moral é *a* moral, de modo que o debate entre as morais *coletivas* não pode ser resolvido em seu nível. Mas existe um outro plano, aquele no qual se julga todas as morais coletivas tais como se traduzem por idéias morais correntes, usos, costumes, leis. Este é o plano da moral legítima, fundamentada em direito, portanto realmente *universal*. Se é possível falar de um *progresso* das idéias morais e do direito no Ocidente, isso é possível apenas do ponto de vista da moral universal e não de nossa moral coletiva como tal – mesmo se seu conteúdo for substancialmente o mesmo (o que resta a ser verificado).

OBSERVAÇÕES

a) O progresso (caso haja progresso – pois ainda só é possível admiti-lo *condicionalmente*) no Ocidente, principal-

---

6. Até 1789, quando ocorria um crime, o cura da localidade exortava os fiéis a denunciarem os culpados durante a missa dominical.

mente desde o Renascimento, das idéias morais e do direito não evoluiu sem períodos de regressão e de recuo. A escravidão nas colônias e o tráfico de negros, suprimidos pela Convenção (1793), foram restabelecidos sob o Consulado (1802). A regra *nulla poena sine lege*, inscrita na Constituição dos Estados Unidos (1787) e na Constituição francesa de 1791, segundo a qual nenhuma pena pode ser infligida se não for explicitamente prevista por uma lei, foi abandonada pelo código penal nazista. A pena de morte, abolida em 1889 na Itália, foi restabelecida pelo governo fascista.

Observamos que tal regressão não é independente dos regimes políticos. As constatações desse tipo, caso se confirmassem, iriam mostrá-la vinculada a um recuo da vida democrática, a um retorno vigoroso dos regimes despóticos, ditatoriais, autoritários. Disso se deveria concluir que a democracia favorece mais do que os outros regimes políticos o progresso da moral e do direito. Disso resultaria que ela é o melhor regime político.

b) O progresso das idéias morais precede e anuncia o progresso das legislações: a abolição da tortura judiciária, antes de ser realizada pela Revolução, foi reivindicada por Montaigne, Augustin Nicolas[7], Beccaria[8] e pelos filósofos do século XVIII; com Beccaria começou no século XVIII a campanha pela abolição da pena de morte; a obrigação, hoje legal, de socorrer uma pessoa em grave perigo não passava em outros tempos de um dever puramente moral – e seria possível dar muitos outros exemplos.

O principal obstáculo que se opõe a que o progresso no plano das idéias morais se traduza rapidamente por um progresso nos fatos, isto é, por aquilo que as legislações tornam obrigatório, é constituído pelos *interesses*. Foram os interesses dos armadores e dos colonos brancos das Antilhas ou da Reunião que impediram que a Constituinte abolisse o tráfico e a escravidão. Barnave, seu porta-voz na As-

---

7. *Si la torture est un moyen sûr à vérifier les crimes?* (1682).
8. *Dei Delitti e delle Pene*, Milão, 1764. [Trad. bras. *Dos delitos e das penas*, São Paulo, Martins Fontes, 2.ª ed., 1996.]

sembléia, ao mesmo tempo que condenava a escravidão em princípio, declarou que era preciso deixá-la subsistir a fim de não arruinar "as colônias". Quais os interesses que constituem, antes de mais nada, um obstáculo às idéias morais? Evidentemente os interesses das *classes dominantes*[9].

Disso resulta que as idéias morais são particularmente difíceis de ser realizadas quando atingem os interesses materiais dos proprietários – a propriedade e a riqueza.

É assim que as regras essenciais colocadas por D'Alembert foram e ainda são de difícil aplicação. Ele distingue, lembremos, "duas espécies de necessário, o absoluto e o relativo": "o absoluto é determinado pelas necessidades indispensáveis da vida; o relativo, pelo estado e pelas circunstâncias"[10]. Ele coloca então as duas seguintes regras (que esclarecemos, pois elas são um tanto implícitas):

Regra 1. Antes de qualquer consideração sobre o necessário relativo, se, em um Estado (e é o caso geral), falta a um certo número de pessoas o necessário absoluto, os outros devem ao Estado (para ser dividido com justiça), sobre o que elas têm em excesso, tudo o que é necessário para

---

9. Por isso é possível conservar aproximadamente esse juízo de Laukhard, alemão instruído contemporâneo da Revolução Francesa: "Quando se quiser informações sobre uma revolução, a meu ver, não é o caso de se dirigir aos burgueses abastados, ainda menos aos comerciantes, aos judeus, aos usurários, aos eruditos, aos funcionários remunerados pelo Estado; é preciso sobretudo abster-se de interrogar esses parasitas que adquiriram o doce hábito de viver do antigo sistema, de explorar os preconceitos da nação, suas superstições e seu luxo. Essa gente não saberia dar uma idéia exata das transformações que se operaram no Estado, pois eles próprios perderam demais para apreciar com eqüidade o benefício que a massa delas retirou. É preciso dirigir-se ao camponês, ao operário que produz objetos de primeira necessidade, em suma, à classe dos produtores e não à dos consumidores e, acima de tudo, desdenhar as recriminações interessadas do sacerdote, do cortesão, do cabeleireiro, da modista e de outras pessoas de mesma condição" (*Un Allemand en France sous la Terreur: Souvenirs de Frédéric-Christian Laukhard*, trad. fr. e introdução de W. Bauer, Paris, 1915).

10. *Essai sur les éléments de philosophie*, em *Mélanges de littérature, d'histoire et de philosophie*, 1759, t. IV; citado a partir de *Oeuvres de d'Alembert*, Paris, Didier, 1853, p. 249.

O FUNDAMENTO DA MORAL

que os primeiros tenham seu necessário absoluto (mesmo que seja, portanto, à custa de seu necessário relativo).

Regra 2. Sendo o luxo "para o necessário relativo aquilo que este é para o necessário absoluto", se falta às pessoas o necessário relativo, os outros devem ao Estado, sobre o que elas têm em excesso e que é luxo[11], tudo o que é necessário para que os primeiros tenham seu necessário relativo. Pode-se resumir isso pelo seguinte esquema:

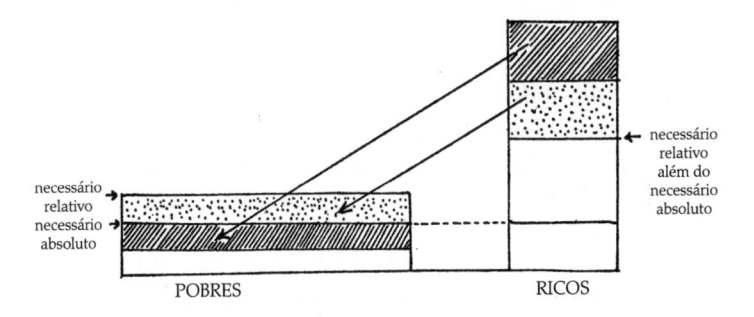

A dupla regra de *solidariedade social* colocada por D'Alembert intervém hoje muito mais do que no século XVIII. Está no princípio das leis sobre a taxação das rendas e das fortunas e de inúmeras leis sociais. Na França de hoje, o luxo propriamente dito e a miséria têm um caráter excepcional.

Mas, se as regras de D'Alembert em nosso Estado foram mais ou menos aplicadas, está longe de ter acontecido o mesmo por toda a parte. Além disso, essas próprias regras ainda são colocadas estreitamente demais no contexto de *um Estado*. Devem ser universalizadas, afirmadas válidas na escala da humanidade. Ao que parece, é uma obrigação moral que a justiça na distribuição das riquezas se realize, conforme as *regras de D'Alembert generalizadas*, para todos os homens. Isso pode ser feito racionalmente por iniciativas individuais ou coletivas. Ora, ainda não existe um Estado mundial. Convém portanto agora que, por um lado, se

---

11. "O luxo é um crime contra a humanidade todas as vezes que um único membro da sociedade sofre e isso não é ignorado", *ibid.*, p. 251.

desenvolvam urgentemente as iniciativas individuais e coletivas e, por outro, que a humanidade em seu conjunto prossiga a tarefa de sua unificação.

5.º Finalmente, convém explicitar o fundamento da moral universal porque ela está se tornando a moral efetiva da humanidade. Esse fundamento não pode mais ser a religião porque as religiões permanecem diversas e mutuamente exclusivas. Ele deve ser de tal forma que todos os homens possam reconhecê-lo e não pode portanto encontrar-se no que os separa e opõe.

Até hoje e desde suas origens, a humanidade foi cindida em coletividades que se ignoravam ou se opunham. Cada coletividade tinha sua moral, determinada por suas condições de vida e de sobrevivência. Qualquer outra moral que lhe fosse inculcada de fora seria para ela um princípio de desorganização. Em toda coletividade, havia, há o que se considera como *devido*. Esses deveres são de dois tipos, na medida em que a coletividade é algo *fechado*, fora da qual está o *outro*, o estrangeiro:

a) os deveres para com os membros da comunidades (entre eles, nós mesmos),

b) os deveres para com os de fora: os outros, os estrangeiros.

Para cada coletividade há, entre essas duas espécies de deveres, uma certa relação, e essa relação é normalmente superior a 1:

$$R = \frac{\text{deveres para } conosco,}{\text{deveres para com } eles} \text{ com } R > 1$$

Uma coletividade afirma, antes de mais nada, seus deveres para consigo: é a condição de sua vida e de sua sobrevivência. Todavia, uma coletividade é tanto menos *fechada* e tanto mais *aberta* quanto mais a relação R tende para 1. Não pode tornar-se inferior a 1, pois uma coletividade que preferisse os outros a si mesma não poderia sobreviver. A relação R pode ser igual a 1? Uma coletividade realmente cristã que aplicasse ao pé da letra o mandamento evangélico: "amarás teu próximo como a ti mesmo" estaria à beira da autodestruição. A comunidade cristã deveria ter perecido. Se, contudo, ela se organizou, se manteve, só conseguiu esse intento sendo infiel a seus próprios princípios, à sua moral.

Todavia, se é assim, é apenas enquanto as coletividades estão em uma oposição mútua, são pura e simplesmente muitas sem serem muitas *em uma*. E hoje ainda, certamente, a humanidade está cindida em dois "blocos", em duas semi-humanidades antagonistas – dois "blocos" e apenas dois, pois, se o bloco do Ocidente não existisse, a unidade humana se realizaria ou poderia se realizar rapidamente sob a tutela da grande potência do Leste[12] e inversamente. Ora, até o presente, a humanidade vem caminhando constantemente no sentido de sua unidade, as coletividades múltiplas e dispersas integrando-se a conjuntos cada vez mais vastos. Hoje subsiste uma única grande cisão que separa os humanos de outros humanos. Não é nenhuma loucura pensar que ela vai se resolver e que a unidade humana irá se realizar. Então, as coletividades, não vendo mais umas nas outras inimigos, adversários, pois serão várias *em uma*, partes de um mesmo todo e solidárias (economicamente, socialmente, politicamente), cada uma poderá tratar as outras como a si mesma sem se prejudicar, pois as outras farão o mesmo, e a relação R poderá se tornar em toda a parte igual a 1. Não haverá mais moral coletiva sobrepujando a moral universal, mas as morais coletivas, que só afirmarão os deveres de cada coletividade em relação a si mesma, na medida em que ela pretende conservar suas características próprias, serão subordinadas à moral universal, à qual acrescentarão sem nada suprimir. Ora, a humanidade

---

12. Nessa hipótese, o desaparecimento da oposição do bloco adverso sem dúvida acarretaria um relaxamento geral da tensão e das coerções e o desenvolvimento da liberdade.

está pronta para compreender essa moral universal se não estiver pronta para realizá-la. Ou melhor, esta moral já é a sua no plano das idéias gerais, dos discursos e das palavras. Convém explicitar seu fundamento: principalmente a discordância das religiões torna essa tarefa necessária para o filósofo.

II

Acabamos de dar os motivos para responder à questão do fundamento da moral. Após justificar a questão, é preciso – será preciso – tentar responder a ela. Mas, antes, convém refletir sobre a própria noção de "fundamento"; e depois sobre o método.

O que é o "fundamento"? Podemos responder a esta questão em primeiro lugar negativamente. O *fundamento* não é nem o *princípio*, nem a *causa*, nem a *origem*. Uma proposição da qual se podem extrair outras, mas que não pode ser extraída delas, desempenha o papel de *princípio* com relação a essas proposições: o princípio é o ponto de partida de sua dedução. Se as regras morais e os deveres particulares decorrem de um único princípio, este é *o* princípio – mas não o fundamento – da moral. O *Evangelho* define o mandamento "amarás teu próximo como a ti mesmo" como um princípio, pois a esse mandamento e ao de amar a Deus "*vincula-se* toda a lei" (Mt 22, 40). "Aja unicamente segundo a máxima que faz com que você possa querer ao mesmo tempo que ela se torne uma lei universal" é igualmente um princípio: "desse único imperativo", especifica Kant, "todos os imperativos do dever podem ser derivados como de seu princípio"[13]. Mas Kant, depois de dizer: "exponhamos claramente, e em uma fórmula que o determina para qualquer aplicação, o conteúdo do imperativo categórico que deve

---

13. *Fondements de la métaphysique des moeurs*, trad. fr. Delbos, reimp. de 1964, pp. 136-7.

encerrar o princípio de todos os deveres", acrescenta: "*se há deveres em geral*"[14] – o que mostra que ele não confunde o *princípio* e o *fundamento*, pois se pode perguntar *a razão* do princípio, isto é, o fundamento. Pode-se dizer certamente que a moral, como a matemática, "fundamenta-se" nesse(s) ou naquele(s) princípio(s), mas esse é um sentido *relativo* de fundamento. A moral só é efetivamente fundamentada em um sentido *absoluto* se for possível dar-lhe o fundamento, isto é, a justificação radical do próprio princípio. Pode-se conceber por exemplo uma moral em que todas as regras e deveres particulares se vinculassem ao princípio: "Aja sempre de maneira a reduzir tanto quanto possível o mal que existe no mundo." Ela não estaria realmente fundamentada enquanto o fundamento desse princípio, isto é, seu *porquê* não fosse elucidado.

O fundamento tampouco é a *causa*. Schopenhauer faz essa confusão. Observemos que a distinção do *princípio* e do *fundamento* é nele muito cuidadosa: "Chama-se princípio (*Princip*) ou proposição principal de uma moral a expressão mais breve e mais precisa para enunciar a conduta que ela prescreve ou, se ela não tiver a forma imperativa, a conduta que ela considera como tendo um valor moral por si mesma. É portanto uma proposição que encerra a fórmula da virtude em geral, o ὅ τι da virtude. Quanto ao fundamento (*Fundament*) de uma moral, é o διότι da virtude, a razão da obrigação, do mandamento, do louvor."[15] "Não faça mal a ninguém; ajude a todos de acordo com seu poder", este é, a seu ver, o princípio da moral. E é este princípio que se trata de *fundamentar*: "esse é o ὅ τι, do qual ainda se busca o διότι, a conseqüência cuja razão se busca, enfim o *dado* primeiro ao qual se refere a *questão*... Resolver esse problema seria descobrir o fundamento (*Fundament*) verdadeiro

---

14. *Ibid.*, p. 144. No início do parágrafo, Delbos omitiu a tradução de *wenn*. Deve-se ler: "assim, conseguimos pelo menos provar que, *se* o dever é um conceito que deve ter um sentido...".

15. *Le fondement de la morale*, trad. fr. A. Burdeau, reimpr. de 1925, p. 34.

da ética..."[16]. Mas, como a moral não tem segundo ele relação com a maneira como os homens *devem* se comportar, e sim com a maneira como se comportam, a chamada questão do "fundamento" é reconduzida à questão da *causa* das ações moralmente boas, isto é, não egoístas: "Para descobrir o fundamento (*Fundament*) da ética, há apenas um caminho, o da experiência: trata-se de buscar se, falando absolutamente, existem atos aos quais é preciso reconhecer um *valor moral verdadeiro*, como seriam os atos de eqüidade espontânea, de caridade pura, atos inspirados por uma verdadeira nobreza de sentimentos. Em seguida será preciso tratá-los como fenômenos dados que deverão ser explicados corretamente, ou seja, reconduzidos às *suas causas verdadeiras*"[17]. Assim sendo, o fundamento da moral é a compaixão, pois "a compaixão é, por excelência, o motor da moralidade"[18]. Há de se concordar que a compaixão pode ser o móvel de inúmeras ações morais, assim como o amor, a indulgência, o respeito pela lei moral, etc. Mas observar isso não é responder à questão. Por que, de fato, reconhecer "um valor moral verdadeiro" aos atos não egoístas? Em virtude do princípio da moral: "Não faça mal a ninguém, etc." Mas acaso Schopenhauer *fundamentou* esse princípio? Ele só fez dar a *causa* de ações em que esse princípio é aplicado. Mas o que vale o próprio princípio? Que seja verdadeiro, ninguém duvida. No entanto ainda é preciso estabelecer seu valor de verdade, e isso só pode ser feito por uma *razão*, não por uma *causa*. Porque a causa explica o *fato*, enquanto a razão estabelece o *direito*.

A questão do fundamento deve ser igualmente distinta da questão da origem. É a uma questão deste tipo que respondem, por exemplo, Políbio[19] ou Lucrécio. Segundo esse último, a descoberta do fogo e o lar são a origem da ci-

---

16. *Ibid.*, p. 35.
17. *Ibid.*, p. 103.
18. *Ibid.*, p. 147.
19. *Histoire*, VI, 2, 6.

vilização, e o nascimento das idéias morais é explicado pela preocupação comum dos adultos de proteger seus lares. Como escrevíamos outrora[20]: "A mudança das condições de existência acarretou novas maneiras de sentir. Saindo de seu isolamento atômico, os indivíduos começaram a experimentar sentimentos vinculados ao grupo como tal. A preocupação com a proteção do lar era comum a todos os homens dos lares vizinhos. Essa identidade de situações, de sentimentos e de preocupações fez nascer uma compreensão mútua anterior à linguagem e ao contrato. Com a voz ainda mal articulada e com o gesto indicativo, os chefes de família prometeram-se renunciar à violência quando esta fosse contrária a seu interesse comum por sua descendência. Entendeu-se que era justo poupar e proteger os fracos – mulheres e crianças. Que essa promessa nem falada, nem escrita, gesticulada, tenha sido respeitada é comprovado pelo próprio fato de ter a humanidade sobrevivido. Porque a criança, ao contrário dos filhotes de animais, não consegue sobreviver sem ajuda. Tem necessidade da mãe por muito tempo depois de seu nascimento. É o fraco por excelência. Se, portanto, não houvesse outra lei entre os homens que não a do mais forte, os adultos não teriam poupado e protegido as crianças, e a espécie teria se extinguido. A ternura pelos fracos e a decisão coletiva de respeitá-los e ajudá-los eram as condições da sobrevivência da espécie. A verdadeira força da humanidade, a que lhe garantiu vantagem na luta pela vida, foi a capacidade dos fortes de servir os fracos". Tudo isso, digamos de passagem, faz pensar *a contrario* em Nietzsche e aponta alguns de seus erros: qualquer que seja o valor de sua oposição entre uma moral "de senhores" e uma moral "de escravos", deve-se distinguir

---

20. *Lucrèce ou l'expérience*, 3.ª ed., pp. 83-4. Pode-se comparar o pensamento de Lucrécio com o de A. Comte, na medida em que ele considera a família a origem da moralidade: "Comte pensa profundamente", diz P. F. Pécaut, "que sua origem está no amor da criança pela mãe, mais tarde do homem pela esposa, do pai pela filha" (Introdução ao *Catéchisme positiviste*, p. XXII, Paris, Garnier).

cuidadosamente os *escravos* e os *fracos*, porque os fracos por excelência são as crianças, que não são de forma alguma, em si mesmas, escravos, nem são, para os fortes, geralmente, objetos de desprezo, mas mais naturalmente objetos de amor (desinteressado, pois seu reconhecimento é aleatório); qualquer que seja o valor de sua psicologia do homem "bom" como "decadente", porque prefere o presente ao futuro[21], não se deve esquecer que o *bom* é, antes de mais nada, o pai de família[22] que caça, guerreia, trabalha para a esposa e para os filhos, que sacrifica muitas vezes seu presente e suas vantagens egoístas a seu futuro, e de quem, conseqüentemente, a bondade fundamental, longe de ser "decadente", repousa sobre a vontade de futuro.

Lucrécio, contudo, não pretende fornecer o *fundamento* da moral: para ele, não se trata de validar, mas de explicar. Já Nietzsche distingue aparentemente bem a questão do fundamento e a questão da origem. Recusa a questão do fundamento. Os filósofos quiseram fundamentar "a moral" como se esta fosse dada e não tivesse de ser problematizada. Assim fizeram Kant, Schopenhauer: "Aquilo que os filósofos chamavam de 'fundamentar a moral' e aquilo que exigiam deles mesmos sob esse nome não passava, considerando-se bem, de uma forma erudita da crença ingênua na moral reinante, um novo meio de exprimi-la, portanto um estado de fato dentro de uma determinada moralidade e até, em última análise, uma maneira de negar que essa moral pudesse ser encarada como um problema."[23] Schopenhauer, por exemplo, não problematiza o que fornece como o "princípio" da moral: "Não faça mal a ninguém, etc." Ele pretende apenas *fundamentá*-la, no que só podia

---

21. *La généalogie de la morale*, Prefácio, § 6.
22. "Ama ao próximo como a ti mesmo", diz o *Evangelho*. Pode-se notar aqui que, desde a origem do homem, o homem, mesmo sem o formular, aplicou um princípio mais rigoroso ainda, embora mais limitado: "Ama a teu filho mais que a ti mesmo." Do contrário, se o homem tivesse conhecido apenas o egoísmo estrito, a humanidade não teria sido perpetuada.
23. *Par delà le bien et le mal*, § 186 (trad. fr. G. Bianquis).

fracassar, diz Nietzsche, pois esse princípio era evidentemente errado "em um mundo cuja essência é a vontade de poder"[24]. O que Nietzsche procura não é portanto o fundamento, mas a *origem* da moral, dos "preconceitos morais"[25]. É pelo menos o que parece à primeira vista. Mas Nietzsche não se detém aí. O que o interessa, além da questão da origem, é de fato a questão do *valor* da moral[26], isto é, do valor do não-egoísmo, da compaixão, da renúncia, da abnegação – da moral altruísta. Não convém considerar "o valor desses 'valores' como dado, real, além de qualquer questionamento", como faz Schopenhauer: "Precisamos de uma crítica dos valores morais, e *o valor desses valores* deve, antes de mais nada, ser questionado."[27] Seja! e, no que nos diz respeito, até hoje não assumimos nenhum "princípio" moral e, quando aparentemente admitimos certos valores, foi sempre *condicionalmente* (ou seja, com a reserva de que seja encontrado o "fundamento" buscado). Mas Nietzsche acrescenta: "e, para isso, é totalmente necessário conhecer as condições e os meios que os fizeram surgir, nos quais eles se desenvolveram e deformaram". Aqui torna a se introduzir a confusão entre *fundamento* e *origem* ou *história*. A determinação dos valores ter sido feita no interior de uma raça de senhores, de dominadores, ou entre a multidão dos escravos, dos inferiores de todos os tipos permite distinguir os valores quanto à sua origem, mas nada acarreta quanto a seu valor. A moral cristã pôde nascer em um meio de fracos e deserdados: *é possível*, no entanto, que tenha de direito valor universal. Para fundamentar a moral, não é o caso de aventurar-se no que o próprio Nietzsche reconhece como sendo "um mundo de hipóteses"[28] a respeito de sua origem,

---

24. *Ibid.* Não se deve objetar a Nietzsche que o princípio da moral diz respeito ao que *deve* ser e não ao que é, pois Schopenhauer quis precisamente se situar apenas no terreno da realidade, da "conduta real do homem" (*Le fondement de la morale*, trad. citada, p. 42).
25. *La généalogie de la morale*, Prefácio.
26. *Ibid.*, § 5.
27. *Ibid.*, § 6 (trad. fr. H. Albert).
28. *Ibid.*, § 5.

como tampouco, para fundamentar a matemática, é o caso de referir-se à sua história. O estudo das condições e das circunstâncias nas quais os homens conseguiram descobrir as verdades morais fundamentais pouco importa para a apreensão e para a dedução dessas próprias verdades. Os escravos reivindicarem um pouco de compaixão e de humanidade, os "inferiores" reivindicarem a igualdade e os explorados a justiça é, afinal, bastante natural.

Se considerarmos agora a noção de "fundamento" por si mesma, ainda é preciso distinguir entre o fundamento que só faz tornar *possível* o que fundamenta e o fundamento que lhe fornece legitimidade e validade. No primeiro sentido, "fundamento" é propriamente um termo de arquitetura; é compreendido como a "alvenaria que serve de base às paredes de um edifício" (Littré). Fala-se em "lançar os fundamentos" de um edifício, de uma cidade, de "assentar os fundamentos" sobre a pedra, sobre pilares, etc., de destruir palácios, casas, muros "até seus fundamentos". Uma vez "lançados" os fundamentos, edificar a própria obra torna-se *possível*. Mas a obra não vai resultar dos fundamentos por uma conseqüência necessária. Continua sendo obra contingente. Nesse primeiro sentido, o fundamento é o que permite, o que sustenta, aquilo sobre o que alguma coisa repousa, se apóia. Dizemos que é o fundamento em um sentido *negativo*. Em um segundo sentido, o fundamento é a razão suficiente, a justificação de algo, portanto – digamos com André Lalande (*Voc.*, 5.ª ed., sentido A) – "o que justifica uma opinião, o que determina o assentimento *legítimo* do espírito a uma afirmação". É verdade que uma asserção pode ser legitimada como sendo conseqüência de um princípio. Ela então é "fundamentada", mas apenas em um sentido relativo ou condicional, isto é, com a condição de que o próprio princípio seja fundamentado. O princípio fornece legitimidade ou validade apenas condicionalmente. O fundamento é incondicional. É, pode-se dizer, *o* Princípio. Todos os outros princípios lhe são subordinados. O fundamento da "moral", em um sentido negativo, é aquilo sem o que não seria possível fornecer um sentido a essa noção, em suma, sua condição necessária. O fundamento da moral, em um sentido *positivo*, é "o que legitima para a razão nosso reconhecimento de uma verdade moral" (Van Biéma, em Lalande, *l.c.*), em suma, sua razão suficiente.

O que buscamos aqui é, antes de mais nada, o fundamento da moral em um sentido *positivo*, pois para nós se trata de fundamentar o *valor* dos valores morais. Trata-se da legitimação da moral. Por enquanto, não sabemos ainda se a moral inteira não é uma ilusão. Essa suspeita talvez tenha seus motivos. Um grande número de religiões como, por exemplo, as religiões politeístas, hoje nos parecem só ter sido produtos ilusórios da imaginação humana; alguns acham que os dogmas das religiões monoteístas modernas estão no mesmo caso. Os grandes sistemas de metafísica poderiam igualmente ser apenas belas construções sem verdade, pelo menos se entendermos por "verdade" a conformidade com a natureza das coisas. Quantas teorias políticas também nos parecem repousar no mais completo arbitrário! Ao que seria possível acrescentar as pseudociências, como as ciências ocultas, a psicanálise, etc. Por que, então, não aconteceria o mesmo com a moral? Certamente as morais coletivas são fatos, no sentido em que existe, como dissemos, em cada coletividade, o que se considera como *devido* e que as condutas possíveis aí são julgadas do ponto de vista do "bem" e do "mal". Mas acaso existiria, acima dessas morais efetivas e que dependem da explicação sociológica ou histórica ou da justificativa condicional (isto é, a partir dos princípios que regem, em uma determinada sociedade, o acordo dos espíritos, mas que talvez não sejam nem aceitos em outra parte, nem aceitáveis pela razão), uma moral *de direito*, realmente universal? É duvidoso (e, no momento, não iremos além dessa dúvida). Por isso, o que propomos, ao "fundamentar" a moral, é de fato protegê-la dessa dúvida.

De resto, se acontecesse que aquilo que chamamos de "moral" se reduzisse a fatos sociais, que ela, então, não tivesse fundamento absoluto e, além disso, "não tivesse mais necessidade de ser fundamentada do que a natureza", como disse Lévy-Brühl (citado por Louis Boisse, em Lalande, *l.c.*), não seria o caso de buscar seu fundamento, mesmo negativo. Existe um fundamento negativo da moral somente se há uma moral, e só há uma moral se ela for fundamentada positivamente. Todavia, não é necessário determinar o fundamento positivo da moral para determinar seu fundamento negativo. Podemos determinar o último desde já, embora apenas condicionalmente, isto é, levantando a hipótese de que existe de fato uma moral universal com sentido de verdade (entendemos por isso que se, por exemplo, se deve manter suas promessas, não mentir, etc., é *verdade* que se deve manter suas promessas, não mentir, etc.). Com efeito, se há uma moral, isso significa que a diferença de valor das condutas foi fundamentada, que a distinção do bem e do mal é legítima. Ora, o "bem", de qualquer maneira que seja entendido, é o que se deve querer realizar, o "mal" é o que não se deve querer realizar e que se deve querer extirpar, tanto quanto possível, da realidade humana e do mundo humano. Por aquilo que se chama de "moral", propõe-se essencialmente ao querer humano levar em consideração o valor desigual das condutas com relação ao bem e ao mal e exige-se dele que queira realizar o que é bom e o queira da maneira correta. Ora, isso supõe que o querer humano tenha *liberdade para o bem.* A liberdade do querer é aquilo sem o que a exigência moral não teria sentido. Pois não se poderia exigir nada de uma vontade que não pudesse querer outra coisa além do que ela quer e da forma que quer. A liberdade é o fundamento negativo da moral – fundamento *negativo* porque a liberdade torna somente possível a exigência moral. Querer realizar o bem é o que *pode* ser exigido do querer humano. Mas com *que direito* exigir isso é o que ainda não foi absolutamente decidido.

Talvez se objete que tornando a liberdade o fundamento apenas negativo da moralidade, *separa*-se a liberdade da moral da mesma maneira que as fundações de um edifício podem existir sem o edifício. Ora, quando se exige da liberdade que ela queira o bem, não é, dirão, no sentido de que ela deveria sofrer essa exigência e a ela se submeter como a algo que lhe fosse totalmente exterior: para a liberdade, a exigência de querer o bem e querer o bem da maneira correta só é uma exigência moral se ela for ao mesmo tempo sua própria exigência. De outro modo, a submissão à regra seria feita na não liberdade. Ora, não se pode pedir que a liberdade queira a não liberdade. É portanto necessário que, ao querer o bem, a lei moral, ou como se quiser chamá-la (pois não é esse o problema aqui), queira ao mesmo tempo a liberdade, o que é possível se ela for em si liberdade-para-o-bem, de modo que ela só seja realmente liberdade (liberdade *em ato*, no sentido de Aristóteles, ou *para si*, no sentido de Hegel) querendo o bem, ou se a lei moral for uma lei que ela fornece a si mesma, etc. Mas, neste caso, a liberdade não é o fundamento simplesmente negativo da moral: se a compreendermos bem, a liberdade, ou seja, com a vocação que lhe é inerente, contém em si toda a moral. Nesse sentido, Kant pode dizer: "Se é suposta a liberdade da vontade, basta analisar seu conceito para dele deduzir a moralidade com seu princípio."[29] A liberdade da vontade consiste de fato "na propriedade que ela tem de ser sua lei para si mesma", na autonomia: ora, o princípio da autonomia da vontade é "o princípio supremo da moralidade". De resto, isso não passa de um exemplo. Não pretendemos visar Kant em particular. O que nos interessa é a própria coisa. Ora, é verdade que a exigência moral não poderia se apresentar à liberdade como significando para ela a não liberdade, porque, nesse caso, ela ainda deveria ser acompanhada de sanções (promessas ou ameaças), e não teria mais o caráter de uma exigência *moral*, porque apresentaria o bem como devendo ser desejado não por si mesmo, mas a partir da consideração das sanções de um querer bom ou mau.

---

29. *Fondements de la métaphysique des moeurs*, trad. cit., p. 181.

Assim, a exigência moral, com a diferença do bem e do mal, a obrigação de preferir o bem ao mal, etc., não se apresenta à liberdade como sendo-lhe completamente *exterior*. Admitimos esse ponto. Mas *é a própria liberdade* que continua podendo decidir considerar a exigência moral algo *alheio* a ela, que pode negar um fundamento qualquer (além do convencional) à diferença entre o bem e o mal, etc. Acaso não se vê o indivíduo muitas vezes, ou quase o tempo todo, perguntar ou perguntar-se que interesse, além do bem, ele teria no bem, ou se não teria algum interesse no mal, a despeito do mal? Ou a liberdade é um "puro nada", diz Kant, ou deve agir segundo uma lei, e uma lei que seja sua lei (autonomia). Mas a liberdade pode muito bem não temer o "nada", como se houvesse uma espécie de conivência entre ela própria e o nada; ela pode pensar a si mesma como liberdade *para o nada*, liberdade anárquica e aniquiladora, em si sem nenhuma relação necessária com algo como o bem e o mal e justamente para poder ter uma relação *livre* com o bem e o mal. Quando se diz que a liberdade é em si liberdade para o bem, que ela está destinada ao bem, que a liberdade verdadeira é a liberdade moral, de modo que a liberdade para si e a moralidade são a mesma coisa, proporciona-se uma *natureza* à liberdade, menospreza-se a liberdade. Pois a liberdade não tem uma vocação definida inscrita nela, tem vocação para tudo, e ela pode ser liberdade sob uma lei ou sem lei. Por um lado, temos a liberdade e, por outro, temos todo o resto, isto é, *tudo* (porque a liberdade não é algo entre as coisas, uma parte do todo), e a liberdade pode fazer o que quiser de "tudo". Tudo é nada, se ela quiser. "Cada um é um tudo para si mesmo", diz Pascal, "pois, ele morto, o tudo está morto para si" (*Pensées**, Br. 457). Mas não é necessário esperar a morte para que tudo, se me aprouver, esteja morto para mim. A liberdade é precisamente esse poder de já estar como morto e, em última instância, de não ser mais tocado ou estar interessado por

---

* Trad. bras. *Pensamentos*, São Paulo, Martins Fontes, 2.ª ed., 2005.

qualquer coisa como se já se estivesse morto. Loucura? É, se estivermos nesse estado sem liberdade. Mas sensatez se morremos assim com total liberdade, pelo interesse, por exemplo, que há em conhecer a segurança absoluta (o morto não pode morrer) e o poder absoluto (nós mesmos como contrapeso do tudo). Assim, a liberdade é, de fato, em si mesma desprovida de natureza, sem interesse necessário por qualquer coisa, exceto ela mesma, por assim dizer (mas ela tem liberdade de não vincular esse interesse por si mesma a mais nada – especialmente não vinculá-lo à moralidade – ou vinculá-lo tanto a qualquer negação quanto a qualquer afirmação). Assim torna a moralidade possível, como dissemos, mas permanecendo em si absolutamente indiferente ao bem e ao mal.

III

A liberdade é o fundamento negativo da moral, se há uma moral. Quanto a fundamentá-la positivamente, isto é, de tal maneira que não seja possível negar *com razão* seu fundamento, é nisso que trabalharemos agora, não, contudo, sem antes questionarmos o método a ser adotado, e este é o último objeto da presente "introdução".

Como se sabe, Kant remonta, pela via analítica dos juízos morais pronunciados pela consciência comum, ao princípio que os fundamenta[30], isto é, ao princípio da autonomia da vontade e, depois, pelo caminho sintético[31], fundamenta esse próprio princípio a partir do conceito da liberdade. Esse caminho não pode ser o nosso: como já observamos, os juízos morais da consciência comum são, pelo menos hoje, diversos e contraditórios. Uma das razões que demos para estabelecer o fundamento da moral foi a necessidade de acabar com a anarquia que reina nos juízos morais. Tam-

---

30. *Fondements de la métaphysique des moeurs*, primeira e segunda seções.
31. *Ibid.*, terceira seção.

bém é preciso observar a discordância que existe entre os juízos da "consciência comum" kantiana e a nossa, se julgarmos isso por meio de certos exemplos que Kant dá para sustentar sua análise: que conservar sua vida seja um dever[32], eis um ponto de vista que muitos de nossos contemporâneos, que reivindicam o direito ao suicídio, não compartilham; que garantir sua própria felicidade seja um dever constituiria outro tema de contestação. É possível perguntar-se se o ponto de partida de Kant é de fato, como ele diz, o "conhecimento racional comum da moralidade". Para a consciência comum, o que pode, sem restrição, ser considerado bom é "somente uma boa vontade"? Na realidade, pelo menos em nossa época, o homem que fracassa regularmente em seus empreendimentos (generosos) e *só* tem a seu favor sua boa vontade, suas perpétuas boas intenções e seus louváveis esforços é antes desprezado como tolo e inábil. Certamente, ele "não é mau", mas isso é negativo. O que é bom é a *boa ação*, na qual não se deve isolar o momento (necessário, mas não suficiente) da boa vontade. Analisando o conceito de "boa vontade", Kant a faz aparecer como vontade de agir *por dever*, no que mais uma vez substitui o juízo da consciência comum pelo seu próprio. Porque uma vontade que age por puro dever, isto é, por puro respeito à lei, não é aquilo que a consciência comum entende por "boa vontade". Segundo ela, o homem de boa vontade é aquele que ama o bem em si e por si mesmo. Assim, Kant, que pretende partir – erroneamente, achamos, pois não é um ponto de partida bem definido – dos juízos morais da consciência comum, na realidade parte, antes, dos seus próprios. Não poderíamos agir da mesma forma: em primeiro lugar, nossos próprios juízos são, em sua maioria, incertos, aguardam a fundamentação e a racionalização da moral para se tornarem garantidos e fixos; em segundo lugar, remontando de nossos próprios juízos a seu princípio para, depois de fundamentar o princí-

---

32. *Op. cit.*, p. 95.

pio, dele deduzirmos nossos próprios juízos, recearíamos estar apenas encontrando o "fundamento" de nossos próprios preconceitos. E talvez seja exatamente isso que Kant faz: *talvez* só esteja estabelecendo uma tal organização de seus preconceitos que eles sustentam uns aos outros e parecem "validar" uns aos outros.

Antes de tentar um caminho diferente daquele que parte dos juízos da consciência comum, é possível se perguntar se a discordância que se vê entre esses juízos não seria mais aparente do que real, procedente do fato de que, parecendo julgar as mesmas coisas, julga-se na realidade coisas diferentes, de modo que bastaria se julgar sempre a mesma coisa do mesmo ponto de vista para que se restabelecesse a concordância da consciência comum com ela mesma. Quais condições a realidade moral deveria então preencher para que houvesse concordância dos juízos morais a seu respeito? Aparentemente essas condições são duas. 1.ª A realidade moral deveria apresentar-se em primeiro lugar como uma realidade *singular*. É fácil ater-se a regras estritas: a generalidade das palavras equivale a um efeito de afastamento, de não proximidade da realidade moral, sempre singular. Basta, sob a generalidade das palavras, levar em conta a singularidade dos casos para demonstrar que o respeito escrupuloso por regras rígidas teria conseqüências desastrosas em certos casos. "Não se deve mentir": seria então necessário durante a guerra, quando uma não resposta fosse suspeita, dizer: "Estou escondendo um judeu em minha casa"? etc. Pode-se presumir que é preciso distinguir duas espécies de regras morais: *a*) as que têm um caráter de *universalidade* rigoroso (se houver); *b*) as que têm apenas um caráter de *generalidade*, que procedem do ὡς ἐπὶ τὸ πολὺ aristotélico. Como distingui-las? Sabe-se que, segundo Kant – e é a primeira forma que ele dá ao princípio da moral –, deve-se agir "unicamente a partir de uma máxima tal que se possa "querer ao mesmo tempo que ela se torne uma lei universal". Ora, quando ajo segundo a máxima: "minta se, não podendo evitar responder, você não tiver outro meio de salvar a vida de um outro homem", adoto uma máxima que talvez seja universalizável sem contradição, mas que entra em contradição com a regra rígida: "Não minta." Da mesma forma, a máxima: "Não roube", universalizada, é contradita pela máxima mais determinada: "roube se for esse o único meio de salvar uma vida" (se, por exemplo, for preciso, para cuidar de um ferido, roubar um medicamento indispensável que nos é recusado), ela própria, talvez, universalizável sem contradição. Assim são universais apenas as regras não suscetíveis de ser contraditas em um outro nível de determinação (como "respeite todos os homens"). Não sendo este o caso, elas são apenas gerais. Em última análise, são universais apenas as regras que resistem à prova da experiência moral como experiência do acontecimento, do que acontece e nos acontece, em suma, da realidade moral singular (sem que essa experiência, sendo apenas a experiência desse caso e desse outro, possa, é claro, ser o *fundamento* de sua universalidade). 2.ª Em segundo lugar, a realidade moral deveria apresentar-se como realidade *objetiva* – entendemos: constatável por todos, oferecendo-se a todos os olhares. Se uns julgam assim, outros de outra forma, alguns se declarando, por exemplo, a favor da pena de morte, outros tornando-se seus adversários, etc., é porque, com muita freqüência, uns e outros pensam em encarnações individuais diferentes do mal e do sofrimento. O que está diante dos olhos de uns não está diante dos olhos dos outros e inversamente. Conviria portanto, em suma, que os juízos morais pronunciados pela consciência comum se referissem à mesma realidade moral singular e dada a todos. Ora, tal realidade moral existe: é a realidade moral *cósmica*. Todos sabem hoje que existe o que o diretor geral da Unicef[33] chamava em dezembro de 1980 a "urgência silenciosa", mesmo se os próprios números (cerca de oitocentos milhões de pessoas no mundo vivendo na "pobreza absoluta", entre elas trezentos milhões de crianças, quatro-

---

33. Fundo das Nações Unidas para a infância.

centos e cinqüenta milhões de seres humanos vivendo em fome permanente, doze milhões de crianças mortas de fome e de doenças evitáveis em 1979) são logo esquecidos. E a consciência coletiva que, no plano da generalidade das palavras e dos exemplos disparates, se dilacera quanto aos problemas morais, encontra-se de acordo consigo mesma para afirmar a urgência da ajuda às populações mal nutridas[34] e de remédios eficazes para abrandar o subdesenvolvimento.

Existem associações cujo objetivo é responder de maneira rápida, concreta e direta às necessidades mais urgentes das vítimas de nossas sociedades. A consciência comum sustenta, aprova seus esforços. Não se encontraria decerto ninguém para contestá-las em princípio, pelo menos aberta e publicamente. Quando se trata de uma ajuda urgente a homens infelizes, a algazarra dos juízos morais se detém, um *consenso* é estabelecido. Esse *consenso* não pode ser o ponto de partida legítimo da reflexão do filósofo? Não é questionando o sentimento de urgência, o que faz com que os homens, como sujeitos morais, se sintam, em certas circunstâncias, tão instados a agir, que se poderia não apenas destacar o princípio da moral, que seria algo como o *Neminem laede, imo omnes, quantum potes, juva* de Schopenhauer (Não faça mal a ninguém, muito pelo contrário, venha ajudar a todos tanto quanto puder), mas apreender-lhe, pelo menos intuitivamente, o fundamento? Não acreditamos, ou pelo menos não parece (pois não se conseguiria negar que se pode, a despeito de um método ruim, às vezes encontrar a verdade) que este seja o método correto. A ur-

---

34. Todavia os juízos morais se traduzem de maneira muito desigual na prática. O indivíduo médio tem uma capacidade apenas medíocre de sacrifício financeiro, pois é levado a julgar que seus recursos lhe são relativamente necessários. A nosso ver, seria conveniente que todos os contribuintes dos países abastados fossem sujeitos a um superimposto, cuja renda seria destinada aos povos desfavorecidos do Terceiro Mundo. Essa proposta, no entanto, tem poucas chances de ser assumida por um político, pois a única coisa que este em geral pode fazer é refletir interesses egoístas.

gência tem um caráter contingente; poderia não existir. No mundo de hoje existem populações mal nutridas, pessoas deslocadas, idosos marginalizados, minorias oprimidas, etc. Mas elas poderiam não existir. Há tão pouca contradição em supor isso que se visa precisamente fazer com que não existam mais. Uma sociedade sem infelizes é concebível. Em tal sociedade existiriam no entanto a probidade e a improbidade, a honestidade e a desonestidade, a benevolência e a maldade, etc., o que mostra que as virtudes morais e os vícios devem estar estreitamente vinculados à própria essência da sociedade, que o fundamento da moral deve ser buscado do lado do próprio fundamento da sociedade e que, para isso, deve-se supor antes uma sociedade sem problemas particulares do que uma sociedade em que há urgências tais que podem esconder de nós, nos impedir de reconhecer aquilo que é o essencial do ponto de vista filosófico e fazer com que nos percamos num caminho falso de pesquisa. Mesmo que sempre tenha havido, em todas as sociedades humanas, infelizes, pode-se conceber grupos humanos tais que, para eles, esses infelizes existam como se não existissem. Suponhamos uma tribo que povoa uma ilha isolada de pequena dimensão onde não haja infelizes propriamente ditos. No entanto, todas as condições da existência de virtudes e de vícios subsistiriam ali. Para que haja ações moralmente qualificáveis, basta, ao que parece, que haja uma sociedade de seres humanos, que haja seres humanos em relação uns com os outros, comportando ou não a tal sociedade infelizes em seu seio. Em outros tempos encontravam-se aldeias isoladas, afastadas de tudo, onde eram raras as notícias do mundo exterior, onde nem mesmo os errantes passavam. Todos talvez vivessem ali mais ou menos bem. E, no entanto, essas aldeias eram tão ricas em vícios e em virtudes quanto qualquer outra num lugar diferente. Parece portanto que a questão da moralidade e da imoralidade se decide no nível das relações humanas mais simples sem que seja preciso se privilegiar, quando se trata da questão filosófica do fundamento, o fato de que haja infelizes ao lado de "felizes" que podem ajudá-los.

Talvez se dirá que, se é possível conceber uma sociedade sem infelizes, cuja presença portanto está vinculada a causas contingentes, naturais ou sociais, não se conseguiria conceber uma sociedade, pelo menos uma sociedade humana completa, sem *fracos*, pois seria uma sociedade sem crianças. Aparentemente uma sociedade humana normal é um agrupamento de fortes e de fracos. Ora, se há fracos é porque os fortes querem. É portanto porque a lei do mais forte não reina. Os fortes não se limitam ao estrito egoísmo individual que não desemboca em nada além disso. Muitos responsabilizam-se pela família, trabalham para alimentar sua família, criar seus filhos; outros tornam-se educadores, etc. Assim eles não se satisfazem com um presente que neles se deteria, que acabaria neles. Eles enxergam, eles *querem* ir mais longe. Ora, uma vontade que vai além deles mesmos é uma vontade não egoísta, porque, nesse futuro que preparam com seus esforços e com seus sacrifícios atuais, brilharão por sua ausência. É uma vontade que os fracos de hoje amanhã estejam vivos, fortes e, se possível, mais felizes do que eles próprios são hoje. É portanto uma vontade altruísta, e uma vontade altruísta, para o juízo da consciência comum (de acordo nesse ponto consigo mesma), é uma vontade moral. Assim, a vontade moral, que é essencialmente a vontade dos fortes de colocar sua força a serviço dos fracos, seria no fundo uma vontade de futuro. Onde Lucrécio viu a origem da moral, também se encontraria seu fundamento. Por que, com efeito, agir moralmente? A vontade egoísta, limitada a si mesma, prefere este mundo em que estou ao mundo onde não estarei, eu aos outros, o presente ao futuro. Ora, qual é o sentido? Há sentido quando aquilo que se faz leva a alguma outra coisa, quando o presente leva a um futuro. Escolher o egoísmo é escolher um presente que *não leva* a um futuro, é escolher o não sentido. Escolher o altruísmo, o esforço não apenas para si, mas também para o outro, isto é, para aquele que tem essencialmente necessidade de nosso esforço, isto é, globalmente, na sociedade, para o fraco, para a criança, é escolher um presente que leva a um futuro, é escolher o sentido. A vontade moral seria fundamentalmente uma vontade de futuro, e isso significaria que ela seria, fundamentalmente, uma vontade de *sentido*. Por que agir moralmente? Qual é o fundamento da moral? Encontra-se na vontade de sentido. A vida moral significa, no fundo, uma vida com sentido.

O que estamos dizendo tem uma certa força, não se pode negar. No entanto não se conseguiria aí encontrar a resposta última à questão que está sendo debatida aqui. Em primeiro lugar, o problema de uma sociedade sem crianças é complexo. O egoísmo individual pode explicar que um homem decida viver solteiro sem mulher ou filhos. Este foi o caso de Schopenhauer, segundo seu biógrafo Gwinner[35]. Mas, quando toda uma sociedade opta por ter menos filhos e, no limite, por não tê-los mais, trata-se de um fenômeno diferente. Pois o egoísta, ao escolher só viver para si, não coloca sua própria vida em risco, ao contrário: tendo toda a sua renda apenas para si, ele pode viver melhor. Mas a sociedade que escolher não ter mais filhos faz uma opção suicida que não se pode explicar por um egoísmo individual generalizado. É preciso apelar para uma noção diferente: a noção de "decadência". O decadente é o indivíduo que, como Nietzsche[36] disse, prefere o que lhe é prejudicial. Uma alteração do gosto faz com que se engane a respeito do que é bom para ele. Ele faz escolhas que lhe são sistematicamente desfavoráveis. Pode-se falar de suicídio indireto. Da mesma forma, uma sociedade decadente faz repetida e sistematicamente escolhas nefastas. Ela escolhe a autodestruição. Ora, trate-se do indivíduo ou da sociedade, a decadência parece ser mais uma doença do que um delito moral. O decadente julga que não vale a pena viver a vida moral, que

---

35. *Schopenhauer's Leben,* Leipzig, 1878, pp. 335-6.
36. *Oeuvres philosophiques complètes,* t. VIII, Paris, 1974, p. 128 (*Crépuscule des idoles,* § 35), pp. 163-4 (*L'Antéchrist,* § 6).

ela não tem sentido, mas, na realidade, esse juízo sobre a vida só exprime o esgotamento de sua vitalidade. Ao contrário, a vontade de futuro e de sentido exprime a saúde vital. Mas a doença não é um delito moral ou um vício, e a saúde não é um mérito ou uma virtude.

Em suma: o problema moral se coloca a partir do momento em que há sociedade. Mas não é o caso de avançar a consideração do estado presente do mundo – da realidade moral cósmica e do sentimento de urgência que ela suscita. Tal urgência tem um caráter contingente. Em uma sociedade feliz, o problema moral não deixaria de se colocar, porque todos teriam deveres para com os outros e poderiam perguntar o motivo. Tampouco é o caso de partir da consideração de uma sociedade humana completa, ou seja, que compreende fortes e fracos. Em uma sociedade humana incompleta, o problema moral também se coloca. Basta haver dois seres humanos para que haja a mentira. A partir de então, deve-se considerar não uma sociedade complexa, mas, ao contrário, uma sociedade humana simplificada ao extremo, a sociedade humana mínima. Como nos propomos a manter um discurso (isto é, falar sempre justificando), ela será aquela que formamos com nosso interlocutor. Nosso método, a partir de agora, está completamente indicado: será o método do diálogo, o método dialético em sua forma original. Não afirmaremos nada além do que o interlocutor não pode deixar de admitir, contanto apenas que concorde com a discussão. Como se trata de fundamentar uma moral universal cuja validade se impõe a todos, cristãos e muçulmanos, ou budistas, ou franco-maçons, ou marxistas, crentes e descrentes, bergsonianos ou tomistas, etc., deve-se deixar de lado qualquer pressuposição *particular*. Não pressuporemos nada além do universal, com isso entendo o que está implicado no próprio diálogo – um diálogo em que o interlocutor pode ser qualquer um. Nosso ponto de partida será o simples fato de que os indivíduos, por mais diversos que sejam, podem (excetuando-se o obstáculo da língua) entabular uma conversa.

Capítulo I
Escutar, responder, interrogar

Nossa proposta é dizer qual é, a nosso ver, o fundamento da moral, e isso fazendo de cada um juiz da exatidão e da verdade do que diremos. Não temos mais qualificação do que qualquer outro para falar de moral, mas também não temos menos. Não sabemos mais a respeito desse assunto do que qualquer ser humano, mas nenhum ser humano sabe mais sobre isso do que nós. De fato, nenhuma verdade sobre a moral humana nos diria respeito se não tivéssemos o poder essencial de reconhecê-la por nós mesmos. Assim temos esse poder no momento atual e, sejam quais forem as exortações que pudermos encontrar nos livros dos filósofos ou naqueles pretensamente inspirados, cabe ao nosso juízo a decisão final. Todo homem tem o poder inicial de julgar bem, de discernir as boas e as más razões. Ainda, convém usá-lo bem e não considerar um juízo o que não passa de sua caricatura, sendo apenas a expressão servil de um interesse, de um desejo, de uma influência ou de um hábito. Abstraindo-se nossos desejos, nossas convicções preestabelecidas, ou o que se convencionou dizer, trata-se de atentar para as próprias razões. Apreender as razões é o que caracteriza a razão. Antes de ser a capacidade de falar justificando o que se diz, ela é a capacidade de apreender as razões do que é dito. O que avançaremos pode ser sugerido pelo desejo, pelo hábito, pelas opiniões recebidas, pelo espírito da época ou por qualquer outra causa. Pouco importa. Essas causas fornecem apenas a matéria: a razão como faculdade crítica, que distingue as boas das más razões, faz a triagem. É a capacidade de escuta de si mesmo para discernir o que soa exato naquilo que vem à mente. Antes de ser a capacidade de falar, é a capacidade de escutar. O filósofo do *lógos*, Heráclito, insistiu particularmente na noção de escuta, *akousis*[1]. Leiamos o fragmento 19: "Como não sabem escutar, tampouco sabem falar." A própria possibilidade da linguagem está na escuta. A palavra vem do pensamento. Mas o que é pensar? É, quando algum enunciado vem à mente, sob o efeito de uma causa qualquer, considerá-lo do ponto de vista da verdade. É portanto acionar a função crítica, a função de juízo e de razão. Convertemo-nos em adversários de nós mesmos, isto é, num interlocutor sem complacência em uma espécie de diálogo consigo mesmo. No entanto o diálogo fictício não equivale ao diálogo real. O interlocutor real poder ser mais imprevisível e desnorteante do que qualquer interlocutor que nossa ficção forje.

O pensamento mais forte é o que se forja ou, em todo caso, que se verifica em um diálogo real. "Fortes" ou não, as proposições que avançaremos em seguida sofreram a prova do diálogo com interlocutores reais – não sempre o mesmo devido às circunstâncias, mas um único por vez. Então a escuta não é mais somente a escuta de si mesmo, mas a escuta de um outro. Os que não sabem escutar tampouco sabem responder. Não se trata para nós de "fundamentar" a moral no vazio, mas falando com alguém, dirigindo-nos a um interlocutor que consente em escutar. Mas como saber se está me escutando? Talvez esteja fingindo. Só posso notar que ele está escutando se ele falar e se o que diz tiver uma relação definida com o que estou dizendo.

---

1. Cf. fragmentos 1, 19, 34, 50, 79, 108 (Diels-Kranz).

Pois, se o que ele diz não tem relação com o que eu disse, como saber se escutou? É portanto necessário que aquilo que ele diz constitua uma *resposta*. Mas para que ele "responda", é ainda preciso que eu lhe faça perguntas.

O que entendemos por "diálogo" é um intercâmbio em que o discurso de um dos interlocutores acontece rigorosamente em função do discurso do outro. Tal intercâmbio não é possível em uma "reunião" em que cada um dos participantes tem direito, por sua vez, à palavra, bastando para isso apenas que ele a peça. Pois, como teve de requisitar sua vez de falar em um momento em que ainda ignorava o que iria ser dito, sua intervenção não tem relação necessária com as outras. Em um diálogo, decerto, a resposta não decorre necessariamente da questão, mas inscreve-se em uma grade definida pela própria questão. A grade mais simples é aquela em que o interlocutor só tem a opção de responder "sim" ou "não" ou de não responder à questão e abandonar o diálogo.

Capítulo II
Dizer a verdade

Vamos nos colocar no caso mais simples que acaba de ser definido e suponhamos que o interlocutor responda "sim" à nossa questão. O que significa esse "sim"? Se o interlocutor é sincero, ele está nos dizendo o que lhe parece como lhe parece. Não há, por um lado, o que lhe parece e, por outro, o que ele quer que pensemos a respeito do que lhe parece, mas as duas coisas são apenas uma. Ele não dissimula a aparência que as coisas têm para ele: ele nos revela a aparência. Diz a verdade. O que lhe parece ser a verdade? Seja! Mas pouco importa: o essencial é que a palavra e a noção de verdade apareçam desde o início e ao mesmo tempo que a noção de aparência. Certamente uma resposta pela qual o interlocutor exprime simplesmente o que lhe parece não poderia satisfazer-nos. O que queremos é uma resposta na qual ambos sejamos obrigados, necessariamente forçados, a reconhecer a verdade, cuja verdade se imponha inevitavelmente a ambos e a qualquer interlocutor eventual, abstraindo-se suas convicções particulares. Em suma, queremos uma verdade necessária, no sentido de que qualquer interlocutor no diálogo deva reconhecê-la, porque ela resulta das próprias condições do diálogo, e universal, porque discernível por qualquer homem, por mais diferente que ele seja de um outro homem. Queremos portanto uma verdade que não apenas apareça, mas cuja aparência não possa ser ocultada por nada. Efetivamente a verdade e a aparência revelam-se ao mesmo tempo, desde o início e, não fosse assim, se o interlocutor não tivesse desde o início o sentimento da "verdade" do que lhe parece, seria impossível depois dar-lhe sua noção, e qualquer progresso em direção à verdade não ocultável seria impossível.

Pergunto, em pleno dia, a meu interlocutor: "É dia?", Ele responde-me: "É noite." Não é verdade se ele vê que é dia e me diz que é noite. Mas, de certa maneira, é verdade se ele vê que é noite e me diz que é noite (como o fidalgo de que fala Montaigne, que ficou cego e perguntava por que o deixavam na escuridão). O que vejo de minha parte não poderia eliminar o que meu interlocutor vê da sua. Meu dia não conseguiria eliminar sua noite. Para cada um há o que lhe parece, e isso pode ser dito. *A verdade é, antes de mais nada, o discurso da aparência.* Certamente, meu interlocutor engana-se se, ao dizer que é noite ele entende que é noite para mim também. Mas nisso ele vai além do que a aparência lhe indica. Faz abstração de seu olhar, coloca o que se revela a ele como independente de seu olhar e à disposição de qualquer olhar. Não diz mais simplesmente: "Estou vendo", mas: "É assim." Então não estamos mais falando de "aparência", mas de "ilusão". *A ilusão é o discurso do ser.* "Isto *é*", "Isto não *é* assim", "Ele *é* isto", "Ele *é* aquilo": o discurso comum não se atém à aparência. É discurso ilusório, discurso do ser. Montaigne, quando diz a seu criado: "você é um asno", quer dizer: "agora, nesse momento em que estou com raiva, você me parece um asno, mas isto não significa que você já *era* um asno antes e *será* um asno depois". Por isso ele é Montaigne. O homem comum que qualifica um outro homem pretende dizer a *verdade* sobre este homem, compreendendo por "verdade" não o que lhe *parece*, mas o que *é*. A verdade, segundo o discurso comum, não é a simples aparência. É bem o oposto: é a própria coisa, ela equivale ao ser. A ilusão reificante, absolutizante, inerente ao discurso comum, produz a concepção comum, ilusória, da verdade, segundo a qual dizer a verdade não é simplesmente dizer o que parece, mas o que *é*. "É verdade" significa então: não sou eu que simplesmente vejo a coisa assim, mas: "ela *é* assim", independentemente de meu olhar. Concepção absurda, porque então o próprio caráter da verdade consistiria em não ser verdadeira para ninguém – o próprio olhar não sendo nada, nem ninguém, só "desvelando" e, nesse desvelamento, abstraindo a si mesmo, mas então desvelando para quem? Para ninguém.

Capítulo III
Verdade e liberdade

Trata-se, dizemos, de responder à questão do fundamento da moral falando a alguém – que escuta. Como saber se ele está me escutando? Quando ele, por sua vez, fala, e não de qualquer maneira: seu discurso deve corresponder ao meu, quer responda quer replique. Para que ele responda, tenho de interrogá-lo. Mas só posso interrogar um ser capaz não apenas de responder, mas também capaz de interrogar. Porque, para que responda, é preciso que repita, em primeiro lugar, a questão para si mesmo como questão. O que eu lhe pergunto, ele deve perguntar a si mesmo. O poder de interrogar não poderia ser unilateral. O interlocutor que responde pode também interrogar e me interrogar. Acontece de o interlocutor de Sócrates, por sua vez, interrogá-lo. Assim é o diálogo por perguntas e respostas. A partir de então, não sou apenas eu que espero de meu interlocutor que ele responda sinceramente, ou seja, diga o que lhe parece como lhe parece, mas ele também espera isso de mim. Cada interlocutor pressupõe que o outro possa dizer a verdade ou não dizê-la (ele pode mentir ou enganar). Cada um de nós, portanto, pressupõe o outro como capaz de verdade, *capax veritatis*. Dialogamos sob a idéia de verdade. Ora, isso implica que nos concebamos e compreendamos uns aos outros como seres *livres*. Esta é a primeira verdade que o interlocutor deve reconhecer comigo.

O primeiro conteúdo universal da idéia de verdade é a idéia de liberdade. Até então, só tínhamos verdades particulares, das quais, como dissemos, convém abstrair aqui. Os interlocutores deverem reconhecer-se mutuamente como livres é o primeiro ponto sobre o qual devem concordar, não de uma maneira contingente, por coincidência de suas convicções, mas de uma maneira necessária; é a primeira verdade universal. Mas, dir-se-á, uma verdade que se define pelo acordo necessário dos interlocutores talvez seja, "no absoluto", mentira. Isso pouco importa. O que se busca é uma verdade humana, o fundamento da moral humana, não uma verdade moral para anjos ou ostras. Trata-se apenas de forçar o interlocutor que supus, por uma espécie de niilismo metodológico, não estar de acordo sobre nada comigo, exceto sobre travar o diálogo, de forçá-lo a dizer o mesmo que eu, e isto pelos mesmos motivos que eu (essa "força", portanto, não sendo a da coerção, mas a força da razão). Ora, ele não pode deixar de reconhecer em primeiro lugar que, no diálogo, eu fazendo-lhe perguntas ou ele fazendo-me perguntas, pressupomo-nos mutuamente como capazes de dizer a verdade, a saber, o que nos parece a verdade (porque, entre dizer a verdade e dizer o que nos parece ser a verdade, nenhuma aparência até o momento tendo sido refutada, ainda não há nenhuma diferença). Assim sendo, ao querer obrigar meu interlocutor a dizer a mesma coisa que eu, vou, em primeiro lugar, forçá-lo a reconhecer e a dizer que um ser capaz de verdade é um ser livre. Ele e eu diremos então a mesma coisa. E, como somos interlocutores sem particularidades, isso será uma verdade universal.

Aqui a noção de "liberdade" se opõe à noção de "determinismo causal", como em Kant. Um efeito é determinado por uma causa quando, depois de o acontecimento-causa ocorrer, o acontecimento-efeito não puder deixar de se produzir. Faço a pergunta: "O senhor está com dor de cabeça?." Suponhamos que o interlocutor responda: "Sim, estou com dor de cabeça." O acontecimento mental e vocal "estou com dor de cabeça" é o efeito cuja causa seria a dor de cabeça? De forma alguma. O interlocutor diz que está com dor de cabeça *porque* ele está com dor de cabeça como a lâmpada acende quando se aperta o botão? Não, é claro. Se diz que está com dor de cabeça, não é porque está com dor de cabeça, pois, estando com dor de cabeça ele pode dizer *ou não dizer* que está com dor de cabeça. Da mesma forma, se a lâmpada acende, é porque se apertou o botão, mas quando se *diz* que a lâmpada acende não é porque se apertou o botão. Se eu digo: "estou com dor de cabeça" é porque é *verdade* que estou com dor de cabeça e porque decidi dizer a verdade a meu médico (certamente posso dizer: "estou com dor de cabeça" quando não é verdade que estou com dor de cabeça, mas então, se há mentira, ainda devo me dizer primeiro, a mim mesmo, que é *verdade* que não estou com dor de cabeça: para não dizer a verdade, ainda é preciso que haja essa verdade a não ser dita). No pretenso efeito aparece algo inexplicável pela pretensa causa: a *verdade* do juízo. Ora, sem essa noção de *verdade*, o juízo não seria de forma alguma um juízo. Porque dizer: "isto parece", ou, com ou sem razão, "isto é" – mas, no caso da dor de cabeça, ou seja, da dor, basta que isto pareça para que isto seja – significa que é *verdade* que isto pareça ou que isto seja. Portanto um juízo enquanto tal, na medida em que se revela como tendo um sentido de verdade, não pode ser explicado por uma causa. O juízo verdadeiro não tem causa, mas um fundamento. Esse fundamento é a visão da verdade: visão direta naquilo que Epicuro e Descartes chamaram a "evidência" (ἐνάργεια, *evidentia*[2]), ou visão indireta pela mediação das razões. Quando digo a verdade, tenho liberdade com relação a qualquer causa de determinação. É, aliás, porque tenho liberdade com respeito ao que falo que posso falar disso "verdadeiramente". *A verdade-sobre fundamenta-se na liberdade-com-relação-a.* Se meu juízo fosse a conseqüência de um encadeamento causal, não poderia ser verdadeiro: não se pode dizer que o papagaio que diz "estou com fome" (ou como um que conheço e que se chama Sócrates: "Sócrates está com fome") esteja dizendo a verdade, mesmo que esteja com fome, porque diz que está com fome no momento em que tem fome porque tem fome e não porque é *verdade* que está com fome. O próprio sentido do juízo verdadeiro é não poder resultar de uma causa e repousar, a título de fundamento, na visão livre da verdade. Se, depois de raciocinar, concluo que a soma dos ângulos de um triângulo euclidiano equivale a dois ângulos retos é porque vejo que é verdade (ou, caso se queira, que a proposição é *válida*) e que não pode ser de outra forma, não porque não posso deixar de dizê-lo: se eu o dissesse porque, sob o efeito de uma necessidade causal, não pudesse deixar de dizê-lo, não o diria mais porque é verdade, e meu juízo, não tendo mais um sentido de verdade, não seria mais um juízo.

Isso basta para que possamos considerar como fundamentada nossa liberdade, fundamento negativo da moral? Haverá a objeção de que talvez ninguém diga a verdade? Pouco importa: *pode* dizê-la, pelo menos no sentido de que cada um pode dizer o que lhe parece, ou seja, o que lhe parece *verdadeiro*. Mas talvez ninguém diga sinceramente o que lhe parece? Mais uma vez pouco importa: dizer o que lhe parece permanece possível. Mas então, se dizer a verdade é somente possível, não se deve falar de uma liberdade somente possível? Não, porque dizendo: "todos podem dizer

---

2. A tradução de ἐνάργεια por *evidentia* é ciceroniana (*Pr. Acad.*, II, 6, 17).

a verdade" (o que lhes parece a verdade), já estou dizendo a verdade, e o interlocutor deve concordar com isso. Sou portanto realmente livre e reconheço o interlocutor, e o interlocutor deve me reconhecer como realmente livre. Se é *verdade* que *posso* dizer a verdade ou, em todo caso, o que me parece a verdade, sou livre, e qualquer homem é, tanto quanto eu, um homem livre, porque qualquer homem sabe e considera verdade que pode sempre ou mentir ou dizer a verdade.

Capítulo IV
A igualdade de todos os homens

Existem maneiras diferentes de nos dirigirmos a outros homens. É possível nos dirigirmos a um homem como nos dirigimos a um cão ou a um escravo, simplesmente para dar-lhe uma ordem à qual ele deve obedecer sem compreendê-la, ou que ele pode compreender, mas sem discuti-la: então excluímos que aquele a quem nos dirigimos tenha o direito à palavra porque excluímos que a verdade possa vir dele. Mas se nos dirigirmos a ele como a um *interlocutor*, ao qual fazemos perguntas e ouvimos, que responde, que faz perguntas e que, em todo caso, escuta, consideramos esse interlocutor capaz de verdade, portanto livre, e consideramos nós mesmos como capazes de verdade e livres a partir do momento em que podemos responder a qualquer pergunta, mesmo que simplesmente constatando que não sabemos. Em qualquer conversa, em qualquer diálogo, cada um considera, em princípio, o outro homem como igualmente capaz de verdade e livre; portanto, considera-o *um igual*. Um diálogo, uma discussão só pode acontecer entre iguais. É preciso que cada participante da discussão se sinta e se encontre com o outro ou os outros em pé de igualdade. Deve-se pressupor com efeito que todos possam dizer algo de exato e de verdadeiro. A verdade não pode vir *somente* de um ou de alguns: não existe acesso *particular* à verdade.

O único lugar que a verdade pode ter é a linguagem universal, o discurso humano como tal. Pelo discurso, ela pode circular de um para outro, mas ela pode ser *posta em circulação* por qualquer um. Assim, todos os homens são iguais na medida em que têm essa capacidade, esse poder de pôr a verdade em circulação. Todos os homens podendo participar de um diálogo? Sim, todos podem (de direito). Em *Mênon*, Platão escolhe um escravo como interlocutor de Sócrates, pois quer mostrar que o interlocutor pode ser qualquer um.

A verdade é comunicável, e todos, em pé de igualdade, têm o poder de dizê-la, de comunicá-la. Dizemos: "comunicá-la"; não dizemos "prová-la". Aqui deve-se deixar de lado a questão da prova. Muitas proposições verdadeiras não podem ser verificadas. "Vejo um ponto negro em meu campo visual", digo a meu médico: não posso provar; ele tem de acreditar em mim. Muitas proposições relativas aos acontecimentos de nosso passado enquadram-se nesse caso. As verdades que não podem ser verificadas relativas aos acontecimentos de nossa vida pessoal são as mais importantes para nós. No entanto, para um outro, aqui a verdade é indiscernível da mentira. Pode-se imaginar um pretenso "diário" que só conteria acontecimentos falsos. Se, quando conto determinado acontecimento de meu passado que sou o único a poder conhecer e alguém diz que estou mentindo, não posso provar o contrário. Muitas verdades não podem ser provadas. Deixemos portanto de lado a questão da prova.

Podemos então dizer que todos os homens são iguais na medida em que podem falar e falar "a verdade" e, correlativamente, apreender o que é verdade para um outro como "verdade" para esse outro. Ainda podemos dizer: todos os homens são iguais *na medida em que são dotados de razão*. A razão é a função do "por quê". Ora, falando e pensando dizer a verdade, os homens dizem a si mesmos *por que* o juízo que fornecem aos outros ou fornecem a si mesmos como verdadeiro lhes parece verdadeiro. Antes de ser a faculdade de raciocinar, isto é, de dar as razões das coisas, ou melhor, de elaborar juízos, ou de apreender as razões que nos são fornecidas por um outro, a razão é, antes de mais nada, de uma maneira geral, a faculdade *do fundamento*. Se digo: "vejo um ponto negro em meu campo visual", ou: "estou com dor de cabeça", constato um estado de coisas. Um animal não constata, porque constatar é dizer o que está havendo tal como é, o que acontece como acontece, com a consciência de dizer e de falar *verdadeiramente*. Seria preciso supor, para nos distinguir do animal, uma outra faculdade além da razão, faculdade do raciocínio, que seria a faculdade do juízo, uma faculdade de objetividade que se chamaria, por exemplo, com Kant, de "entendimento"? Não, se a razão for definida, de uma maneira geral, como a capacidade de apreender o *fundamento*, o que faz com que um juízo seja fundamentado. Se digo: "estou com dor de cabeça", tenho ao mesmo tempo a consciência de que esse juízo está perfeitamente fundamentado. Só que a razão não é uma razão raciocinada, um outro juízo: ela não passa do próprio *fato*. Ter dor de cabeça é uma razão suficiente não para se dizer que se está com dor de cabeça, mas do juízo "estou com dor de cabeça", quando se opta por dizer que se está com dor de cabeça. Em suma, qualquer juízo, na medida em que se tem consciência, ao se julgar, de dizer a verdade, é um juízo de razão. Nem todos os juízos têm de ser fundamentados em razões, resultar de um raciocínio. Um grande número deles só exprimem fatos. Mas, na medida em que temos consciência de que o fato basta para autorizar o juízo e, portanto, de que este é *fundamentado* na revelação imediata da verdade, julgamos sempre com razão. Julgar sob a idéia de verdade é próprio de um ser dotado de razão. Todos os homens portanto podem ser considerados iguais, na medida em que são dotados de razão.

Todos os homens são iguais na medida em que são capazes de verdade, isto é, na medida em que podem fornecer juízos conscientemente verdadeiros, isto é, conscientemente fundamentados – singularmente ("estou com dor de cabeça"), particularmente (a partir de princípios admitidos ou admissíveis por alguns, não por todos: "a luta de classes conduz à ditadura do proletariado", "a alma é imortal"), universalmente ("o eclipse da lua pode ser explicado pela interposição do sol"). São iguais na medida em que são seres dotados de razão. Neste ponto é necessário precisar duas coisas. Em primeiro lugar, os homens são iguais *em direito*. Não dizemos ainda, como na *Declaração dos direitos do homem* de 1789, que são iguais "em direitos", no plural, mas somente em direito, isto é, em princípio, todos sendo em direito igualmente capazes de verdade (embora, de fato, possam mentir, enganar-se...). Em segundo lugar, essa igualdade de todos os homens juridicamente, essa igualmente em direito, é um *fato*: é um fato que qualquer homem possa, tanto quanto qualquer outro, dizer a verdade. Alguns homens, ou todos, podem ter o privilégio de certas verdades; cada qual, de resto, tem o privilégio de suas próprias verdades singulares, cujo fundamento é puramente singular. Mas nenhum homem tem de maneira geral o privilégio da verdade.

Conseqüentemente, todo homem tem o direito de dizer a qualquer homem: "sou seu igual", ou "sou equivalente a você", pois isso é, a partir do que precede, a estrita verdade. Além disso, todo homem deve reconhecer que qualquer um pode, com todo o direito, dizer o mesmo, em outras palavras, que um outro homem pode dizer-lhe na cara: "sou seu igual". Mas reconhecer que um outro homem tem o direito de me dizer na cara: "sou seu igual" é como dizer-lhe: "você é meu igual". Todos os homens portanto devem reconhecer uns aos outros como iguais. Devem portanto formar uma sociedade na qual possam efetivamente reconhecer-se todos como iguais. Isso requer provavelmente entre eles a igualdade civil e política, menos provavelmente a igualdade social e econômica. De qualquer modo, a igualdade que temos em vista aqui é somente a igualdade de essência: todo homem é em si o igual de qualquer outro quando se considera unicamente essa capacidade essencial que todos possuem de dizer o que se mostra a eles como a verdade.

Talvez aqui convenha precisar um pouco essa noção de "essência" em comparação com as noções de "natureza" e de "condição". Segundo Aristóteles, a *natureza* é o princípio de mudança organizada que está em todos os seres. A natureza de cada um é o que faz com que cada um se oriente em seus gostos, suas necessidades, seus desejos, suas *escolhas*, mais para isso do que para aquilo. Compreendida dessa forma, a "natureza" pode ser o resultado da história pessoal das primeiras semanas ou dos primeiros anos de vida; pode ser constituída, por um lado, de hábitos arraigados. Cada homem tem a sua natureza singular. As "naturezas" fazem com que haja diferenças de fato entre os homens. A educação jamais pode tudo, em todo caso, a partir de um certo momento não pode tudo e pode cada vez menos: "Mil índoles, em minha época, escaparam para a virtude ou para o vício por uma educação oposta", diz Montaigne[3].

Diferentemente da natureza, que é um princípio interno de determinação, a *condição* é o conjunto dos acidentes inelutáveis. A condição proletária, por exemplo, é constituída por um conjunto de elementos contingentes com relação às exigências naturais ou essenciais do ser humano, mas que, no entanto, quando se é proletário, determinam a vida. A condição proletária pode ser explicada, mas não justificada. Fala-se, após Cícero[4] e Montaigne, da "condição humana": todos os homens enfrentam o que se chama dor, necessidade, angústia, desgraça, doença, tempo, morte – sobretudo a morte, porque é possível escapar, ou quase escapar, da dor, da doença, da desgraça, mas o tempo encaminha inexoravelmente todo o homem em direção à morte, e ele sabe disso. Mas por que a dor? A necessidade? A doença? A morte? É possível fornecer suas causas, não suas razões. A morte não é algo *necessário*: não é absurdo conceber viver-se indefinidamente. Tentar prolongar indefinidamente a vida humana não é absurdo; é simplesmente

---

3. *Essais*, III, ii, "Du repentir", ed. Villey, reimp. de 1978, p. 810. [Trad. bras. *Os ensaios*, III, ii, "Do arrependimento", São Paulo, Martins Fontes, 2001, pp. 35-6.]
4. *Humana condicio* (*Tusc.*, I, 8, 15).

impossível. A morte é simplesmente algo *fatal*. É da ordem do fato: é um acontecimento, um acidente, inelutável, isto é, é da ordem do destino, não da necessidade[5].

Por fim, a noção de "essência" diz o que o homem é em direito. A relação do homem com a morte é uma relação de fato: ele morre. Se fosse uma relação de direito, seria absurdo supor que não morresse. Ao contrário, a relação do homem com a verdade é uma relação de direito. Um homem que fosse (em direito) incapaz de falar sob a categoria de verdade, portanto, que fosse incapaz de falar "verdadeiramente", isto é, de julgar, não seria um homem. Ser capaz de verdade, justamente isso é a essência do homem, e todos os homens têm essa capacidade, isto é, são capazes de dizer o que lhes parece como lhes parece. Os homens são portanto iguais em direito, isto é, por sua própria essência. Decerto a velha idéia popular de que nenhuma hierarquia subsiste no momento da morte pôde servir para afirmar, pela lembrança de sua igualdade perante a morte, a igualdade natural de todos os homens, quaisquer que sejam suas diferenças sociais[6]. Mas tal igualdade perante a morte não passa de uma igualdade de condição ou de destino. Não fundamenta uma igualdade de direito, diferentemente da igualdade diante da verdade, que subsistiria evidentemente mesmo que os homens não morressem.

Capítulo V
A idéia de igualdade entre todos os homens na época da decadência da Grécia

O método dialético, que repousa no fato de qualquer um poder conversar com qualquer um, implica a igual capacidade e todos os homens de discernirem o verdadeiro

---

5. Da necessidade de essência. A morte não procede menos de uma necessidade causal (segundo os estóicos, o destino é, ademais, uma "corrente de causas", εἱρμὸς αἰτιῶν).

6. Cf., por exemplo, os *Vers de la mort* de Hélinand (fim do século XII).

do falso e a igualdade de todos os homens diante da verdade. Tal idéia da igualdade de todos como interlocutores possíveis no diálogo está então presente na prática da dialética por Sócrates. Decerto alguns sofistas reconhecem a igualdade de todos os homens, mas ela decorria para eles de que todos, nobres ou não nobres, gregos ou bárbaros, estivessem sujeitos às mesmas necessidades naturais, respirassem[7] o mesmo ar, etc., mais do que do reconhecimento de uma capacidade igual de apreender o verdadeiro e de pensar. Era mais uma igualdade natural do que uma igualdade essencial diante da verdade. O individualismo universalista de Sócrates (com isso queremos dizer que ele enfatizava ao mesmo tempo a consciência e o exame individuais e a razão universal) estava em contradição com o espírito da Cidade, particularista e imperialista. A Cidade certamente convivia com o individualismo, mas egoísta e aristocrático, tal como o de Alcibíades ou de Xenofonte, em que se tratava apenas de interesses e não de princípios; o socratismo, porém, que tinha um sentido de universalidade, constituía para ela e seu espírito sectário um agente de dúvida e de dissolução. Sócrates teve dois tipos de descendência. Os platônicos, com, principalmente, o próprio Platão e Aristóteles, representaram, sob a forma não contudo de uma oposição a Sócrates, mas de uma oposição aos discípulos cíni-

---

7. "As coisas que são necessárias por necessidade natural são comuns a todos os homens... Nenhum foi marcado originalmente como bárbaro ou como grego: todos nós respiramos o ar pela boca e pelas narinas..."(*Fragmentos* de Antífon, o sofista, fr. 44 B Diels-Kranz, *Vors.*, ed. Gernet, fr. 5). Cf. a noção de "igualdade natural" no século XVIII: "a *igualdade natural* ou *moral* baseia-se na constituição da natureza humana comum a todos os homens que nascem, crescem, subsistem e morrem da mesma maneira" (de Jaucourt, art. "Égalité naturelle" da *Encyclopédie*); o cozinheiro de um cardeal tem direito, diz Voltaire, de acreditar-se inteiramente o igual de seu senhor (enquanto continua a fazer-lhe o jantar e não o inverso): "Sou homem como meu senhor, pode dizer, nasci como ele chorando; ele morrerá como eu em meio às mesmas angústias e às mesmas cerimônias. Ambos desempenhamos as mesmas funções animais" (art. "Igualdade" do *Dictionnaire philosophique*). Os animais também nascem, crescem, subsistem e morrem; desempenham as mesmas funções animais.

cos de Sócrates[8] – que consideravam qualquer distinção entre os homens (exceto a da virtude e do vício), fosse entre os bárbaros e os gregos ou entre os homens livres e os escravos, uma distinção vã e convencional –, a reação aristocrática e conservadora. Em Platão, a dialética foi posta a serviço do ideal político da Cidade, ideal que ainda permaneceu o de Aristóteles. O platonismo foi a filosofia da época em que se desenvolveram as contradições do imperialismo da Cidade. Afinal, o imperialismo não foi típico somente de Atenas, Esparta e Tebas. Era uma característica geral das Cidades gregas. Resultava do fato de que, carentes de recursos (alguns com portos mas sem terras férteis ou madeira para as naus, ou o contrário, outros com culturas variadas mas sem saídas fluviais, alguns aptos para a indústria, outros para a agricultura), esses miniestados estavam condenados a uma vida precária a menos que se apoderassem dos recursos dos outros. Mitilene, Olinto, Orcómeno, Téspias, Tânagra, Mantinéia, Argos, etc. tiveram seu momento de miniimperialismo. Mas a guerra perpétua que resultava da organização política da Grécia não podia deixar de ter como conseqüência o enfraquecimento recíproco e até a destruição mútua, parcial ou total, das Cidades, e a impotência geral diante das pretensões de um outro imperialismo, não grego e de natureza diferente (era o imperialismo de um Estado monárquico), o imperialismo macedônio. Ora, se o que conta é o cidadão, o ideal sendo a Cidade, o grego é superior ao bárbaro – que não vive em uma cidade –, e o livre é superior ao escravo – que não é cidadão. Porém, com a decadência política da Cidade, a partir de então conquistada e submetida, embora contra a vontade, o indivíduo encontra-se só, não cidadão, mas simplesmente homem, na

---

8. Falando daqueles para quem "a dominação do senhor é contra a natureza, pois é apenas em virtude da lei (*nómoi*) que um é escravo e o outro livre, pois eles em nada diferem por natureza (*phýsei*)" (*Polít.* I, 3, 1253 b 20), Aristóteles visa mais provavelmente, como Zeller reconhecera, os cínicos do que os sofistas.

mesma qualidade que qualquer outro indivíduo, igual a qualquer outro indivíduo.

Chegou então a hora da segunda descendência de Sócrates, não mais aristocrática, mas popular. O individualismo e o universalismo de Sócrates marcam as filosofias dominantes na época helenística. Voltadas, como o socratismo, menos para a especulação do que para a vida prática e cotidiana, propõem morais da salvação individual que também são morais universalistas, a salvação estando ao alcance de qualquer indivíduo sem distinção de raça, de língua, de condição, de sexo. Isso porque todos os homens são igualmente aptos a entender e a apreender a verdade, são iguais diante da verdade, de maneira que não é mais preciso filosofar para alguns, para eruditos escolhidos a dedo, mas para todos os homens. Para Pírron, que acompanhou Alexandre à Ásia, a verdade dos gregos equivale à verdade dos persas e eqüivale à verdade dos habitantes da Índia. A razão não pode fundamentar entre elas qualquer diferença de valor. Os costumes dos gregos são melhores do que os costumes dos persas? São in-diferentes. "Nada é antes assim que assado ou nem assim, nem assado."[9] Tanto quanto os gregos ou os habitantes da Índia, os persas estão na verdade, que é a vida cotidiana deles. Mas essa verdade reduz-se à aparência. Todas as aparências equivalem-se. Nenhuma é ocultável por outras aparências. Nenhum povo, nenhum indivíduo está mais perto do que outro da verdade, nem mais longe, porque toda a verdade está ali, para cada um, na imediatidade da vida. O significado da linguagem, de qualquer linguagem, não é dizer o *ser*. Só se deve falar para dizer, para se exprimir, não para afirmar. A solução pirroniana que consiste, para não se opor ao outro e assim não complicar a vida e ter paz, em deixar dizer, em deixar as palavras fluírem do outro como vento, evitando nelas se ver, a despeito da intenção do interlocutor, afirmações que dizem respeito ao que "é" e, caso se fale, falar não para

---

9. Aulo Gélio, *Nuits attiques*, XI, 5, 4. Cf. Diógenes Laércio, IX, 61 (ver *Pyrrhon ou l'apparence*, 1.ª ed., p. 46).

afirmar o que se diz, mas para sugerir, indicar, querer dizer outra coisa, abrir outras possibilidades, evitando levar a sério a palavra "ser" e tratando ironicamente as proposições que a comportam, que consiste, finalmente, em saber manter o silêncio e voltar ao silêncio; essa solução é, aliás, sempre possível. Já Epicuro propõe uma verdade única desvelada pelo sábio, mas a propõe a todos os seres humanos, inclusive aos escravos, às mulheres e aos adolescentes (Fitocles, a quem é dirigida a carta sobre os meteoros, morreu aos 18 anos). Da comunidade epicuriana, que não passa de uma soma, em que cada um conta por um, que não comporta nem hierarquia, nem autoridade (exceto a da própria verdade única e universal), qualquer um pode participar; e ela não se detém nos limites da Cidade: ela não conhece outros limites além daqueles do próprio "mundo habitado", do *oikouméne* (cf. *Sentence Vaticane* 52). É fácil se conquistar uma vida feliz, contanto que a única preocupação seja comer, beber, vestir-se, aquecer-se e viver com amigos na perspectiva da verdade e não preocupar-se com a religião, a política, a pátria e a ideologia. Para os estóicos, finalmente, cabe ao homem como tal ser capaz de sabedoria (*sapientia*). Por isso é preciso instruir na filosofia as pessoas de todas as condições ou sexo, assim como de todas as nações e línguas: os artesãos, os camponeses, os escravos, as mulheres[10]. Segundo Zenão, uma única força divina que abrange o mundo existe em cada indivíduo sem distinção de raça ou de condição. Em cada homem como tal está o único princípio a ter o direito de dirigi-lo: a razão, parcela que se desprendeu da razão cósmica. Por isso não há seres que, comparados uns com os outros, sejam "tão semelhantes, *tão iguais*" quanto os homens entre si[11]. Essa igualdade é uma igualdade diante da verdade, porque dizer que a razão é comum a todos é dizer que "o poder de apreender é igualmente compartilhado"[12].

---

10. Segundo Lactâncio, *Instit. div.*, III, 25 (Arnim, *S.V.F.*, III, n.º 253).
11. Cícero, *De legibus*, I, 10, 29 (Arnim, III, n.º 343).
12. *Ibid.*

Capítulo VI
Igualdade essencial e desigualdades acidentais

Todo homem é o igual de qualquer outro, como uma circunferência é igual a uma circunferência de mesmo raio, isto é, em direito ou em essência, não de fato. Essa igualdade em direito é *um fato* (pois não há ser humano, mesmo que seja uma criança, que não possa dizer a verdade ou o que lhe parece ser verdade), não um fato singular (como ver um ponto negro em seu campo visual), mas um fato universal, isto é, que todos têm fundamento para reconhecer e devem reconhecer. As desigualdades que existem entre os homens, sejam físicas (em sua conformação – alguns sendo normais, outros disformes –, em sua saúde e sua longevidade – alguns, apesar de perfeitamente iguais, sendo programados para uma vida longa, outros para uma vida breve –, em suas aptidões corporais, etc.), intelectuais (pois não se trata de negar o fundamento dos testes de inteligência e da noção de "quociente intelectual", dos testes de aptidão, etc.), morais (alguns sendo mais propensos que outros ao "mal", pois existem sem dúvida naturezas "bem nascidas", como diz Montaigne, e naturezas ruins), ou outras não são essenciais com relação à igualdade fundamental e essencial e em nada a podem mudar.

Vamos sublinhar aqui algumas conseqüências disso:

a) A criança é meu igual. Porque os homens são iguais enquanto dotados de razão, ou seja, na medida em que podem fazer juízos fundamentados, dir-se-á que a criança que não alcançou a "idade da razão" não é meu igual? Mas a criança não se torna "dotada de razão" em um dia: a idade dita "da razão" é estabelecida por convenção. Sete anos? A criança faz juízos verdadeiros e distingue o verdadeiro do falso bem antes dos sete anos. Dir-se-á que a criança de antes da linguagem (o νήπιος de Heráclito, fr. 79 DK) não é meu igual? Por que não? É *capax veritatis*. Se aquele que se engana ou aquele que mente é meu igual, por que não aquele que não fala, mas que logo conseguirá usar a palavra? Se o arquiteto que está dormindo é um arquiteto potencial, o que aprende a arquitetura também é, embora não se trate da mesma espécie de "potencial".

b) E o que acontece com o idiota, o deficiente, o idoso que voltou à infância? O pior dos idiotas é meu igual e devo tratá-lo como tal. A "idiotia" é o último grau da indigência intelectual, abaixo da debilidade e da imbecilidade. Situa-se no grau mais baixo da escala da inteligência. Mas as desigualdades intelectuais são apenas desigualdades de fato, que em nada mudam nossa igualdade essencial. Não fosse assim, o superdotado tampouco seria meu igual. Ademais é impossível, na escala dos graus de inteligência, fixar o limite, o limiar acima ou abaixo do qual seria necessário admitir que a diferença de grau se torna uma diferença essencial. O deficiente é meu igual? A questão praticamente só se coloca para o surdo-mudo, do qual se poderia duvidar que fosse nosso igual, pois não possui a possibilidade da palavra. Mas os surdos-mudos têm a sua linguagem, fazem juízos que acreditam ser verdadeiros ou falsos. Além disso, que fronteira estabelecer? Dir-se-á que o surdo é nosso igual e que o mudo não? Finalmente, o velho que voltou à infância e que só leva uma vida vegetativa é nosso igual porque foi nosso igual e é impossível fixar o momento em que cessou de ser. Certamente há uma grande diferença entre o deficiente – que pode, exatamente como o normal, pôr a verdade em circulação – e o idiota, ou o idoso reduzido ao estado vegetativo. Todavia, mesmo para esses últimos, a afirmação de que são nossos iguais é inevitável: mesmo se essa igualdade é uma ficção, é uma *ficção racional*. Não fosse assim, não se teria nada a objetar àqueles que quisessem se livrar deles como refugos que se encontram na lata de lixo pela manhã.

c) O malvado é meu igual. Não é de surpreender, porque, ao se falar de uma igualdade essencial de todos os homens como sendo uma igualdade diante da verdade, deixou-se de lado o valor moral. Quanto a este, parece haver entre eles uma desigualdade extrema. Não há necessidade de considerar os grandes culpados. Basta simplesmente examinar ao nosso redor as pessoas que levam uma vida sem problemas e em geral morrem sem ter questões com a justiça: aí se vê a pequena desonestidade dissimulada ao lado da honestidade escrupulosa, a ingratidão ao lado da gratidão, a falta de palavra ao lado da fidelidade às promessas, o cálculo mesquinho ao lado da liberalidade e da generosidade, a dissimulação ao lado da franqueza, a grosseria e a falta de preocupação com os outros ao lado da delicadeza e da atenção, etc., e sobretudo aí se vêem as virtudes agrupando-se e encadeando-se entre si nas mesmas pessoas, os vícios entre si em outras, formar caracteres morais opostos, diferença profunda, verdadeiro abismo, que poderá muito bem não aparecer em pessoas à primeira vista igualmente "simpáticas" ou sociáveis. A desigualdade moral de um indivíduo com relação ao outro deve-se à escolha que cada um faz de seu caráter, escolha que sem dúvida pode ser compreendida quando se trata de um caráter nobre e elevado, pois é evidente que as virtudes tornam a vida mais bela, mas que nos imerge em um abismo de pasmo e incompreensão quando se trata de um caráter vil – pois é concebível que se escolha passar uma vida tão breve na torpeza? Porém, de qualquer modo, malvados ou viciosos, os homens nem por isso deixam de ser homens. São homens à sua maneira, mas esta depende de sua escolha e de sua responsabilidade, não de sua essência. De resto, se, por suas más escolhas, eles se tornassem realmente *diferentes* dos bons, não poderiam ser comparados com eles e não poderiam ser julgados seus desiguais.

Os filósofos da época helenística, nos quais reconhecemos a idéia da igualdade de direito e do igual valor de todos os homens, dado que estavam convencidos, mais do que nós hoje (que lemos Dostoiévski e outros), com Sócrates, de que ninguém faz o mal voluntariamente, o malvado só se enganando a respeito do que é bom para ele[13], não con-

---

13. Cf., por exemplo, Epicuro, *Sentence Vaticane*, 16.

seguiam não ver um igual no outro homem, mesmo que ele fosse malvado; um igual, isto é, um ser em primeiro lugar capaz de verdade, mas, em seguida, a quem a verdade pode trazer a salvação, um ser *capaz de salvação*. Certamente eles opõem o sensato ao insensato, mas, se o sensato é superior ao insensato, é no sentido de que é melhor, mais feliz, mais forte, e isso sobre o fundo de sua igualdade fundamental. Para os epicuristas, segundo Filodemo, o sensato é simplesmente "o mais eminente dos amigos", τῶν φίλων ὁ ἐξοχώτατος[14]. Para os cínicos e os estóicos, o malvado permanece um irmão[15] – o que implica a igualdade. "É um destino bem divertido", diz Epicteto, "o tramado para o cínico: ele deve ser espancado como um asno e, espancado dessa forma, deve amar (φιλεῖν) aqueles que o espancam, como se fosse o pai ou o irmão de todos."[16] A indulgência universal do sensato não ocorre sem o amor pelos homens, amor que, segundo Cícero, corresponde a uma inclinação natural e com a qual ele constrói o fundamento do direito (*fundamentum juris*)[17]. Em Marco Aurélio[18] domina a idéia de parentesco (συγγένεια), que implica a idéia de "igualdade". Ora, da mesma forma que o parente que "degenera" não deixa de ser nosso parente, o malvado conserva seu laço de parentesco com o sensato. Por fim, na medida em que faziam do sábio perfeito um ideal praticamente irrealizável e não admitiam graus inferiores de sabedoria, os estóicos igualavam todos os não sábios, estivessem eles bem longe da sabedoria ou "estivessem avançando" em sua direção (os *prokoptontes*), porque nos afogamos tanto com pouca água acima de nós quanto com muita.

---

14. Cf. Marcello Gigante, *Actes du VIIIᵉ Congrès Budé*, 1970, p. 215.

15. Edwyn Bevan não contesta isso nos estóicos; só observa que o sábio não tem de "se inquietar" por seus irmãos: deve apenas "servi"-los. (*Stoïciens et Sceptiques*, tr. fr., p. 62).

16. *Entretiens,* III, 22, 54, trad. fr. J. Souilhé, "Les Belles Lettres".

17. *De legibus*, I, 15.

18. "Mesmo a natureza do pecador é de ser meu parente" (*Pensées*, II, 1, trad. fr. Trannoy); "É próprio do homem amar (*philein*) mesmo os que o ofendem. O meio de conseguir isso é representar para ti que são teus parentes" (VII, 22). Cf. II, 13; III, 11, etc.

Capítulo VII
A dignidade humana e o direito de revolta

Todo homem tem fundamento para considerar-se o igual de qualquer outro, mesmo que este seja um "superior" na sociedade, pois esta superioridade é um acidente. Meu "superior" teve mais sorte, mais talento ou simplesmente, mais do que eu, sede de poder, de glória ou de honras, e fez mais esforços para chegar mais alto: isso não cria entre nós nenhuma desigualdade essencial ou real. A desigualdade está somente nos *papéis* que somos chamados a desempenhar; na comédia, não representamos o mesmo personagem. A consciência de cada um de sua dignidade implica que qualquer "superior" seja considerado como um *superior por acidente*. Inversamente, se me volto a meus "inferiores", isto é, àqueles aos quais posso dizer: "faça isso" e que não podem dizer isso a mim, em suma, que dependem de mim (um empresário, por exemplo, estabelece a tarefa, o trabalho, de seus operários ou empregados e não o inverso), devo considerar-me como sendo seu superior apenas por acidente. Em suma, nas relações humanas, para que a dignidade de cada um seja respeitada, isto é, o direito de cada um de considerar-se o igual de qualquer outro, é preciso abstrair qualquer pretensa "superioridade" ou "inferioridade" e considerar a hierarquia social como nada significando de essencial, como tendo caráter de acidente. Se tal hierarquia pudesse ser abolida, esse fato estaria em inteira conformidade com a igualdade e com a reciprocidade de essência dos seres humanos; mas tal abolição não se impõe a partir do momento em que a hierarquia adquire o caráter de um acidente aos olhos de todos.

Minha própria dignidade está ligada à dignidade do outro. Sou atingido em minha dignidade não somente se me rebaixo, mas se um outro se rebaixa. Pois minha dignidade não é propriamente minha: é de todo homem e portanto está ligada à dignidade de todo homem. Devo não me rebaixar por respeito a mim mesmo e também por respeito a qualquer homem; e devo querer que nenhum homem se rebaixe, não apenas por respeito por sua própria dignidade, mas também pela minha. Naturalmente, não tenho mais fundamento para me orgulhar do que para me rebaixar e me humilhar. Na época da escravidão, os filósofos gregos, principalmente os cínicos, condenaram enfaticamente qualquer atitude servil; o mesmo fez Montaigne na época do poder dos reis e dos grandes. "A servidão mais indigna é a servidão voluntária", dizia Sêneca (*Ep.*, 47, 17); e o tema foi desenvolvido por La Boétie em seu *Discours de la servitude volontaire*. A natureza nos fez iguais, companheiros e irmãos: ela "nos fez todos da mesma forma e, ao que parece, do mesmo molde, a fim de que reconhecêssemos todos uns aos outros como companheiros, ou melhor, como irmãos". Como acontece então que "tantos homens, tantos burgos, tantas cidades, tantas nações suportem às vezes um único tirano cujo poder é exclusivamente aquele que lhe fornecem"? La Boétie responde que é cada súdito obediente que confere, pela sua própria obediência, o poderio ao poder. O problema da rebelião é colocado dessa maneira.

Se a situação de rebaixamento e de humilhação é incompatível com a dignidade humana, esta exige que se coloque um termo a essa situação. Isso não pode ser feito pela discussão, porque a discussão como tal implica a igualdade e exclui a situação de rebaixamento. O senhor não discute com seus escravos, não mais do que o rei com seus súditos. Daí, em certos casos, para os indivíduos ou para os povos, um direito à desobediência, à insubordinação, à revolta, à rebelião, à insurreição. Uma criança, por exemplo, teria fundamento para desobedecer a pais que lhe falassem não a linguagem da razão e do amor, mas apenas a da relação de força – não, todavia, se apelassem para a força em desespero de causa, após falarem em vão a linguagem da razão e do amor.

Estaria fora de nosso contexto examinarmos aqui *in concreto* em que casos se pode falar de um direito à desobediência, à revolta, etc. Vamos nos limitar a algumas observações:

    a) Não temos necessariamente o dever de exercer nosso direito. Se, por exemplo, cabe-me uma parcela de uma herança, não tenho o dever de aceitá-la; posso abandoná-la aos co-herdeiros (os cínicos e os estóicos muitas vezes livraram-se de seus bens, pois preferiam ser pobres e ter o mínimo possível, pois assim reduziriam sua "bagagem" e seu apego). Mas, quando nos encontramos em uma situação que implica o não respeito pela pessoa humana em nós ou em outro, temos, ao que parece, não apenas o direito, mas o dever de não aceitar. É o caso então, aparentemente, de falar não apenas de um direito, mas de um "dever" de revolta, de insubordinação, de rebelião, de insurreição... O escravo não tem o dever de se revoltar, mesmo se for relativamente feliz em sua servidão e mesmo que eventualmente se torne mais infeliz revoltando-se? Sim, se for o único em questão (ou se estiverem em questão apenas adultos conscientes dos riscos que correm), mas se, como é em geral o caso, sua revolta puder acarretar a desgraça e a morte dos fracos (dos mais fracos que ele) e particularmente de crianças, não se deve falar em "dever". E não apenas não tem o dever de exercer seu direito, mas antes tem o dever de não exercê-lo e de padecer. Quando se consideram as revoltas camponesas sob o Antigo Regime, ou as revoltas proletárias modernas, é provável que, em sua maioria, elas tenham sido perfeitamente fundamentadas. Os camponeses e os operários só estavam exercendo seu direito. Isso não significa que sempre se deve considerar errados os que recusaram a revolta, ao contrário: se não se revoltaram por preocupação com o destino de suas famílias, das mulheres e das crianças, foi com razão.

    b) Existem casos em que a revolta deve ter uma forma individual, outros em que deve ter uma forma coletiva. Assim, a revolta justificada coletivamente não é justificada individualmente. O camponês sob o Antigo Regime ou o proletário moderno não tinham fundamento para se revoltar sozinhos: a partir do momento em que a situação humilhante é a mesma para todos os membros de uma coletividade, cada um deles deve comportar-se como membro de um todo e não como indivíduo solitário, porque a dignidade humana dos outros diz respeito a ele, como a dele diz respeito aos outros. Cita-se o caso de camponeses que se revoltaram individualmente e que se tornaram bandidos, ou de operários cuja revolta individual os transformou em vadios. Eles enveredaram pelo mau caminho. O papel legítimo de cada um deles seria, antes, preparar uma revolta coletiva.

c) Consideremos particularmente a *suspensão* do dever de revolta, de rebelião, de insurreição. Caso se admita, por exemplo, que é incompatível com a própria noção de "dignidade humana" considerar que certos homens teriam por privilégio de nascimento o direito de governar outros, que nasceriam para governar ou para reinar, os outros para obedecer e, portanto, que um homem consciente de sua dignidade não deve aceitar viver sob um regime monárquico pelo fato de ele criar uma situação incompatível com o justo respeito de sua dignidade, do que resulta que, sob um regime monárquico, todo "súdito" tem um direito e um dever essenciais de insubordinação e de revolta, está essencialmente fundamentado para se rebelar contra o rei, quer dizer que esse direito essencial deva se traduzir imediatamente por uma rebelião de fato (e a mesma questão pode ser colocada em outros casos semelhantes)? Não, ao que parece: o dever de insurreição, de insubordinação ou de revolta pode ser *suspenso*. Isso principalmente em dois casos: 1) Em primeiro lugar, quando as chances de sucesso são pequenas demais, de modo que a revolta resultaria em um sacrifício vão. Sempre se deve querer a vitória; por isso, não se deve arriscar a destruição das forças vivas. Deve-se portanto, quando se é fraco demais, suportar até uma situação indigna, preparando-se e se fortalecendo em silêncio até o dia em que se puder agir com chances razoáveis de sucesso. 2) Em segundo lugar, quando a revolta acarretaria manifestamente mais mal do que o mal que existe no momento. Certamente o desrespeito pela pessoa humana é, de uma certa maneira, o mal maior, mas pode assumir formas diferentes, desde o tratamento desigual e desdenhoso até formas atrozes e horríveis. É melhor ter de suportar o desprezo do que a tortura e a morte. Ter um rei pode ser um mal menor e, neste caso, o "dever" de rebelião deve ser suspenso. É preferível um rei democrata do que uma ditadura militar. E, se a realeza tiver apenas uma realidade simbólica, como é em geral o caso em nossa época, não vale a pena provocar grandes perturbações para se livrar dela.

d) O que precede acarreta naturalmente a rejeição de certas negações clássicas do direito à revolta, à rebelião, à insurreição ou à luta. "Vós, escravos", diz São Paulo, "obedeceis a vossos senhores aqui embaixo não por uma obediência exterior, como gente que quer agradar aos homens, mas como escravos de Cristo, fazendo de coração a vontade de Deus" (*Ef*, 6, 5-6). Não podemos nem discutir, nem refutar tal discurso que, como não apela apenas à razão, não tem um caráter universal. Só podemos deixá-lo de lado, como in-significante para nós, pois só tem sentido para os membros de uma seita (αἵρεσις) definida. Após a obediência ao senhor, a obediência ao poder estabelecido: "Que cada qual se submeta aos poderes que estão acima dele, pois não há autoridade que não venha de Deus, e as que existem são estabelecidas por Deus, de modo que aquele que resiste à autoridade se rebela contra a ordem estabelecida por Deus" (*Rm*, 13, 1-3). Aqui, ainda, observemos simplesmente que São Paulo não é um interlocutor *socraticamente* válido, pois não aceita se ater às verdades implicadas pelo próprio fato de entabular a conversa (ou o diálogo, ou a discussão): ele introduz princípios particulares, de cujo fundamento a razão humana não é o único juiz e cujo destino não pode ser resolvido pela discussão. Não é útil citar outros exemplos: é claro que as doutrinas que negam o direito à revolta, encontrando seu "fundamento" em uma religião, são in-discutíveis. Podem ser rejeitadas (não declaradas "falsas", mas afastadas) sem outra justificação, porque o que é rejeitado é por si só sem razão.

Ao lado das doutrinas de inspiração religiosa, encontram-se também doutrinas filosóficas que negam o direito à revolta, à rebelião, à revolução que, elas sim, estão sujeitas à discussão. Sabe-se em particular que Kant não reconhece tal direito[19] ao povo. Tal discussão seria contudo bastante inútil, pois ou essa discussão seria feita com base nos princípios particulares do filósofo e, nesse caso, se a conseqüência a respeito do direito de rebelião parecesse coerente com os princípios, ela permaneceria em todo caso subordinada à aceitação desses princípios, ou seria feita sem nenhum pressuposto, e não poderíamos então dizer outra coisa além do que acabamos de dizer, ou seja, que o diálogo de homem para homem é um diálogo de igual para igual, que essa igualdade é uma igualdade diante da verdade, uma igualdade essencial, que as desigualdades de fato não podem mudar, que todo homem tem o direito de se dizer, nesse sentido, o igual de qualquer outro, que, se não puder, se esse direito não lhe for reconhecido, está em uma situação incompatível com sua dignidade de homem, que ele tem direito, nesse caso, de querer modificar tal situação, que isso não é possível pela discussão, porque esta implica a igualdade, portanto uma situação contrária à que supomos, que é preciso reconhecer-lhe um direito essencial à revolta, direito cujo exercício pode e deve em certos casos ser suspenso por bons motivos, mas que continua subsistindo.

---

19. "O princípio do dever do povo de suportar um abuso, mesmo considerado insuportável, da parte do poder supremo, consiste em que sua resistência contra a legislação soberana nunca pode deixar de ser considerada ilegal e, mesmo, aniquiladora de toda a constituição legal" (*Doctrine du droit*, trad. fr. Philonenko, p. 203). Se uma mudança da constituição revela-se necessária "só pode ser realizada pelo próprio soberano por uma *reforma* e não pelo povo, ou seja, por uma revolução" (*ibid.*, p. 204).

Capítulo VIII
O dever de substituição

Todo homem, que tem o direito essencial de considerar-se o igual de qualquer outro em dignidade, deve reconhecer esse direito como sendo também o direito de qualquer outro, porque é o direito do homem como tal. A partir de então, não pode reivindicar para si mesmo o reconhecimento dessa dignidade, dessa igualdade de essência sem reivindicá-la para todos. A dignidade de cada um é problema de todos. A dignidade de qualquer um é também problema meu.

Se, portanto, um indivíduo não pode afirmar sua dignidade, fazendo valer seu direito fundamental de ser humano e seus direitos particulares, os que lhe são reconhecidos juridicamente e os que ainda não lhe são reconhecidos, devo *substituí-lo* para afirmar sua dignidade e fazer com que seus direitos sejam reconhecidos. É preciso tomar a palavra, erguer a voz em nome dos que não podem falar. Todo homem, pode, a qualquer momento, instituir-se como o representante legítimo de qualquer ser humano em estado de incapacidade. Sua qualidade de homem basta para lhe conferir esse direito e encarregá-lo desse dever.

São muitos os casos possíveis: ou o indivíduo só é capaz de verdade e de razão potencialmente (como a criança), ou foi privado dessa capacidade por uma deficiência de nascença (o idiota), pela doença (o doente mental) ou pela degradação da velhice, ou é impedido de usá-las porque está em situação de dependência, ou é prisioneiro, ou está sendo obrigado a se esconder, a se calar, etc., ou porque ele não acredita em sua própria dignidade e nem mesmo concebe que possa exigir seu reconhecimento. Ele foi tão subjugado, humilhado, tem tanto o hábito de obedecer que não consegue se acreditar o igual de todo e qualquer homem. O servo não se acredita o igual do senhor, nem o camponês, o igual do rei; muitas vezes ainda o operário não se sente o igual do patrão ou dos homens do poder, e o crente humilde imagina que o papa esteja mais próximo de Deus. Não há nenhum motivo para que a humildade esteja mais do lado do operário do que do patrão, do "inferior" mais do que do "superior", etc.

Dito isso, devo substituir aquele que não pode afirmar e fazer valer seu direito fundamental, que é o de todo homem, de ser tratado como igual, para reivindicá-lo e afirmá-lo em seu lugar. A reivindicação deve ter um caráter *universal*. Cabe àquele que pode dizer o que o prisioneiro político escondido, ou o "intocável" desprezado, ou o índio espoliado e perseguido, ou o bebê de rosto macilento do terceiro mundo, ou a criança escrava do trabalho na fábrica, na mina, nos campos e não escolarizada, ou analfabeta, ou o retardado mental encerrado em seu universo estreito, ou a menina já prostituída, ou simplesmente o operário interiormente congelado em sua resignação não podem ou não sabem dizer, e isso não, simplesmente, para dizer, mas para, ao dizer, em primeiro lugar obter remédios e resultados pontuais ou parciais, em seguida para apressar a tomada de consciência pela humanidade da necessidade de realizar sua unidade em uma sociedade aberta universal – porque parece, de fato, pouco provável que uma ordem justa e eqüitativa das coisas humanas possa ser instaurada enquanto as nações forem entidades egoístas, militarizadas e em guerra econômica. Devaneio? Visão utópica? Deve-se considerar a significação concreta desse último ponto: uma nação militarizada, egoísta e exploradora das nações pobres não merece ser defendida. Como a ordem das nações mutuamente rivais deve desaparecer, não se deve querer mantê-la. Se defender-se é defender tal ordem, é a própria noção de "defesa nacional" que se deve colocar em questão. É algo que pode inquietar. Um devaneio "puro" não inquietaria.

Capítulo IX
Discurso moral e discurso político

O discurso moral repousa na afirmação da igualdade de todos os homens ou, se quisermos, de todos os seres dotados de razão (mas não conhecemos outros seres dotados de razão além dos homens), entendendo por isso todo ser capaz de juízo, isto é, de afirmar ou de negar, ou (caso pensemos nos céticos que "suspendem" seu juízo e não falam para afirmar qualquer coisa, mas simplesmente para *dizer* o que lhes parece verdade sem *afirmar* que *seja verdade* e que, de resto, compreendem sua própria atitude não de forma alguma como provisória, mas insuperável) todo ser capaz de falar, ou de exprimir de alguma maneira um pensamento sob a categoria de verdade. É possível jamais ser preciso dizer: "isto *é*", pois isso significa tornar absoluta a aparência que as coisas têm para nós, rejeitando ao nada e ao não valor as outras aparências. A noção de "verdade", porém, não está ligada à noção de "ser". A verdade é, em primeiro lugar, como vimos, o discurso da aparência. É possível portanto definir simplesmente o ser dotado de razão como o ser que pode dizer o que lhe parece como lhe parece, isto é, falar ou exprimir-se *sub specie veritatis*.

Quanto a nós, se dizemos *afirmar* no discurso moral a igualdade de todos os homens, isso não implica de maneira alguma a referência ao "ser" – sem falar do "em si" ou de alguma "verdade eterna". Trata-se apenas da aparência: somente o que nos *parece* de determinada maneira deve também necessariamente *parecer* assim ao interlocutor no diálogo e, como o interlocutor pode ser qualquer um, isto é, pode ser *tão diferente quanto possível* daquele que interroga ou examina, contanto que seja ainda um ser humano, trata-se de uma aparência *universal* ("objetiva", se quisermos). Contudo, aquele que fala aqui é apenas um homem, e o homem só se reporta a ele mesmo. Pode-se muito bem imaginar um deus rindo com um riso inextinguível (ἄσδεστος γέλως, *Iliade*, I, 599) do miserável discurso humano, ou imaginar o deus em questão às vezes parando de rir de indignação ao ver essa poeira miserável que é o homem falar de sua "dignidade". Todavia, esse deus só teria interesse para nós caso se comportasse como ser dotado de razão e aceitasse o papel de interlocutor no diálogo. Então a aparência para nós iria tornar-se aparência para ele em uma universalidade de razão, e ele só poderia dizer a mesma coisa que nós, o que dizemos agora.

O discurso moral repousa portanto na afirmação da igualdade universal, igualdade que não deixa de lado nenhum ser humano. Aquele que só tem a linguagem *potencialmente*, como a criança de pouca idade ou aquele que é física ou fisiologicamente *privado* da palavra (em conseqüência principalmente de alguma deficiência hereditária ou de doença), é o igual daquele que dispõe à vontade da palavra ou que fala *em ato*. Assim, todos os homens e todas as mulheres, e todas as crianças, e todos os deficientes físicos ou mentais têm direito e são essencialmente iguais uns aos outros.

Ora, deve-se tomar cuidado aqui para que o interlocutor não admita isso em palavras sem admiti-lo de fato. Ele pode aceitar a igualdade de todos os "seres humanos"; ainda resta-lhe o recurso, para evitar o rigor de uma exigência absolutamente universal, de negar que o ser humano seja um ser humano, de entender a noção de "ser humano" em um sentido restritivo. Assim fazem aqueles que recusam a qualidade humana à criança intra-uterina, chamada irrisoriamente de "feto". Isso os autoriza a admitir e autorizou-os a legalizar o aborto por conveniência pessoal, espécie de niilismo legal segundo o qual um ser humano é assimilado a um dejeto fisiológico. Que se trate efetivamente de um ser humano deduz-se, do ponto de vista da genética e da bioquímica, do fato de um feto ser tão dessemelhante de qualquer outro feto quanto um ser humano de todo ser humano; ele já é perfeitamente individualizado, é o "mais insubstituível dos seres": suprimi-lo é fazer como que não exista um ser absolutamente singular, único. Que este ser não seja absolutamente uma parte do corpo, do organismo materno, sobre o qual a mãe teria uma espécie de direito de propriedade, deduz-se de que ele ali se comporta como indivíduo estranho, que agride o corpo da mãe, agressão contra a qual ela tem de se defender. Mas podemos deixar de lado o ponto de vista científico e médico e, de acordo com tudo o que precede, limitarmo-nos a dizer o seguinte: a criança intra-uterina é nossa igual, porque tem a palavra ou a linguagem potencialmente. É superior ao idiota privado da palavra ou ao idoso que perdeu o espírito, a memória e a palavra sensata, pois aquele que tem uma faculdade *potencial*, que tem em si uma promessa de futuro, situa-se em um nível superior ao nível daquele que só tem uma faculdade negativamente, sob a forma de *privação*. Ora, os idiotas, os idosos em extrema decadência têm, como vimos, uma dignidade, que nós devemos, substituindo-os, afirmar, e eles devem ser tratados como homens. Com mais razão ainda, portanto, temos sob nossa responsabilidade as crianças intra-uterinas e devemos substituí-las para afirmar seus direitos e, antes de mais, o direito de deixá-las viver. A criança de antes da linguagem já tem toda a dignidade do ser humano adulto. Vê-se que é preciso estender essa categoria da "criança de antes da linguagem" até nela incluir a criança concebida, que ainda não veio ao mundo. Porque a igualdade essencial delas prevalece sobre sua desigualdade não essencial, uma tendo um nome e figurando no registro civil, a outra ainda não tendo um nome. Ter um nome é completamente secundário. Concluamos: a criança intra-uterina é nossa igual. Somente essa conclusão permite definir, sem deixar escapatória ao humanismo *descuidado*, ao falso humanismo, a verdadeira universalidade do discurso moral.

E o que acontece com o discurso político? Caso se considere o discurso político, tal como era nos anos 1980 na França, à primeira vista, ele parece de fato ter um caráter *universal*: só se falava dos deficientes, dos idosos, dos desempregados, dos imigrantes, dos trabalhadores submetidos a trabalhos penosos e dos trabalhadores que ganham baixos salários, dos acidentes de trabalho, também dos jovens, das mulheres, em suma, alternadamente, de cada uma das diversas categorias sociais "desfavorecidas". Mencionam-se as centenas de milhões de pobres "absolutos" dos países subdesenvolvidos, e fixa-se (mas sempre em menos de 1%) a porcentagem do produto nacional bruto que seria *desejável* que os países avançados consagrassem ao desenvolvimento do terceiro mundo. No plano do discurso, há o esforço de não esquecer ninguém.

Isso significa que essa universalidade seja a verdadeira universalidade do discurso moral? Não, e por dois motivos, dos quais um, apesar de não ser secundário, não é essencial, o outro sendo essencial – essencial, pelo menos, ao discurso político democrático.

O primeiro consiste no fato de, para o discurso político dominante e em razão desse próprio discurso, o aborto voluntário, a expulsão antes do termo do produto da concepção, isto é, a extinção de uma promessa de vida, a opção pela morte em vez da opção pela vida, ter-se tornado aceitável e aceita, "moral" e legal sob certas condições. Assim, toda uma categoria de seres humanos, e os mais ricos em futuro, aqueles que têm todo o futuro diante de si, são declarados não humanos (o que é significativo do espírito de demissão que trabalha no interior de nossa sociedade e, sob as realizações aparentes do progresso, da profundidade de nossa decadência, na qual, como diz Nietzsche, prefere-se o presente ao futuro). Observaremos como particularmente absurdo que o aborto, o fato de matar o feto vivo, seja para esse discurso uma coisa aceitável ou não segundo uma diferença de alguns dias, ou de um dia, ou de uma hora, da duração da gravidez, o que é tão arbitrário quanto se decidíssemos que o deficiente leve é ainda nosso igual e deve ser tratado conforme à noção de "dignidade humana", enquanto o portador de uma deficiência mais grave não o seria mais e não teria dignidade, ou que o idoso em estado vegetativo que só reconhece sua família ainda é nosso igual e tem uma dignidade, enquanto o idoso que não reconhece mais ninguém não teria mais dignidade; arbitrariamente portanto decide-se: estes viverão, aqueles não. Mas é verdade que o discurso ideológico, que conhece as conclusões antes das premissas, acomoda-se facilmente com a falta de rigor. A que se deve, neste ponto, a insuficiência do discurso político majoritário? Sem dúvida ao fato de refletir a mentalidade dos *eleitores* e portanto a desmoralização da consciência pública, os valores de conforto e de prazer sendo dominantes na sociedade industrial "avançada". Afirmamos contudo que a razão de que falamos aqui da falta de universalidade do discurso político é "não essencial", pois não se poderia excluir que a luta contra as verdadeiras causas da desgraça de algumas mulheres, a luta também contra a desqualificação da função e da tarefa de mãe de família, um dia permitam ao discurso político tornar-se o dos direitos do "homem" em um sentido não restritivo, sem com isso deixar de ser majoritário, de forma que possa ser abolida a lei que hoje dá autorização para o aborto.

Quanto à razão "essencial" da falta de universalidade do discurso político tal como o conhecemos, esta deve-se a que ele é um discurso democrático, mas no contexto particular de um estado nacional. Devido a esse fato, mesmo que fosse universal, seria dentro dos limites dessa *particularidade*. Sob a reserva já mencionada, ele se interessa efetivamente por todos os homens, não contudo simplesmente na medida em que eles são homens, mas, antes de mais nada, na medida em que são de determinada nacionalidade e portanto são eleitores. Assim, sempre deixa de lado os não eleitores ou, pelo menos, praticamente só os considera com respeito ao interesse que apresentam para os eleitores (reais ou potenciais). Por exemplo, os países em via de desenvolvimento serão considerados "fornecedores" de matérias-primas, "mercados", "parceiros comerciais", etc. Existe portanto uma limitação essencial que impede o discurso democrático, no contexto particular de um Estado nacional e mais ainda no contexto ainda mais particular da região, do estado, do cantão, da comuna e de outra determinada subdivisão administrativa, de ser um discurso realmente moral, isto é, absolutamente universal (um cantão vai queixar-se por não captar a transmissão de uma rede de televisão, enquanto em outro lugar nem mesmo se sabe ainda o que é uma adução de água potável, daí as febres, as doenças endêmicas, as epidemias, etc.). O discurso moral, politicamente intempestivo, não esquece ninguém e qualquer homem para ele é tão "homem" quanto qualquer outro, a diferença de nacionalidade não sendo, como a de raça ou outras, essencial. Existe uma oposição entre o discurso moral e o discurso democrático, na medida em que o discurso democrático na forma que hoje tem se encerra na particularidade. O discurso moral é conciliável e convergente com o discurso democrático se e somente se o discurso democrático estiver contido no contexto de um *Estado universal*. Não se deve dizer com efeito que cada discurso democrático nacional é particular, mas que o conjunto dos discursos democráticos nacionais (supondo-se o regime democrático adotado por todas as nações) realizaria o universal. Não é assim. Caso se descobrisse que os discursos nacionais são todos de caráter democrático, nem por isso cada um deixaria de ter sua particularidade. Só teriam relação com seu corpo eleitoral particular, pois não haveria um único corpo eleitoral universal. Subsistindo a diferença das nações sob a forma de estados (e não apenas sob a forma cultural e humana) poderia haver os mesmos contrastes que hoje entre os ricos e os pobres com, por um lado, uma profusão de objetos correspondendo a falsas necessidades, por outro, a ausência dos objetos de primeira necessidade, etc. A realização da democracia em todos os estados do mundo em nada mudaria, de maneira necessária, a distribuição geral de recursos; não acarretaria que os bebês do terceiro mundo obtivessem forçosamente suas quatro mamadeiras por dia. Trata-se portanto de um ideal cujo interesse é sobretudo formal (pelo interesse apresentado como tal pela própria forma da democracia) e que não deve fazer com que se esqueça o essencial: a realização de um discurso político realmente universal.

A questão que acorre naturalmente é então a seguinte: não haveria um discurso político com o qual o discurso moral teria mais *afinidade* do que com o discurso político particular (nacional ou local)? Seria necessário que fosse um discurso político universal. Mas, como o Estado universal não está realizado, esse discurso não pode ser democrático: não pode dirigir-se ao conjunto dos homens como eleitores. Resta que seja um discurso político com intenção universal. Só conhecemos dois deles: o discurso político imperialista e o discurso político revolucionário.

1) O discurso político imperialista inscreve-se no contexto de um Estado particular, mas tem uma *intenção universal*. É o discurso de um Estado particular que aspira ao império universal. Esse discurso não é democrático. Consultar as nações do mundo não teria praticamente sentido, porque não há praticamente sentido, pelo menos em geral, em perguntar a uma nação se ela aceita renunciar à sua independência. Trata-se portanto de um discurso que pretende, para um Estado particular, a *dominação* universal, trata-se de um discurso hegemônico. A idéia de monarquia universal (que os cínicos e os estóicos viam com bons olhos) esteve presente na mente de Alexandre, de César, de Napoleão. Qual a afinidade entre o discurso moral e o discurso político imperialista universal? Certamente é um Estado particular – o Estado macedônio, o Estado romano... – que se propõe (ou que acaba por se propor à medida das conquistas) uma meta de hegemonia, de domínio sobre o conjunto das nações, sobre o universo humano. Mas, uma vez alcançado o objetivo (jamais foi alcançado), o Estado particular, em benefício do qual se fez a conquista do mundo, muda de natureza (pensemos apenas no que pode ser um Estado que não precisa mais se opor a outros Estados, que portanto não tem mais "relações exteriores", "defesa nacional", etc.): torna-se o Estado universal. É falsamente universal caso seja um Estado dominador e explorador, com

nações escravas. Mas pode tornar-se realmente universal pela realização da igualdade e da liberdade de todos os homens e de todas as nações que o compõem. O império romano foi falsamente universal, não somente porque tinha fronteiras, porque deixava os bárbaros fora delas, mas sobretudo porque repousava no tratamento extremamente desigual dos homens e das nações. Os homens estavam divididos em classes, cuidadosamente definidas sob Augusto pela posse de certos privilégios e vantagens, ou sua ausência (até a ausência de qualquer direito para os escravos): essas classes estavam em guerra perpétua, surda ou *aberta* (quando das inúmeras revoltas ou insurreições de escravos, de camponeses, dos pastores, dos pobres das cidades, etc.), de modo que camponeses e escravos muitas vezes se tornaram aliados dos bárbaros (por exemplo, quando os godos atravessaram o Danúbio, juntaram-se a eles). Quanto às nações, elas foram todas subjugadas sob o poder romano, de modo que, quando as guerras de Marco Aurélio pressagiaram o declínio do império, houve um despertar das nacionalidades contra Roma. Na época de Caracala, o pensador siríaco Bardesano associou a idéia filosófica de "liberdade" e a de "nação", Roma figurando como simultaneamente inimiga de ambas. Assim, a crise da supranacionalidade acrescentou-se às outras causas da decadência de Roma. Mas a evolução do império romano não transmite a imagem de um destino inelutável. O imperialismo que resulta no estabelecimento do Estado universal realiza a unidade humana. Em seguida, a evolução continua: se a liberdade dos homens e das nações é compreendida como se deve, isto é, como um enriquecimento, se a igualdade de todos os homens e de todas as nações em um único conjunto vivo, uno e múltiplo, aparece como a única compatível com uma ordem razoável (e não há praticamente dúvida de que essa liberdade e essa igualdade, inconcebíveis para os dirigentes romanos, aparecerão como cada vez mais naturais aos homens de amanhã, se, pelo menos, como se pode pensar, o espírito da Revolução Francesa continuar a inspirar de maneira geral a história humana), então o Estado universal pode se tornar democrático ou "perecer" sobre o fundo da unidade humana realizada.

2) O discurso político revolucionário não passa do próprio discurso moral em sua forma política. Em virtude do dever de substituição, que nos obriga a falar e a agir por aqueles que não podem falar e agir, a reivindicação e a luta devem ter um caráter universal. A igualdade de todos os homens, sua dignidade, isto é, a consciência exata de que têm o direito de ter essa igualdade são aquilo à luz de que um certo número de situações aparecem como não devendo ser suportadas por muito mais tempo. A partir do momento em que uma situação é incompatível com a dignidade humana, temos o direito e o dever de acabar com ela. Na medida em que essas situações só existem pelo poder do Estado, temos o direito e o dever – este é o ponto de vista revolucionário, isto é, do moralista prático (universalmente prático) – de travar a luta contra o Estado, isto é, a luta política. Há um dever de subversão do mundo na medida em que o mundo "humano" nega o homem. A revolução não se propõe a negar o positivo, mas a negar o negativo. É a negação da negação. Mas a humanidade está dividida em Estados. Como a revolução não pode ser feita em toda parte ao mesmo tempo, a princípio ter-se-á um (ou alguns) Estado revolucionário. Esse Estado não poderia ser democrático, porque seu projeto, sua vocação não são puramente nacionais, mas universais. Ora, os eleitores, em uma democracia, julgam em função de seus interesses particulares, não dos interesses do mundo. Qualquer consulta eleitoral democrática em um Estado revolucionário reconduzindo à superfície apenas os interesses particulares, mesmo nacionais, iria contra o projeto revolucionário. Cabe à vocação de um Estado revolucionário exportar a revolução a fim de que só haja Estados revolucionários que juntos, conforme à sua natureza não exclusiva, poderão desaparecer como Estados particulares e fundir-se no Estado universal.

Capítulo X
Discurso moral e discurso de sabedoria

A noção filosófica de "igualdade de todos os homens" pode ser considerada uma herança da época helenística, da época da decadência grega. No entanto, se os cínicos, os céticos, os epicuristas e os estóicos descobriram a igualdade humana universal seguindo a inspiração socrática, não a tornavam o fundamento de um discurso moral. Pensavam ainda menos em dar a esse discurso moral sua forma política, ou seja, o discurso político revolucionário.

Não se poderia confundir de fato o discurso moral e o discurso de sabedoria. O pirronismo é uma sabedoria: a indiferença é o segredo de uma vida invariavelmente fácil e pacífica, que nada pode perturbar. É ao mesmo tempo um niilismo moral: para Pírron, não há "nem belo, nem feio, nem justo, nem injusto", nada sendo mais isso do que aquilo (D.L., IX, 61). O mesmo ocorre com o epicurismo. Instaurando a disposição irreversível da sabedoria, a "filosofia justa propicia a vida feliz"[20]. Ao mesmo tempo, Epicuro nega o dever, a consciência moral (que ele reduz a uma espécie de sentimento de insegurança que o culpado, real ou potencial, sente quando pensa ser descoberto), as virtudes (que não são nada, a menos que sirvam para o prazer).

Da mesma forma, a sabedoria estóica situa-se "fora daquilo que habitualmente se entende sob o nome de moral"[21]. Com efeito, a moral começa por reconhecer a existência do *mal*, a existência, por exemplo, de condições, de situações indignas, incompatíveis com o respeito devido ao ser humano. É *reação* à miséria, à injustiça, etc. Como se viu, ela comporta o reconhecimento de um direito e de um dever de suprimir o mal e a desordem vinculados a situações desumanas, de um direito e de um dever de revolta contra uma ordem humana injusta e de subversão razoável

---

20. Fgt 219 Us. Cf. *Épicure: Lettres et maximes*, PUF, 1987, pp. 40-3.
21. Bréhier, *Chrysippe*, Paris, 1910, p. 219.

dessa ordem que não é uma ordem. Mas, para os estóicos, não poderia haver desordem real no cosmos. Há apenas um "efeito de desordem" para a razão perturbada, irrazoável, do insensato. Da mesma forma, o mal desaparece imediatamente para o sábio. Sempre é possível para o sábio fazer com que o *mal* – aquilo que se chama assim – não seja um mal. O sábio é aquele a quem jamais se pode fazer algum mal. Meu senhor quebra minha perna, a perna de seu escravo. Fico tentado a me revoltar e tenho o direito moral de me revoltar. Mas "que mal há nesse caso?", pergunta o sábio: "Não sabias que tinhas uma perna quebrável? Só agora estás sabendo?" Se lhe objetarem que a perna não é apenas quebrável, mas está quebrada, ele responde pela concatenação irrefutável das causas, pelo destino, etc. E zomba: "Sem dúvida gostarias de ter pernas e um corpo, mas pernas inquebráveis (e elas seriam como inquebráveis se jamais fossem quebradas) e um corpo que jamais conhecesse a doença, a velhice ou a morte. Pobre homem que gostaria de fato de viver, mas de não ter ao mesmo tempo as condições da vida! Fica sabendo que se deve admitir tudo, aceitar tudo – pois tudo está ligado, e os contrários são indissociáveis, como disse Heráclito: a perna não quebrada e também a perna quebrada e não apenas a perna não quebrada, o corpo saudável e também o corpo doente e não apenas o corpo saudável, etc. Quanto a teu senhor, por que te preocupares com ele? Não sabias que não há apenas sábios no mundo, mas insensatos também? Achas que ele merece ser um motivo de perturbação para ti? Ficarás com raiva para acrescentar o mal mais real da raiva ao mal menos real que ele te fez? É melhor permaneceres calmo, imperturbavelmente sereno, e o teu senhor, considera-o uma espécie de senhor de papel que logo a morte vai rasgar." Resta, certamente, o problema da dignidade pessoal. Mas, para o estóico, "sempre é possível salvaguardar a dignidade pessoal", como diz Epicteto (*Entretiens*, I, 2, trad. fr. Souilhé). O senhor, o poderoso, pode infligir-me uma mutilação, um sofrimento; mas também pode exigir uma ação de mim. Então, o que fazer? O que o senhor quer, mesmo se a ação exigida me pareça incompatível com minha dignidade? O sábio recusará fazer o que julga indigno. Recusará portanto eventualmente obedecer. A ameaça de morte não o impressiona. Ele permanece sempre livre e digno porque sempre aceitou a morte antecipadamente; está sempre pronto para morrer. É possível observar aqui que o sábio pode sentir o dever de não obediência; mas ele não universaliza esse dever. Não é portanto um dever moral. O sábio não tem de dizer a um outro sábio o que ele tem de fazer; e tampouco tem de dizê-lo ao não sábio como se este fosse um sábio.

Do que se trata para esses filósofos? De enfrentar o mal e a desventura inerentes à condição humana. Para isso, as filosofias gregas que nos propõem o ideal do sábio apelam para as forças, para a energia do indivíduo isolado. Trata-se de soluções *individualistas*.

Por que não se ater a elas? O discurso moral implica o dever e a vontade de acabar com as situações que negam o homem e a dignidade humana. Leva a querer mudar o mundo na medida em que este representa uma espécie de injustiça e de desordem estabelecidos. Ora, segundo o pirrônico, é indiferente mudar ou não o mundo. Pírron adapta-se tanto para acompanhar Alexandre à Ásia quanto para viver em Élis uma vida apagada e tranqüila. Segundo os epicuristas, os cínicos, os estóicos, é o insensato que quer mudar o mundo. Tal mudança nada mudará. A insatisfação continuará igual sem a mudança de si mesmo, a conversão à sabedoria. Ora, se tal mudança de si mesmo, graças à filosofia, ocorre, mudar o mundo torna-se inútil. Segundo os epicuristas, basta perceber que já se tem tudo o que é necessário para a felicidade. A sabedoria é uma transformação interior que nos faz felizes. O sábio considera a atividade cotidiana e os assuntos públicos uma prisão da alma da qual ele se libertou. Para Crisipo, as ocupações – políticas, comerciais ou outras – são em si mesmas indiferentes, sendo todas compatíveis com a sabedoria. Ele próprio não fazia política. É verdade que, sob os imperadores, os filósofos estóicos, apegados à liberdade, se tornaram muitas vezes opositores; mas tratava-se de uma oposição conservadora, voltada menos para o futuro do que para o passado. Decerto, os estóicos têm a idéia da Cidade do mundo, e Zenão, diz Plutarco[22], "escreveu uma *República* muito admirada, cujo princípio é que os homens não devem separar-se em cidades e povos, cada qual com suas leis particulares; pois todos os homens são concidadãos, porque há para eles uma única vida e uma única ordem de coisas (*cosmos*), como para um rebanho unido sob o domínio de uma lei comum". Porém, em suma, essa cidade já existe (basta percebê-la), e todos os sábios nela se sentem cidadãos. Não é como se tivéssemos de buscar realizar a ordem e a justiça no mundo. O mundo é bom, a justiça nele já está realizada; e é bom que o que acontece aconteça como acontece, apesar das dúvidas que o insensato levanta[23].

---

22. *Sur la fortune ou la vertu d'Alexandre*, I, 6 (*Moralia*, 329 a), trad. fr. E. Bréhier (*Histoire de la philosophie*, 5.ª ed., I, p. 330).

23. O estoicismo não é uma filosofia socialmente revolucionária. Aqui convém distinguir o essencial e o secundário. 1) O essencial é que, como observa Ed. Will, "os chefes da escola se desviaram da ação e da vida pública" (*O mundo grego e o Oriente*, t. II, p. 638). Zenão, "embora amigo de Antígono, manteve-se afastado da política" (W. Tarn, *La civilisation hellénistique*, trad. fr. Lévy, p. 307); quando da guerra entre Atenas e Antígono, ele evitou tomar partido. Certamente, como pode assumir todos os papéis, o sábio estóico pode assumir entre outros o papel de homem de Estado (os reis, os imperadores tiveram filósofos estóicos como conselheiros); mas, ao contrário dos epicuristas que se mantêm por princípio afastados dos negócios, os estóicos não são por princípio obrigados a neles se intrometer. Muitos filósofos estóicos, porém, tornaram-se homens políticos, mas então eram por vocação homens do poder e do governo, mais do que de oposição. Eles de fato simpatizavam com a idéia monárquica e a idéia imperial romana (até com o imperialismo) na medida em que viam no horizonte o Estado universal e não se incomodavam absolutamente de se encontrar do lado dos possuidores (o escravo não é, *de qualquer maneira*, um igual?). Ainda queriam que o monarca não fosse um "tirano"; daí (a exemplo dos Catão, dos Bruto que se opuseram a César) sua oposição sob Nero e os flavianos, oposição senatorial, nada progressista e, aliás, passiva (pois acabava não pela revolta, mas pela aceitação corajosa do banimento ou da morte). E, quando, com Marco Aurélio (161-180), o próprio estoicismo está no poder, ele não se traduz por nenhuma política social. 2)

O discurso moral, que visa um mundo melhor é, sob esse ponto de vista, o discurso do insensato. E é verdade que o discurso de sabedoria poderia nos satisfazer se estivéssemos sozinhos. A esse respeito, se cada um considerar somente sua própria desventura, sua própria insatisfação, ele conserva todo o seu valor. Talvez pudesse igualmente satisfazer-nos se só houvesse homens adultos, fortes e inteligentes: exige-se deles a coragem na guerra, por que também não exigir que estejam "à altura" em todas as circunstâncias? Mas há os outros, *os fracos*, e, entre estes (além dos deficientes físicos e mentais, os idosos em fim de vida etc.), antes de mais nada, as crianças. Não se pode pedir que a criança seja sábia. A sabedoria não é algo para uso da criança. Não se pode dizer que as crianças que se desgastam o dia inteiro fazendo trabalhos pesados devem aceitar seu destino estoicamente. O discurso de sabedoria não é universal. Ora, devemos manter um discurso universal, isto em virtude do dever de substituição. Devemos substituir aqueles que não podem dizer: *sou um homem também* (e o homem potencial é tão plenamente humano quanto o homem em ato é humano e não outra coisa), ou que não ou-

---

Dito isso, parece secundário e não significativo do que foi essencialmente o estoicismo alguns estóicos terem participado de revoluções sociais. Foi este o caso de Sphairos em Esparta, de Blóssio em Pérgamo. Cleômenes, que, jovem rapaz, havia ouvido Sphairos, ao se tornar rei (235 a.C.), tentou realizar com a ajuda dele uma revolução socioeconômica, distribuindo as terras dos ricos, etc. Todavia, mesmo se pareceram assim ao resto da Grécia, eles não se consideravam revolucionários, mas os restauradores da constituição de Licurgo e da antiga igualdade de condições; a prova disso é que não se preocupavam com os escravos. As coisas caminharam de maneira diferente em Pérgamo, quando Aristônicos, em 132, associando os escravos à sua revolta contra Roma, foi acompanhado pelo estóico Blóssio de Cumas. Blóssio era aluno de Antípatro de Tarso, para quem a terra pertence a todos por direito natural. Ele fora amigo e conselheiro de Tibério Graco, que o orientara, além da reforma agrária, a uma política radical, que tendia a "torná-lo o rei dos pobres" (Piganiol, *Histoire de Rome*, col. "Clio", p. 141), e acabara de fugir da Itália para escapar do destino de Tibério. Aristônicos e ele propuseram-se "a instaurar na terra o Estado solar de Iâmbulos" (Tarn, p. 123). Blóssio parece ter sido um comunista militante; neste ponto, não foi nada fiel ao espírito do estoicismo.

sam dizê-lo, ou nem mesmo pensam em dizê-lo, para dizê-lo no lugar deles. Devemos falar pelos que não têm voz e exigir para eles o que é necessário aos seres humanos. Esse discurso é o discurso moral. A moralidade é uma carga; torna o homem um animal de carga. Sem ela, a vida seria mais leve. Uma vida sem responsabilidades seria mais leve. Mas não teria dignidade. Afinal, se a dignidade de cada um é problema de todos, não posso salvaguardar minha dignidade humana aceitando para outro o que é indigno. Pelo menos isso não é possível em nossa época, em que o homem está mais presente ao homem do que nunca. O discurso moral é o discurso da dignidade do homem como noção ao mesmo tempo individual e universal.

O discurso de sabedoria conserva contudo seu valor, mas para uso pessoal. Não se pode ser feliz sem uma espécie de equilíbrio fundamental, e a realização desse equilíbrio é muito facilitada por aquilo que se diz a si mesmo, quando se trata de um discurso de razão. É preciso dizer que em qualquer situação (nossa própria situação) se encontra uma felicidade. Se não sou o que gostaria de ser ou como gostaria de ser, ser o que sou ou como sou deve bastar à minha felicidade. Se não consigo andar, ainda consigo enxergar, se não consigo mais enxergar, consigo ouvir, etc.; se não sou mais amado pela minha bem-amada, sou ainda amado por uma menos amada ou por meu cão; se não interesso a ninguém, resta-me o céu e a natureza; o sol brilha para mim, e a floresta enverdece para mim. O discurso moral conduz a uma tarefa: tornar *humanos* o mundo "humano", a sociedade "humana". Quando se age, pode-se experimentar o fracasso. Não se deve deixar que a ação e o fracasso nos façam esquecer a existência, nos façam passar ao largo da vida e da beleza do mundo sem vê-las e saboreá-las. Aquele que em março não é capaz de "perder" uma hora colhendo campainhas-brancas é um infeliz. Lênin jogava xadrez com Gorki. A alma mais forte é também a mais calma e relaxada: "A descontração e a complacência parece que honram admiravelmente uma alma forte e generosa e lhe assentam melhor", diz Montaigne[24], e conta-se que Epaminondas misturava-se às danças dos rapazes de sua cidade, que Cipião, o jovem, gostava de catar conchas na praia de Gaeta, que o Africano, no auge de sua luta contra Aníbal, encontrou tempo, passando pela Sicília, de acompanhar aulas de filosofia, que Sócrates, idoso, aprendeu a "dançar e tocar instrumentos".

Pode-se acrescentar que, de certa maneira, o discurso moral encontra sua condição no discurso de sabedoria. A sabedoria, isto é, o equilíbrio da alma e do espírito, é uma condição do pensamento "reto" (por oposição ao pensamento "tortuoso", que a paixão, o desejo de provar ou de criticar a qualquer preço alguma coisa, etc. inclinam num sentido ou em outro) e do exercício correto da razão. Além disso, ela é o que faz com que resolvamos facilmente nossos problemas pessoais. O sábio não tem "problema pessoal". Então, pode se interessar ainda melhor pelos outros, por todos os outros, e manter um discurso universal. Concebe-se um sábio moderno que, sem perder nada de sua tranqüilidade interior e sem deixar escapar nada das alegrias simples da vida, sendo até poeta em determinados momentos, ocupa-se, como que acidentalmente, e porque é necessário, com revolucionar o mundo.

Capítulo XI
Respostas a algumas objeções

1. Se os homens são essencialmente iguais pelo fato de cada um poder, como qualquer outro, falar sob a categoria de verdade, fazer juízos verdadeiros, disso resulta que a criança é nossa igual, pois tem a palavra real ou potencialmente (caso ainda não saiba falar), ou sob a forma de privação (se for muda), e que a criança esperada, ainda não colocada no mundo, também é nossa igual, porque é criança

---

24. *Os ensaios*, III, XIII, "Da experiência", ed. cit., p. 490.

potencialmente, já tem, potencialmente, a capacidade de palavra e de discurso e deve ser considerada como já tendo nela toda a dignidade humana indivisível e como sendo uma pessoa que tem o direito de que a substituamos para que sua voz seja ouvida, e é exatamente o que estamos fazendo aqui.

Objetam-nos que, a esse respeito, o espermatozóide deveria ser tão precioso quanto um ser humano adulto, pois é o princípio de um ser humano e encerra a sua possibilidade. Pode-se evidentemente responder que ele não passa de uma das condições de possibilidade do ser humano, que não é já *sua* possibilidade, porque a fecundação requer a presença de dois elementos sexuais, macho e fêmea, que, reunidos, formam o ovo, origem de um novo organismo, de modo que é o ovo que, sendo um novo indivíduo potencial, deve ser considerado em direito como um ser humano.

Não será contudo esta a nossa resposta. Aqui, de fato, onde se trata do discurso moral, devemos recusar noções como "espermatozóide", "óvulo", "ovo", que procedem do discurso científico, que descrevem e analisam o processo da fecundação em si, tal como se desenvolve à revelia da mulher e independentemente de sua relação com ela ou conosco (pois ela não é a única envolvida no caso: todo ser humano também está envolvido no caso a partir do momento em que se trata de um ser humano) como sujeitos morais, tal como o cientista, o médico a conhecem, tal também como cada um, hoje, a conhece ou pode conhecer por *ouvir dizer*[25], mas em que não se trata do que a fecundação e a concepção significam para a própria mulher e para nós por substituição e da maneira como se *deve* considerá-las. Inúmeras mulheres ignoraram essas noções ou as ignoram; para as quais o problema essencial se colocou, e, a partir do momento em que as conhecem, não colocam o problema de maneira diferente. Não se trata do fruto da concepção

---

25. Pois o conhecimento científico torna-se, para aquele que não tem cultura científica, um conhecimento por ouvir dizer.

tal como é em si. Trata-se de saber se ele deve ser considerado em direito um novo ser humano a partir do momento em que sua existência é reconhecida, *a partir do momento em que existe para nós*. Colocamo-nos sob um ponto de vista moral, isto é, não se faz uma teoria sobre um processo em si, independentemente de sua relação conosco: falamos do que nos acontece e da maneira como *se deve* considerar isso. Há um momento em que a mulher, naturalmente ou com a ajuda de exames médicos, percebe que está esperando uma criança. Dizemos simplesmente que a partir desse momento está aí um novo ser humano que tem direito, como tal, ao *reconhecimento* (não se coloca, contudo, o problema de *reconhecer* aquilo de que precisamente ainda não se sabe nada).

2. Entende-se por "idiota", lembremos, um ser humano cuja idade mental é inferior a dois anos, o quociente intelectual inferior a vinte, e distingue-se o idiota completo e o idiota incompleto: "O *idiota completo* apresenta apenas instintos de conservação. Sua linguagem é formada de sons inarticulados, de gritos, de ecolalia; seu comportamento é constituído de atos puramente reflexos; sua inatividade global é entrecortada de impulsos violentos ou de crises de ira; sua afetividade permanece em um nível puramente auto-erótico. O *idiota incompleto*, em compensação, adquire uma afetividade menos rudimentar; nele existe um esboço de tendências afetivas com relação àqueles que o cercam. É possível adestrar suas funções vegetativas e motoras; a linguagem, em geral monossilábica, é, no entanto, expressiva. Porém, de qualquer maneira, o idiota sempre será incapaz de cuidar de si mesmo e impõe uma vigilância e uma assistência permanentes."[26]

Dadas essas precisões, vamos à objeção. Dizem que o feto pode não ser uma criança normal em potência, mas uma criança *anormal* em potência: por exemplo, um idiota,

---

26. H. Duchène e V. Smirnoff, "Aspects cliniques et sociaux des arriérations mentales", *Encyclopédie médico-chirurgicale: Psychiatrie*, 37270 A[40], p. 2.

completo ou incompleto. Nesse caso, deve-se deixá-lo viver? Se a anormalidade da criança é indetectável ou indetectada, o problema não se coloca: deve-se pressupor a normalidade. Mas o que fazer quando se trata de uma anormalidade, por exemplo, de uma má-formação, que acarreta o retardo[27] e é detectável? Nesse caso, não se deve interromper a gravidez?

O que já fica claro a partir de tudo o que precede é que, quando se acaba com a vida da criança intra-uterina porque ela não poderá viver a vida normal de uma criança e de um homem, isso não pode ser porque ela não seria nosso igual: é, ao contrário, porque ela é nosso igual, e em nome da dignidade humana. De direito ela é nosso igual, mas foi tão indigna e desigualmente tratada pela natureza que jamais poderá manifestar essa igualdade e viver uma vida realmente humana. Se portanto é o caso de acabar com a vida do feto anormal, talvez seja apenas em nome do direito a uma vida não simplesmente biológica, mas humana, em nome do direito do homem ao que constitui a *humanidade*.

Este é o princípio. Dele decorre o direito de praticar o aborto de crianças com má-formação, ou mais geralmente, anormais? Mas, se acabamos com a vida do feto porque ele não representa potencialmente uma vida verdadeiramente humana, por que também não acabar com a vida dos idiotas adultos? E por que uma mãe de uma região desfavorecida do quarto mundo que, suponhamos, está esperando uma criança normal, mas que sabe que seu filho viverá morrendo de fome e muito miserável, sem participar dos bens que constituem a humanidade, não teria o direito de matá-la antes do final da gestação ou mesmo após sua chegada ao mundo? Por outro lado, não seria o

---

27. A má-formação nem sempre provoca o retardo. Por exemplo, nos casos de hidrocefalia, "apesar do quadro muito impressionante, na maioria das vezes o desenvolvimento intelectual não é atingido. O retardo mental é variável, mas, em grande número de casos, o quociente intelectual é normal" (Duchène e Smirnoff, "États d'arriération: Entités morbides et syndromes", *op. cit.*, 37270 A[30], p. 7).

efeito de uma lógica estranha querer, porque uma criança anormal não será capaz de uma vida humana digna desse nome, tirar-lhe até o que tem de vida? Porque foi indigna e iniquamente tratada pela natureza, isto é um motivo para acabar essa obra negativa?

E, no entanto, como aceitar deixar vir ao mundo um ser dito "humano" cuja linguagem se reduzirá a alguns sons desarticulados, a atividade, a uma mescla de comportamentos reflexos, de impulsos violentos e de crises de ira? E igualmente: tem-se o direito de colocar no mundo um ser que, muito provavelmente, só sofrerá? A criança que vive morrendo de fome e miserável, mas é normal, ainda tem em si os recursos da inteligência e da liberdade, mas o que dizer daquela privada de ambas e para quem viver é praticamente embrutecimento e sofrimento?

Mas como prosseguir essa discussão? Porque, mesmo admitindo-se o princípio do aborto das crianças anormais, há entre o idiota completo e o idiota incompleto, por exemplo, ou entre o idiota e o imbecil uma separação tão nítida, tão sem transição que se possa decidir: "este não viverá", "este viverá"? E, mais uma vez, caso se aceite o princípio do aborto no caso de que tratamos, não teríamos, então, fundamento para destruir qualquer ser humano do qual soubéssemos com certeza que se encontraria de fato excluído do humano, como o idiota que não fará nada além de continuar a dar gritos desarticulados, ou a criança cuja vida será um calvário por falta de alimentos e de cuidados ou porque seu corpo já é tão miserável que a alimentação e os cuidados chegarão tarde demais para deter um processo de deterioração irreversível?

Dir-se-á todavia que, para a criança normal, por mais miserável que seja, subsiste em geral alguma esperança ou que, em todo caso, não se poderia ter a certeza de que tal esperança não existe e que, de qualquer maneira, a criança normal *tem esperança*, vive sob o horizonte da esperança e que isso constitui uma diferença radical do caso do ser "humano" estruturalmente privado de esperança. Que seja! Mas o idiota adulto também está privado de esperança objetiva e subjetivamente. Se, portanto, se acaba com a vida das crianças anormais em estado fetal, por que não também com a vida dos idiotas adultos? Dir-se-á que não se poderia acabar com sua vida depois que nasceram, mas que se deveria tê-los impedido de nascer?

Concluamos. O deficiente[28], dissemos, é em direito nosso igual e deve ser tratado como tal. Isso também é necessariamente verdadeiro para o deficiente potencial, porque a diferença da potência e do ato não é, segundo nossa argumentação constante, uma diferença entre o não humano e o humano. O ato que conduz à supressão do feto de um deficiente não parece portanto poder ser justificado a partir de nossos princípios (embora tal supressão seja facilmente aceita por nossa civilização do conforto, na qual os seres humanos anormais constituem um incômodo para os normais, enquanto deveriam representar um desafio para sua capacidade de amar).

3. Objetam-nos: se o idiota completo é nosso igual (e se não fosse, se, apenas no plano da dignidade, ele não fosse plenamente homem, por que se deveria cuidar dele e não abandoná-lo a si mesmo), por que o monstro acéfalo também não seria?

Em primeiro lugar, o que se deve entender por "monstro"? Deve-se entender o termo num sentido preciso – não fosse assim, por que não dizer, com Massillon, que Espinosa era um "monstro"? Lemos no *Dicionário* de Littré: "corpo organizado, animal ou vegetal, que apresenta uma conformação insólita na totalidade de suas partes ou apenas em algumas delas". A esse respeito, um indivíduo pode ter alguma monstruosidade e no entanto ser completamente um ser humano. A objeção considera o monstro "acéfalo", isto é, o caso em que a monstruosidade *nos faz sair dos limites da espécie*. O monstro acéfalo não poderia ser reconhecido

---

28. O termo designa aqui todo indivíduo vítima de uma deficiência qualquer, física, intelectual ou moral.

como nosso igual: para torná-lo nosso igual, seria necessário, em primeiro lugar, que fosse reconhecido como ser humano e, nesse caso, não seria mais puro monstro. O aborto do feto monstruoso nesse caso não constitui problema: a operação humana só tira as conseqüências de uma espécie de aborto natural (tendo abortado a tentativa da natureza de realizar a forma humana).

Capítulo XII
Primeira observação sobre a pena de morte

A pena de morte existe em alguns países; foi abolida em outros. Abolir? Não abolir? O que dissemos a respeito da igualdade de todos os homens e da dignidade do ser humano não nos permite que nos pronunciemos em um sentido ou em outro. Como o indivíduo criminoso é punido com a morte apenas na medida em que é julgado plenamente responsável pelo que fez, é possível que a pena mais severa, a pena extrema (porque acaba com a esperança), seja uma espécie de homenagem que se presta à responsabilidade do homem, de homenagem, isto é, de reconhecimento pelo que o homem é essencialmente: livre, responsável, devendo assumir seus atos, identificar-se àquele que era quando foi seu autor (quando, no entanto, não é mais o mesmo) e agindo com risco, inclusive correndo o risco de perder tudo; tudo isso, aliás (essa homenagem, esse reconhecimento) sem que seja o caso de se apoiar em nenhuma verdade transcendente, mas com base na decisão humana, na decisão de exigir do homem que tenha, que forje, que se proporcione a idéia mais elevada de sua liberdade e de sua responsabilidade, e aceite a morte, se é culpado de um crime extremo, como a única morte digna dele e de sua nobre estima por si mesmo; enquanto a abolição de tal pena implica ao contrário uma espécie de menosprezo pelo homem, jamais completamente responsável, etc. (Por isso a abolição combina com a tonalidade de nossa época, que é marcada pela estima medíocre que os homens têm por si mesmos, julgando-se, em particular, mais ou menos incapazes de aceitar dignamente a morte, como se o medo não existisse para ser superado). Se a noção de "dignidade humana" deixa aberta a questão de saber se, do ponto de vista moral, a pena de morte deve ser ou não mantida, o que se pode observar no momento é apenas o seguinte: o discurso daquele que rejeitasse o princípio da pena de morte no caso do culpado, mas que a admitisse no caso do inocente, seria evidentemente contraditório. Seria um discurso moralmente absurdo. Este é o discurso dos abolicionistas da pena de morte e, por outro lado, partidários do aborto *ad libitum*, que consiste em matar, por expulsão antes do termo do meio ambiente de vida aquele que, não fosse isso, se tornaria uma criança que fala e julga e a quem, no momento, só se tem a censurar o fato de existir. O discurso dos que admitem, por um lado, o aborto (voluntário), e, por outro, querem a abolição da pena de morte ou a aboliram é portanto essencialmente falso, porque, justificada ou não a pena de morte, esse discurso envolve necessariamente o erro, sendo também nulo, porque se desmente; ou pelo menos deve nos parecer assim se admitirmos as premissas de nosso próprio discurso, ou seja, a igualdade essencial de todos os homens, sejam homens em ato ou em potência, nascidos ou prestes a nascer, e a noção de "dignidade humana" que daí decorre. Esse discurso, falso e nulo, a nosso ver, é hoje o discurso dominante. Está inscrevendo-se na realidade jurídica e social, de modo que a livre supressão, por motivos de conveniência pessoal, das crianças intra-uterinas que iriam nascer, que estavam programadas para a vida e, por outro lado, o respeito escrupulosamente "humanista" pela vida dos grandes criminosos vão, a partir de então, fazer parte, mesmo por um tempo, da ordem natural das coisas, daquilo sobre o que não se volta atrás, e que, para a consciência pública, acaba se tornando normal.

Capítulo XIII
A consciência jurídica

A linguagem humana difere da linguagem animal pelo fato de os homens falarem sob a categoria de verdade. Eles podem fazer juízos verdadeiros ou que parecem verdadeiros. Falando simplesmente "para dizer", como Montaigne, ou falando para afirmar, isto é, com a consciência de que os outros *devem* dizer a mesma coisa que eles, fazem-no porque sempre há para eles aparência de verdade. Julgar estar proferindo a verdade é, ao mesmo tempo que se diz algo, estar consciente de ter o *direito* de dizer o que se diz. A consciência que julga é uma consciência jurídica (de *jus*, direito). Quando me parece que eu julgo de maneira verdadeira, tenho a consciência de que meu juízo é *fundamentado*. Ora, definimos a razão como a capacidade de apreender ou dar o fundamento, como o que faz com que um juízo tenha a característica de parecer *fundamentado*. Assim, a consciência que julga, que acabamos de designar como a consciência "jurídica" pode ser dita "consciência jurídica *racional*". Quando digo algo pensando que é verdade, penso ter o *direito* de dizer isso.

Mas existe uma outra consciência jurídica que se pode chamar de consciência jurídica *socializada*. Em qualquer sociedade, os comportamentos, as ações do indivíduo são de três tipos: todo ato é *devido*, *permitido* ou *proibido*. Quando há muitas coisas devidas, também há em geral muitas coisas proibidas, de modo que é o tamanho do setor "permitido" que define o caráter liberal de uma sociedade. Todo membro de qualquer sociedade *sabe* que não lhe é permitido fazer tudo com o que sonha e que ele desejaria fazer; *sabe* que não tem o direito de fazer qualquer coisa. Quando faço algo – ir aqui ou ali, entrar na casa de um ou de outro, pegar isto ou aquilo, ler este ou aquele jornal, livro, documento, etc. –, tenho consciência de ter o direito e o dever de fazê-lo, ou de ter o direito, não o dever de fazê-lo, ou de não ter o direito de fazê-lo, consciência acompanhada de um sentimento de segurança se o que faço é devido ou permitido, ou, ao contrário, de um sentimento de receio. Sob o Antigo Regime, por exemplo, o camponês tem o direito e o dever de pagar o dízimo ao clero, tem o direito de se casar, não tem o direito de carregar armas; sabe tudo isso, e esse saber acompanha todas as suas ações. Observa-se que a consciência jurídica socializada é a consciência que se tem de fazer parte de uma certa sociedade como membro, mas é também a consciência que se tem de sua *condição* nessa sociedade. Sob o Antigo Regime, o camponês sabe que o que é devido, permitido ou proibido é diferente para o senhor e para ele. Em outras palavras, sabe-se camponês, e isso se traduz, quando ele age, por uma consciência do que tem o direito ou não de fazer, do que organiza juridicamente suas ações. A consciência do homem que age é uma consciência definida juridicamente.

Finalmente, acontece em algumas sociedades de o indivíduo ter consciência ou de ter o direito de fazer o que a sociedade não lhe reconhece o direito de fazer, isto é, de ter um direito não socialmente reconhecido (que portanto deveria ser socialmente reconhecido com toda *justiça*), ou de ter o dever de fazer aquilo que a sociedade não faz com que tenha o dever de fazer, em outras palavras, de ter um dever, uma obrigação não socialmente exigidos, ou de não ter o direito nem, com mais motivos ainda, o dever de fazer o que deve fazer segundo o direito social. Essa consciência jurídica que pode contradizer a consciência jurídica social é por nós chamada de consciência jurídica *moral*. Por exemplo, sob o Antigo Regime, um camponês pode ajudar alguém mais pobre do que ele, dar assistência a uma pessoa em perigo, recolher uma criança abandonada, etc., fazer aquilo a que o direito social não o obriga.

Esses três tipos de consciências jurídicas relacionam-se com três direitos diferentes: o *direito racional* ou direito da razão, de onde procede o juízo verdadeiro ou que parece verdadeiro como tal, pois todo juízo que parece verdadeiro parece por isso mesmo fundamentado, isto é, fundamentado *em direito*, mesmo quando se trata de um juízo empírico (nesse caso, é fundamentado na constatação, na observação do fato: se vejo um arco-íris, por isso mesmo sinto ter fundamentos para dizer o que vejo), o *direito social* ou positivo, variável segundo as sociedades, e, em uma mesma sociedade, de acordo com as condições, os estatutos, etc., o *direito moral*, aquele de todo homem enquanto tal. As três consciências jurídicas distinguidas aqui podem ser chamadas mais simplesmente: consciência *racional*, consciência *jurídica* (propriamente dita), consciência *moral*.

Capítulo XIV
O direito à palavra

Falar só tem sentido quando se fala com alguém. Os homens falam uns com os outros. Comunicam-se pela palavra. O homem talvez não seja um animal "político" no sentido estrito de Aristóteles (talvez não seja feito para viver em uma *pólis*, cidade grega), mas é essencialmente social. "Apenas pela palavra somos homens e nos ligamos uns aos outros", diz Montaigne[29], e, por outro lado: "Não há algo a que a natureza pareça nos ter encaminhado tanto como para a sociedade."[30] O próprio sentido da linguagem é ligar-nos uns aos outros na relação social.

Vimos que todo homem é, como qualquer outro, capaz de verdade, que há, sob esse ponto de vista, uma igualdade essencial entre todos os homens, igualdade já implicitamente reconhecida no *Mênon* de Platão, explicitamente, na época da decadência grega, pelos cínicos, pelos céticos, pelos epicuristas, pelos estóicos e, sob o Império Romano, pelos grandes jurisconsultos dessa época: "Do ponto de vista do direito natural, todos os homens são iguais"[31], diz Ulpiano.

---

29. *Os ensaios*, I, IX, "Dos mentirosos", ed. cit., p. 51.
30. *Ibid.*, I, XXVIII, "Da amizade", p. 275.
31. *Quod ad jus naturale attinet, omnes homines aequales sunt.*

Seria então possível não reconhecer aos homens o direito de *dizer* essa verdade que eles não podem deixar de perceber em si mesmos como pensantes, isto é, no discurso interior (já que a ela se referem a partir do momento em que pensam e falam) e não reconhecer esse direito a todos os homens? O direito à palavra é o direito de dizer aos outros o que se diz a si mesmo, de estar fora como se está dentro. É o direito de manter um discurso unificado e não um discurso duplo: público e particular, um desmentindo o outro. Ou: é o direito de colocar a verdade em circulação, isto é, de não estar fora do circuito da verdade, de ser obrigado a se retirar, de se murar em si mesmo, de ser reduzido ao silêncio. Sob o Antigo Regime, o camponês pode dizer a si mesmo: "Estou vendo o que está acontecendo" e, nisso, ele se apreende como capaz de verdade, ou: "sou um camponês", e, por isso mesmo, sabe que obrigações isso implica, ou: "sou um homem". Assim, ele apreende a verdade em relação a si mesmo, pois é verdade que é capaz de verdade, é verdade que é camponês, é verdade que é homem. E tudo isso, ele diz a si mesmo: ele *pensa*, o que significa, antes de mais nada, que ele diz a si mesmo o que ele é. Ele sabe o que é e tem uma consciência jurídica de si. O animal não sabe o que é. A vaca do camponês não sabe que é uma "vaca"[32], mas o camponês sabe que é camponês e que tem uma vaca. Suponhamos agora que ele não tenha o direito de dizer o que é: estaria na mesma condição que sua vaca, reduzido ao silêncio, não, é verdade, pela natureza, mas pela sociedade. Uma sociedade que fosse assim e onde somente alguns tivessem o direito à palavra, estaria baseada na desigualdade, em contradição com a igualdade essencial de to-

---

32. "A única diferença essencial entre o homem e o animal, que, em todas as épocas, se atribuiu a uma faculdade de conhecimento exclusivamente própria ao homem e toda particular, a *razão*, fundamenta-se no fato de este dispor de uma classe de representações das quais nenhum animal participa: são os *conceitos*, isto é, as representações *abstratas*, por oposição às representações sensíveis das quais as primeiras são todavia tiradas" (Schopenhauer, *De la quadruple racine du principe de raison suffisante*, § 26, trad. fr. Gibelin).

dos os homens. Mas uma sociedade em que o camponês tivesse apenas o direito de dizer: "Sou um camponês" e não: sou um "ser razoável" e um "homem", seria, também, uma sociedade fundamentada na desigualdade. Pois dizer: "sou um camponês" é dizer sob o Antigo Regime: "sou de condição inferior"; ora, este é o discurso do senhor. Somente se eu puder dizer, assim como um nobre, um prelado ou um rei: sou um "ser dotado de razão" e um "homem", somente se me for reconhecido o direito de dizê-lo (com o que disso decorre: o direito à instrução, por exemplo), é que posso afirmar, justamente por isso, minha igualdade com qualquer homem. Todo homem tem na sociedade o direito essencial de dizer e de lembrar a qualquer homem que ele é seu igual, sob pena de que a sociedade seja fundamentada na desigualdade, isso em contradição com a verdade do homem. Em essência, o camponês é o igual do rei. O mesmo camponês não deve lembrar-se dessa verdade quando pensa no nobre senhor e esquecê-la em presença de sua mulher e de seus filhos. Pois as crianças também são nossos iguais. Se tenho direito à palavra para afirmar minha humanidade, minha igualdade, minha dignidade e meu direito, a criança também tem esse direito. Os pais devem ensinar às crianças a participar da conversa de uma maneira inteligente, mas por princípio não devem obrigá-las ao silêncio. É inútil querer uma sociedade igualitária se a relação "superior"-"inferior" e até senhor-servo é mantida na família. A consciência da igualdade humana universal é reconhecida em sua autenticidade por manifestar-se na relação com as crianças nascidas, com as crianças a nascerem, com os deficientes físicos e mentais, etc. Todos os seres humanos têm o direito à palavra como iguais e, quando eles próprios não podem tomar a palavra, temos o dever, isso já foi dito, de substituí-los para expressar sua humanidade, sua dignidade, seu direito e seus direitos.

    O homem tem direitos: os que a sociedade lhe reconhece, outros também que não lhe reconhece ou nem sempre ou ainda não. Mas o direito mais fundamental é em uma sociedade *o direito de afirmar seu direito*, o direito à palavra. Todo direito supõe que em primeiro lugar eu tenha o direito de tomar a palavra para dizer: tenho esse direito. E o direito dos que não têm voz implica o direito e o dever para mim de tomar a palavra para dizer o direito de todos os que não podem tomá-la. Toda revolução começa no plano do discurso por palavras, por palavras novas. Essas palavras, o regime que elas ameaçam proíbe de pronunciá-las. Por isso é preciso encontrar o meio de dizê-las de qualquer modo e de colocá-las em circulação. Porque a proibição de dizer o direito não tem esse direito. A capacidade que o homem tem de tomar, como tal, consciência de seu direito, isto é, de apreender a verdade com respeito a seu direito, acarreta o direito essencial de *dizer*, de *proclamar* e de *publicar* seu direito – que não é somente o seu, mas o de todos os seus semelhantes.

A parrésia

Na Atenas democrática, todo cidadão tinha direito à palavra. Os atenienses consideravam a *parrhesía*, a liberdade de palavra, seu privilégio. Na assembléia do povo, soberana em matéria política, o presidente devia dar a palavra a quem a pedia. Isócrates nada mais fez do que seguir a opinião geral quando vincula[33] "democracia" e "liberdade de palavra" (παρρησία). Segundo Platão e Aristóteles, a liberdade (ἐλευθερία) é o princípio fundamental do regime democrático[34]. Ora, a *eleuthería* não se realiza sem a *parrhesía*: no estado democrático, diz Platão, o que reina é "a liberdade, o falar franco (παρρησία), a autorização para se fazer o que se quer" (*Rep.*, VIII, 557 b). Mais tarde, Políbio que, aliás, prefere dar como exemplo a democracia aquéia, colocará sob o nome de *parrhesía* a própria idéia de liberdade: "Não

---

33. *Sur la paix*, 14.
34. Cf. Ar., *Pol.*, VI, 1317 a 41.

se conseguiria encontrar um regime e um ideal de igualdade (ἰσηγορία) e de liberdade (παρρησία), em suma, de democracia, mais perfeitos que entre os aqueus."[35] Não existe liberdade sem liberdade de falar, de se comunicar, de divulgar suas idéias. Desse ponto de vista, a democracia opõe-se, segundo Platão e Aristóteles, à tirania. Os tiranos impõem obstáculos ao amor do saber, à filosofia, pois é de seu interesse "não deixar pensamentos elevados nascerem em seus súditos" (*Banq.*, 182 c). Aristóteles precisa que os tiranos preocupados em preservar seu poder devem empregar todos os meios para impedir os cidadãos de se comunicarem e para fazer a desconfiança nascer entre eles: refeições em comum, clubes políticos e círculos culturais são proibidos, utilizam-se os serviços de "delatores" e "espiões" que são enviados para escutarem o que os cidadãos dizem uns aos outros nas reuniões ou conversas de todo tipo, a fim de que o temor dos espiões faça desaparecer aos poucos a franqueza nas conversas, a *parrhesía* (*Pol.*, V, 11, 1313 b 15). La Boétie tornará ao tema em seu *Discours de la servitude volontaire*[36]. Contudo, em seu estado ideal, nem Platão, nem Aristóteles pretendiam deixar a liberdade de dizer tudo. Assim, no estado platônico, as afirmações ímpias serão reprimidas, os guardiães da lei outorgarão somente a certos poetas o privilégio de "fazer sua musa falar com toda liberdade (παρρησία)" (*Lois*, VIII, 829 d), etc. O que ocorria na Atenas histórica? É certo que, qualquer que fosse a "liberdade de palavra", havia coisas que não se diziam, pen-

---

35. *Histoires*, II, 38, 6, trad. fr. P. Pédech.
36. "O sultão bem que percebeu isso, que os livros e a doutrina dão, mais do que qualquer outra coisa, aos homens o sentido e o entendimento de se reconhecer e de odiar a tirania; entendo que ele praticamente não tenha em suas terras sábios, nem os quer. Ora, comumente, a dedicação e o zelo daqueles que conservaram apesar do tempo a devoção à franqueza, por maior que seja o número deles, permanece sem efeito por não se reconhecerem uns aos outros: a liberdade de fazer, de falar e quase de pensar lhes foi completamente arrebatada, sob o tirano, eles tornam-se todos singulares em suas fantasias" (texto de Henry de Mesmes). Cf. J. Barrère, *L'humanisme et la politique dans le Discours de la servitude volontaire*, Paris, 1923, p. 24.

samentos que era preciso guardar para si, particularmente no campo religioso, pois poderosa era a opinião da multidão, do "grande número" (τῶν πολλῶν). Aristófanes podia tratar com irreverência Hércules e Dionísio usando a liberdade cômica, mas Anaxágoras, Sócrates, Diágoras de Melos, Estílpon, Teodoro atraíam para si processos de blasfêmia por zombar dos cultos oficiais ou simplesmente por dizerem o que pensavam. Estílpon permitira-se uma brincadeira sobre a estátua de Atena (D.L., II, 116). Por outro lado, estavam excluídos do direito à palavra, isto é, do direito de dizer o que pensavam sobre os assuntos da cidade, os escravos, os metecas, as mulheres (menos livres, mais enclausuradas na época clássica do que na época arcaica). Aqui é preciso distinguir uma *parrhesía* de direito e uma *parrhesía* de fato. Estando o escravo, como uma coisa, fora do direito, ele não podia ter o *direito* de palavra, e o imperador Juliano observa que a lei recusava a *parrhesía* ao escravo[37]. No entanto, o autor (Tucídides?) da *República dos atenienses* observa (I, 12) que os escravos dispõem de fato da "liberdade de palavra" com relação aos homens livres, e os metecas com relação aos cidadãos. Muitos escravos decerto tinham liberdade de falar dentro de certos limites. Entretanto, os escravos das minas do Lauríon, a cinqüenta quilômetros de Atenas, que trabalhavam nus, inclusive as mulheres e as crianças, em turnos contínuos, dia e noite, à luz de lampiões até a morte, não tinham liberdade de palavra nem de direito, nem de fato.

Da esfera política e social, a noção de *parrhesía* passou, na esfera filosófica, por uma evolução paralela à da noção de *eleuthería*, que foi a liberdade política e social antes de ser a liberdade interior e espiritual. Pode ser que no texto notável de Demócrito (Diels-Kranz, *Vors.* 68 B 226), onde se encontram associadas quatro palavras da língua grega: "O signo típico da liberdade (ἐλευθερία) é a liberdade de palavra (παρρησία), mas o perigo (κίνδυνος, risco) está na

---

37. *Discours contre Héracleios le Cynique*, 3, 207 c.

escolha do momento (καιρός)", a *parrhesía* já seja o falar com liberdade daquele que tem uma "independência de espírito" integral. Aristóteles (*Et. Nic.*, IV, 8, 1124 b 29) atribuirá essa *parrhesía*-franqueza ao "magnânimo" que, odiando a dissimulação como a marca de uma alma receosa e mais preocupado com a verdade do que com a opinião pública, mostra-se abertamente, fala e age diante dos olhos de todos, prevendo os dissabores que isso pode lhe acarretar, mas desprezando-os. Diógenes colocava a *eleuthería* e a *parrhesía* acima de tudo (D.L., VI, 69 e 71). Mas não estimava que a palavra pertence a quem quer tomá-la. A liberdade de linguagem é merecida. O direito à palavra baseia-se na relação do espírito com a verdade. Diógenes criticava um rapaz por enfrentar a opinião sem jamais *ter feito nada* que o autorizasse a tal audácia[38]. Pois o falar com liberdade é adequado quando se comprovou seu próprio valor[39]. A *parrhesía* cínica nada tem a ver com o atrevimento; é o efeito de uma arte e de um saber profundos. Não separa a arte da palavra e a arte do silêncio: afinal, cabe ao mesmo espírito, diz Diógenes, "saber o que se deve dizer e quando se deve dizer e o que se deve calar e diante de quem se deve calar"[40]. Há os que não sabem o que se deve dizer e fazer na vida e os que sabem. Diógenes detém esse saber[41]. É por isso que ele tem o direito a esse falar franco que é típico do homem que não apenas tem a liberdade política e social, ou talvez absolutamente não a tenha, mas que é livre interiormente. Quando Diógenes responde com franqueza a Alexandre que lhe perguntava se ele precisava de algo: "Por enquanto, sai da frente de meu sol"[42], não se trata de uma resposta que qualquer um teria o direito de dar. É quase necessário ser Diógenes para ter esse direito. É certo que, a esse respeito, a

---

38. Cf. Julien, *Contre les Cyniques ignorants*, 15, 197 c.
39. Cf. Julien, *ibid.*, 18, 201 a.
40. Segundo Estobeu, *Flor.*, 34, 16 (v. Paquet, *Les Cyniques grecs*, Ottawa, 2.ª ed., 1988, p. 95).
41. Segundo Élien, *Hist. Var.*, X, 11 (v. Paquet, p. 90).
42. Plut., *Alex.*, 14; D.L., VI, 38, Cf. Cic., *Tusc.*, V. 32, 92.

doutrina e a prática cínicas tenham se degradado em seguida, afastando-se da pureza e do rigor de Diógenes e Crates. O cínico autêntico propõe-se a levar a salvação (e a felicidade) aos homens com a ajuda desse remédio amargo que é a verdade, remédio amargo e desagradável pelo menos para as "pessoas sem espírito", para quem a verdade é como a luz que fere os olhos, enquanto a falsidade é doce como as trevas que impedem de ver[43]. Se os cínicos submetem todos, conhecidos e desconhecidos, às suas exortações, se vão, convidados ou não, às casas em que há reconciliações a operar, dissensões a acalmar, etc., é porque estão convictos da verdade que carregam. Diógenes "dizia a verdade a todos"[44]. Os cínicos sabem em que consiste a felicidade: "em viver conforme à natureza e não segundo as opiniões da multidão"[45]. Sabem isso não por um saber teórico que aguarda ser verificado, mas por experiência, pois a própria felicidade é o elemento de seu pensamento e de sua vida. Para os democratas, o direito à palavra é algo de imediato. Os cínicos vão, por um lado, mais longe que os democratas gregos, porque, como não distinguem os homens, a não ser com respeito à virtude e ao vício, não reconhecem a escravidão, mas, por outro lado, não pensam que a palavra deve ser dada a quem quiser tomá-la. Deve-se merecê-la. O que é de fato a palavra? Em nossa alma, diz Juliano a respeito dos cínicos, há uma parte "que chamamos de espírito, pensamento e discurso silencioso, cujo arauto é o discurso oral que se desenvolve com a ajuda de palavras e falas"[46]. O discurso oral, que só é o arauto do discurso interior, valerá o que este vale. Ora, este valerá se for livre com relação às outras partes da alma (irascível, concupiscível) e autônomo, isto é, se o prazer, o desejo, a paixão, a opinião da multidão não lhe ditarem antecipadamente suas conclusões. O dis-

---

43. *Flor. J. Damas*, II, 13, 22 (Paquet, p. 93).
44. Díon Crisóstomo, *IVe Discours sur la Royauté*, 10 (Paquet, p. 168).
45. Juliano, *Contre les Cyniques ignorants*, 13, 193 d (trad. fr. G. Rochefort).
46. *Ibid.*, 15, 197 a.

curso interior não é livre, mas submisso – e o homem é escravo – se for apenas a voz do desejo sob todas as suas formas. Ora, este é o caso para a maioria daqueles que se aglomeram na assembléia do povo: querem mais bens, mais honras, mais poder. Acreditam-se "livres", superiores aos escravos, mas são eles próprios escravos de tudo de que dependem, isto é, de tudo aquilo de que carecem e não têm. Os cínicos chamam portanto o homem à reforma interior. Trata-se para cada um de colocar, dentro de si mesmo, a razão no poder, de torná-la a *hegemonikón*. Essa reforma, ou conversão, dá direito ao falar franco, à liberdade cínica[47].

Capítulo XV
O dever de liberdade

O direito à palavra destruiria a si mesmo se fosse o direito de dizer qualquer coisa, porque dizer qualquer coisa não é mais dizer algo de definido, é nada dizer. Para salvaguardar o direito à palavra e merecê-lo, é preciso agir de modo que sempre se fale com liberdade, isto é, a sempre julgar com toda a liberdade e independência, sem cálculo (o que levaria a optar antecipadamente entre as conclusões), não se deixando influenciar por nada além da consideração da própria coisa que se julga. O reverso do direito à palavra é o dever de liberdade. A liberdade é o mesmo que a capacidade de considerar a coisa *em si* – em lugar de ser, por exemplo, em função do interesse que há, para nós ou

---

47. Epicuro emprega uma única vez o termo *parrhesía* (*Sentence Vaticane*, 29) para opor a "liberdade de palavra daquele que estuda a natureza" e só reconhece a verdade como regra à não liberdade daquele que dá seu assentimento às opiniões aceitas para "colher o elogio que cai com abundância, vindo de inúmeros". Filodemo escreveu um *Perì parrhesías*, de onde parece resultar que a liberdade de palavra era estimulada nos círculos epicuristas, embora fosse praticada de maneira diferente pelos discípulos e pelos sábios educadores, os últimos sendo os únicos a saber utilizá-la com arte, com o intuito de curar e de salvar (cf. M. Gigante, "Philodème: sur la liberté de parole", *Actes du VIIIe Congrès G. Budé*, pp. 196-217).

para outros, de julgá-la assim ou de outro modo. Quando se diz isto ou aquilo, isto mais do que aquilo, porque os outros dizem a mesma coisa, portanto, porque se foi conquistado por uma espécie de contágio coletivo ou porque eles dizem o contrário, ou devido a alguma outra influência, ou porque se cede a uma pressão – pressão que pode ser uma coerção externa, explícita ou sutil, ou a pressão interna dos desejos, das ambições, dos amores ou dos ódios – ou, finalmente, pelo efeito de alguma outra causa, não se julga com liberdade, isto é, tomando como *medida* apenas a verdade da coisa julgada, compreendendo por "verdade" a própria aparência da coisa por aquele, precisamente, que é livre diante dela, livre *para* ela. Só o juízo livre pode ser *fundamentado*, pois é esclarecido e legitimado por razões e não determinado por causas.

A liberdade de palavra só tem sentido por meio da liberdade de juízo. Ora, é possível se perguntar se esta, tal como a definimos, não é um tanto ilusória. Seria possível, ao julgar, abstrair tudo o que pode pesar sobre o juízo em um ou em outro sentido? Montaigne achava que não; via o juízo o tempo todo afetado pelas paixões corporais, pelas paixões da alma[48], jamais sadio: "Nunca estamos sem doença."[49] No entanto, quando dizia isso, achava estar dizendo a verdade e acreditava por isso mesmo, portanto, ser seu juízo sadio[50]. Porque aquele que acreditasse ser seu juízo enfermo não poderia achá-lo ao mesmo tempo bom e julgando verdadeiramente. Daí Montaigne repetir-se em outra parte: " Em suma... a única coisa pela qual me valorizo um pouco é algo em que homem nunca se considerou falho: meu elogio é banal, comum e vulgar, pois quem jamais pensou ter falta de senso? Seria uma proposição que implicaria em si mesma uma contradição, é uma doença que

---

48. *Os ensaios*, II, XII, "Apol. de R. Sebond", ed. cit., pp. 350-5.
49. *Ibid.*, p. 355.
50. "Creio que minhas idéias são boas e corretas" (II, XVII, "Da presunção", ed. cit., p. 487).

nunca está onde ela vê a si mesma..."⁵¹ Todos acreditam ser, nos juízos, tão favorecidos quanto um outro. E isso é verdade em direito. De fato, existem muitas diferenças, pois existem muitas gradações na liberdade interior e na independência de espírito. A liberdade de juízo só é possível graças a essa energia íntima que constitui o "caráter": "Essa capacidade de selecionar o verdadeiro", diz Montaigne, "e esse humor livre de não sujeitar facilmente minha convicção, devo-os principalmente a mim mesmo."⁵² Ter caráter é ter independência. O caráter é feito de diferentes ingredientes: o espírito crítico e a dúvida com relação àquilo que nos dizem que é preciso acreditar e que os outros acreditam, mesmo que todos acreditem nisso (e isso mesmo do que não há motivos para duvidar, mas que foi verificado por outros, como a rotação da terra, talvez seja preciso relegar às crenças do ouvir dizer), a coragem, isto é, a capacidade de dominar o temor da morte, a fim de não se deixar intimidar pelas pressões, às vezes físicas, sobretudo morais e sociais, o sangue-frio para resistir às seduções do discurso do outro, por exemplo, à sedução e ao encanto dos oradores, o domínio de si que permite manter a distância e contidos os próprios desejos e paixões a fim de não permitir-lhes nos soprar o que devemos pensar, dizer e acreditar. Aquele que tem o caráter, a independência de espírito de que falamos aqui tem um olhar livre sobre todas as coisas e pode julgá-las com a razão. O dever de se tornar livre com relação a todos os fatores de determinação externos à coisa julgada para julgá-la bem, este é o dever de liberdade, indissociável do direito à palavra.

Qual é o fundamento da possibilidade dessa liberdade e distanciamento, com relação a tudo o que possa pesar sobre o julgamento, trate-se de influências externas ou internas? E, se a liberdade de julgamento só é possível pelo caráter, o que fundamenta o caráter? Parece que se pode res-

---

51. *Ibid.*, p. 486.
52. *Ibid.*, p. 488.

ponder com Sêneca e Montaigne: a morte. O homem de caráter é aquele que durante sua vida tem a morte por companheira, uma companheira que está lá não para assustar, mas para ajudar e esclarecer. Graças à morte presente no pensamento, um grande número de coisas, que pretendiam encher o presente de sua "importância", imergem no nada, não valem, nem interessam mais. A morte torna o desapego possível, e o desapego torna possível a liberdade. Pois os fatores de determinação capazes de alienar o juízo, como a opinião do outro, a parcialidade ideológica, política ou outra, os diversos desejos, por exemplo, de ter um "público" e agradá-lo, a ambição social, etc., não têm efeito a partir do momento em que tudo isso parece mutável, instável, inútil, efêmero. Resta apenas o "aberto" da verdade para o "aberto" da liberdade.

Capítulo XVI
Liberdade de palavra e igualdade

Todos os homens têm a capacidade de fazer juízos verdadeiros. Falam ou podem falar sob a categoria de verdade. Todavia, observa-se que a mentira é muito difundida. Em vez de colocar o verdadeiro em circulação, os homens ou substituem cientemente o verdadeiro pelo falso e colocam o falso em circulação, ou não dizem tudo o que sabem ser verdade e, assim, não dando uma imagem completa, mas truncada, da coisa ou do estado de coisas, ou da pessoa da qual falam, dão uma imagem falsa de tudo – "falsa" porque, como não dizem que existe *também* o que não dizem e que isto talvez seja mais importante do que o que dizem, seu interlocutor acredita estar diante da coisa completa, quando só está diante de uma parte da coisa, e assim é induzido em erro –, ou, por fim, não dizem o que pensam como pensam e tudo o que pensam, e assim dão uma imagem falsa de si e nos enganam a seu respeito (sem dúvida, todo homem tem sua vida particular e pessoal, que tem o direito de conservar para si e não tem obrigação de tornar pública a despeito dos cínicos para quem todos devem viver abertamente: ainda assim ele não deve se fazer passar pelo que não é).

É próprio do homem exprimir o mundo, ou seu mundo, em um discurso verdadeiro. A falsidade não combina com a vocação do homem (entendendo-se por isso aquilo ao que é chamado pelo próprio fato de seu poder), que é viver e pensar em seu elemento, ou seja, a verdade e a clareza. Dizemos "falsidade" e não apenas "mentira". Há mentira, no sentido estrito, quando, considerando verdade o que sabemos não ser, enganamos com consciência, seja para prejudicar, seja para ser útil ou agradável. Mas a mentira não passa da parte emersa do *iceberg* da falsidade. Há outras maneiras de enganar que dizer a mentira: o silêncio (por exemplo, deixando acreditar não desmentindo) pode ser mais enganador do que a palavra e há outras linguagens além da vocal. A que se deve a falsidade estar tão presente no mundo?

Como se trata de um fenômeno social, deve-se explicá-lo pela própria sociedade. Se existe tanta falsidade no mundo humano, isso se deve, acreditamos, ao fato de a sociedade não ser igualitária e sobretudo de sempre ter sido assim, de modo que os homens hoje, justamente quando poderiam se permitir serem verdadeiros, ainda têm as reações do escravo, isto é, a mentira e a dissimulação.

Por que uma sociedade não igualitária gera a falsidade? É porque, em tal sociedade, não pode existir uma liberdade de palavra igual para todos. A *parrhesía* não é igual, por exemplo, entre os ricos e os pobres. Teógnis já observava: "Sob o jugo da pobreza, o homem não pode dizer, nem fazer nada, e sua língua permanece acorrentada" (v. 177-8, trad. fr. Carrière). Tampouco é igual segundo se é bem "nascido" ou não: "Um nascimento humilde combina miseravelmente com a liberdade de palavra", dizia Bion de Boristene (D.L., IV, 51), e acrescentava, citando Eurípides (*Hip.*, 424), não sem distorcer seu sentido: "Ele subjuga o homem, por mais intrépido que seu coração seja" (trad. fr. Paquet, *op. cit.*, p. 132). Se todos tivessem igual direito à palavra, todos poderiam afirmar seu direito, mas esse direito é o de ser considerado por todos os outros como igual. Uma sociedade escravagista em que os escravos pudessem dizer-se os iguais dos senhores suprimiria a si mesma; uma sociedade aristocrática em que o povo pudesse agir como se o "nascimento" não contasse não seria mais uma sociedade aristocrática; o mesmo é válido para qualquer sociedade não igualitária.

O que é exatamente uma sociedade não igualitária? Os homens dependem uns dos outros, isto porque ninguém consegue bastar a si mesmo; e principalmente porque um homem, sendo homem apenas pela palavra, precisa de outros homens com quem falar. Os homens são "homens" apenas juntos; esta é uma espécie de dependência recíproca essencial. Ao lado disso, dependem também material e moralmente uns dos outros. Consideremos por exemplo o que se chama de "arrimo de família". A família depende materialmente do trabalho desse homem, mas ele depende moralmente de sua família. Caso se trate de um homem casado e, por exemplo, caso sua mulher deixe de merecer sua confiança, sua coragem, seu gosto de viver pode ser atingido e quebrantado. O próprio senhor depende de seu escravo. Quando decerto ainda não tinha se livrado de todos os seus bens, Diógenes tinha um escravo, Manes, que fugiu. Aconselharam Diógenes a persegui-lo: "Seria ridículo", disse ele, "Manes conseguir viver sem Diógenes, e o último não conseguir se virar sem Manes" (D.L., VI, 55). Sêneca comenta assim: "Meu escravo fugiu – o que estou dizendo? Fui eu que me libertei" (*De tranquil. animi*, 8, 7). – Ora, as relações de dependência recíproca podem ser relações de dependência *equilibradas ou não*. São relações equilibradas se nenhum dos indivíduos interdependentes consegue pressionar o outro mais do que o outro consegue pressioná-lo. São relações não equilibradas se, na relação de interdependência, uma das partes dispõe de meios de pressão desproporcionais aos da outra parte. Isso é particularmente verdade quando o direito do porte de armas se encontra de um só lado. Assim era na antiga sociedade feudal e monárquica, em que o povo não tinha o direito de andar armado. A força desproporcional à força do indivíduo é a *força pública*. A relação de dependência recíproca é uma relação *institucionalmente* não equilibrada quando a força pública, a do Estado e do aparelho de Estado pendem apenas para um lado. Tem-se então uma sociedade estruturalmente não igualitária.

Assim eram as antigas sociedades escravagistas. Em Atenas ou em Roma, os proprietários de escravos eram cidadãos; os escravos não participavam da vida pública[53]. Os primeiros falavam entre si livremente e entendiam-se para governar. Formavam, por sua associação e por seu discurso, como que uma espécie de grande Proprietário de escravos, poderoso pela força de todos e presente por trás de cada proprietário particular. Os escravos permaneciam atomizados; não tinham o direito de falar entre si de seus interesses comuns, de se entender, de se associar: cada qual só tinha a força de sua força particular. Em tal sociedade, o direito à palavra não podia existir para todos, porque tal sociedade só podia existir se o direito à palavra não existisse para todos. Porque, se os escravos tivessem o direito de falar entre si e com os senhores de outra forma além dos limites implicados pelo funcionamento do *instrumentum vocale*[54], se falassem de sua condição, de seus interesses comuns, iriam se associar e pressionar os senhores para que reconhecessem, por exemplo, seu direito ao casamento e à família e todos os outros direitos civis e políticos. Em uma sociedade escravagista, como não tinham nenhuma possibilidade legal de manifestar-se como seres humanos – caso se entenda por "homem" um ser que se apresente de imediato como

---

53. Sem dúvida em Roma, o poder de Estado, que era, antes de mais nada, o poder de Roma, adquiriu, ao longo das dinastias sucessivas de imperadores, uma base social mais ampla, principalmente na época dos Severos, mas, de qualquer modo, os escravos permaneceram excluídos da vida política.

54. O que não significa que não houvesse, em torno desses limites, algo como aquilo que é chamado de "flutuações" na linguagem científica.

*tendo direitos*⁵⁵ –, só dispunham como esperança terrestre daquela que podiam colocar na revolta, quer ela assumisse a forma negativa da simples má vontade (os autores antigos falam da "preguiça", da "negligência" dos escravos), quer as formas positivas: a evasão, a insurreição. Decerto a não obediência que, em certos casos, moralmente, é de direito, não significa necessariamente a luta violenta; mas não a exclui.

Na antiga sociedade feudal e monárquica, em que o poder e o aparelho de Estado estavam nas mãos das ordens privilegiadas, o povo não tinha direito à palavra política nem à instrução. Por isso permanecia desunido. Os camponeses em particular, isolados, sem contatos entre si além dos contatos locais, habituados a sofrer, incapazes de se unir (é significativo que, quando das revoltas camponesas, os chefes foram, na maioria das vezes⁵⁶, fidalgos ou membros do clero), isso porque não dominavam o suficiente sua própria linguagem de modo que construíssem com ela um discurso estruturado, que unisse e organizasse, esses camponeses, como dizíamos, não formavam realmente uma classe, caso seja verdade que uma classe sem consciência de classe só é uma classe para os outros, de um ponto de vista exterior, é alienada em sua consciência de si, rompida e separada de si pelo não saber e não passa de uma soma de indivíduos e de famílias. De modo que a luta de classes então só existia realmente entre as ordens privilegiadas e a burguesia⁵⁷ que, jogando a realeza contra os feudais, acabou por participar do poder, ao mesmo tempo que tomava uma liberdade de pa-

---

55. Cf. *Orientation philosophique*, p. 90.
56. Observou-se a tendência dos camponeses "a se proporcionarem um chefe escolhido fora de seu próprio meio" (G. Walter, *Histoire des paysans de France*, Paris, 1963, p. 287). Para dar um exemplo, quando da revolta dos Descalços na Normandia, sob Richelieu, o presidente de honra do comitê da insurreição era o senhor de Ponthébert, e as operações eram dirigidas por um trio de eclesiásticos.
57. O conceito de "luta de classes" foi aliás forjado originalmente para designar essa luta (cf. Guizot, *Histoire de la civilisation en Europe*, sétima lição, 1828).

lavra crescente (na medida de seu poder) e principalmente de palavra escrita pela imprensa, autorizada ou clandestina.

Na sociedade capitalista "avançada" (pensamos nas democracias ocidentais), os proletários adquiriram em princípio o direito à palavra. Puderam, primeiro com mais ou menos liberdade, quase com liberdade hoje, formar associações que se proporcionaram meios de expressão e de difusão adequados às suas tarefas (diferentes segundo se trate, por exemplo, de sindicatos ou de organizações políticas), mas isto dentro dos limites de fato que lhes são impostos por seus recursos financeiros, muitas vezes desproporcionais com relação aos que os feudalismos modernos, industriais e financeiros, dispõem. Além disso, assim como, sob o Antigo Regime, os camponeses muitas vezes escolhiam chefes na nobreza ou no clero, observa-se hoje que os porta-vozes dos proletários saíram muitas vezes da burguesia: como muitos dirigentes sindicais, parlamentares, jornalistas, escritores. Glorificam suas "origens" populares, mas, na verdade, eles próprios não participaram do trabalho operário ou camponês nem por um ano. Um avô, um pai eram realmente do povo; eles próprios aprenderam as artes da linguagem nas escolas da burguesia.

O que acontece quando o homem não tem direito à palavra? Aqui é preciso voltar ao caso extremo, o caso da sociedade escravagista, que é uma espécie de paradigma para compreender os outros casos. Por que uma sociedade não igualitária gera a falsidade? Por que o escravo é dissimulado e mentiroso? É porque em uma sociedade desse tipo, a não veracidade torna-se uma condição da vida. Os escravos de Damófilos só podiam submeter-se ou fazer complôs. Fizeram complôs. Foi a primeira revolta dos escravos da Sicília (138-132). Montaigne, que reprovava a mentira, lembra que um homem livre não mente; aprova Apolônio por este dizer "que era próprio dos servos mentir e dos homens livres dizer a verdade"[58]. Nietzsche escreve, por sua vez: "A

---

58. *Os ensaios*, II, XVII, "Da presunção", ed. cit., p. 473.

aristocracia afasta os seres em que se manifesta o contrário de [seus] sentimentos altaneiros e altivos; despreza-os... Desprezam-se o covarde, o tímido, o mesquinho, aquele que só pensa na estrita utilidade; da mesma forma, o desconfiado, o de olhar fugidio, o que se humilha, o canalha que se deixa maltratar, o mendigo obsequioso e, acima de tudo, o mentiroso; entre todos os aristocratas, existe uma crença arraigada de que o povo comum é mentiroso. Os 'verídicos', este era o nome que davam a si os aristocratas da Grécia antiga."[59] Vê-se que a mentira faz parte de toda uma constelação de sentimentos que refletem a baixeza e o receio: covardia, timidez, mesquinharia, cálculo utilitário e preocupação permanente com a utilidade, desconfiança, humildade, obsequiosidade... É claro que a humildade, a servilidade com relação ao senhor são formas da falsidade e do receio, são sentimentos mentirosos.

Vamos nos colocar por um instante no lugar do escravo em Roma, sob o Império. O direito romano assimila-o ao gado. O senhor tem sobre ele direito de vida e morte. Não tem nome, mas alcunha. Não tem direito ao casamento e à família, exceto o intendente, o *vilicus*; assim mesmo, os filhos são propriedade do senhor. Ele não é responsável por seus atos diante dos tribunais, não mais do que um animal. Nas propriedades agrícolas, nas minas, nas pedreiras, nas fábricas de tijolos, nos armazéns de azeite, nos moinhos, nas padarias, nas oficinas de cerâmica e de tecelagem, é explorado até o limite do possível e além, até o esgotamento e a morte. Tem fome o tempo todo. Nas usinas de moagem, seu pescoço fica preso a uma canga de madeira arredondada para impedi-lo de comer farinha. O chicote é comum, ou as palmas queimadas com ferro incandescente para os ladrões, ou as línguas para os tagarelas. O escravo empregado na produção, nessa condição extrema em que está extenuado de cansaço e de trabalho, em que qualquer palavra além da que sua função de "instrumento fa-

---

59. *Par delà le bien et le mal*, § 260, trad. fr. G. Bianquis.

lante" requer – como "é demais!" – provoca não uma resposta, mas um castigo, não pode nem mesmo usar a palavra para se defender. Aos poucos perde a liberdade de palavra. Não mais do que os animais cuja existência é inteiramente controlada, não tem muito a dissimular, exceto seu ódio (no melhor dos casos apenas, seus projetos de evasão ou seus complôs). Para compreender como a condição servil gera a falsidade de caráter e moral, deve-se pensar mais nos escravos domésticos urbanos dos romanos ricos, que estão em contato não com o *vilicus*, mas com o senhor, como os porteiros, os camareiros, os cozinheiros, os músicos e as inúmeras criadas das matronas, cujas funções muitas vezes não eram tão penosas e que podiam tirar partido da baixeza, da obsequiosidade, da bajulação e de todos os outros sentimentos mentirosos, que podiam às vezes se tornar os favoritos do senhor, com uma posição privilegiada na casa, não sem o risco de reviravoltas cruéis e sofridas. Ainda convém não esquecer que os escravos domésticos podiam ser submetidos a uma regra estrita de silêncio, como se vê na *Carta 47* de Sêneca a Lucílio, qualquer transgressão a essa regra sendo expiada por uma punição brutal.

Objetar-se-á que a condição de homem livre constitui uma diferença essencial, o sentimento da dignidade pessoal cessando a partir desse momento de ser uma incongruência e que, conseqüentemente, o camponês livre, o servidor assalariado, mas livre, o proletário e, em geral, o trabalhador livre, não teriam essa falsidade e essa servilidade quase inelutáveis que a condição do escravo doméstico romano implica. E é possível dizer que sempre houve, nos tempos recentes e antigos de nossa história, entre o povo, um conflito entre a exigência de veracidade, de franqueza e de retidão comandada pela consciência e pelo sentimento mais ou menos vivo de sua dignidade e de seu direito à liberdade de palavra, e, por outro lado, a prudência, a desconfiança, a necessidade de não trair sentimentos de injustiça, de ódio, de revolta ou de não revelar pequenos fatos comprometedores, como uma barrica de vinho passada fraudulentamente, ou uma lebre arrebatada das terras do senhor, ou mais graves, como uma arma escondida debaixo da terra ou uma reunião proibida na floresta. Devido a essa liberdade do ser humano e da espiritualidade mantida relativamente viva no povo pela religião, a falsidade e a servilidade jamais se tornaram a nosso ver uma segunda natureza entre o povo, mas permaneceram algo imposto pelas circunstâncias e exterior, exceto talvez entre aqueles que estavam sob uma dependência completamente imediata dos grandes e dos poderosos. Os homens do povo, devido à quase escravidão em que se encontravam, embora livres, muitas vezes tiveram as reações do escravo – a mentira, a dissimulação –, isso contudo sem que o caráter do povo, seu orgulho, seu espírito de independência tenham sido fatalmente alterados; não fosse assim, não se explicaria essa distinção, essa nobreza, essa qualidade de juízo que se vê com tanta freqüência entre os franceses mais humildes (assim como em muitos outros países, pelo que sabemos). Assim, uma sociedade não igualitária por sua própria natureza incita os fracos, os oprimidos, todos os que dependem dos poderosos, mais do que os poderosos dependem deles, à dissimulação e à mentira. Como não tem direito à palavra, como não tem direito de afirmar seu direito, o povo reprime o pensamento de seu direito, pensa e fala normalmente com base em uma aceitação aparente da ordem das coisas.

O discurso dos privilegiados é mais verídico? O homem realmente independente não precisa, ao que parece, para proteger-se, cercar-se de mentiras; pode permitir-se dizer a verdade. Sim. Mas qual homem é "realmente independente"? Montaigne (*loc. cit.*, p. 648) fala-nos desses príncipes que se vangloriavam "que lançariam sua camisa ao fogo se ela participasse de suas verdadeiras intenções" e do imperador Tibério, cuja duplicidade era célebre e que agia como se sempre fosse "outro por fora" do que era por dentro. A situação aqui se inverte. Pois, se existe uma desigualdade entre o povo e os privilegiados, estes exercendo sobre o povo uma coerção material e moral que o último é impotente para exercer sobre eles, entre as pessoas do povo reina a igualdade e portanto uma espécie de franqueza ingênua, de entendimento por meias palavras e de não dissimulação, enquanto os privilegiados e geralmente os membros das classes dominantes são muito hierarquizados, sentem com vivacidade suas diferenças, têm a noção, quase ausente no povo, de uma *escala* social cujos degraus aspiram subir, experimentam as feridas de amor-próprio, as invejas, os ciúmes, as decepções, as ambições e outras paixões sociais que já o povo não experimenta (um camponês tem uma vida de repetição diante de si: não pode "ser promovido", ter acesso às "honras", "fazer carreira", etc. E, sabendo isso de antemão, está livre de tudo isso). Definitivamente, o povo é bem mais relaxado e livre, capaz de se entregar sem segundas intenções aos festejos e aos prazeres imediatos, enquanto os privilegiados, talvez exceto aqueles que, como os fidalgos do campo, vivem sensivelmente como o povo, sempre têm segundas intenções, planos, projetos, cálculos que devem calar para não comprometer seu sucesso. O que é simples e flagrante para o povo, para eles é ambíguo, oculto, não evidente, com duplo ou triplo sentido. Os aristocratas "verídicos"! Tocante ingenuidade de Frederico Nietzsche! São antes levados a transformar a dissimulação em virtude; cultivam de bom grado o artifício, a cautela e apresentam-se mascarados. O autor do *Príncipe* conheceu-os bem; Montaigne também, e ele se recusa precisamente a acompanhá-los em seu raciocínio, e não os julga absolutamente livres e sim prisioneiros de seus preconceitos de casta, ou de seu espírito ambicioso e político, e de suas tramas de mentiras. É claro que o tipo do camponês ardiloso tem uma certa realidade, e o privilegiado que soube usar bem sua fortuna ou sua posição social, e graças a elas libertou-se para a reflexão, a pesquisa, a ciência, e isto afastado das intrigas da corte e da cidade, também existe. Mas a sociedade popular, na medida em que não está contaminada pelo espírito burguês, não conhece a hierarquia, e nela a palavra livre não está entravada pela desigualdade social, enquanto as classes privilegiadas (nobreza, clero, burguesia) são muito hierarquizadas, em muitos níveis, não igualitárias por si mesmas, estrutura que constitui obstáculo à liberdade de palavra.

Capítulo XVII
O direito de querer viver e o direito aos meios de subsistência

Quando o bebê sente sede, ele grita, e todos compreendem que ele quer beber. Deve-se, todos pensam, dar-lhe algo para beber, e esse dever é o correlato de um direito de querer viver que lhe é reconhecido. Fala-se dos famintos do terceiro mundo. Ninguém contesta seu direito de querer alimentar-se e viver, e muitos sentem, correlativamente a esse direito que lhes reconhecem, o dever de ajudá-los.

Não falamos de um "direito à vida" ou de um "direito de viver", mas de um direito de querer viver. Falar de um "direito à vida", a menos que seja uma maneira cursiva de falar do direito de cada um querer viver, não tem sentido. Suponhamos que um jovem sofra de uma doença mortal. Vê a morte chegando. A quem se queixará? A quem dirá: "Tenho direito à vida?" Deveria ser a alguém a quem pudesse dizer: "Faça com que eu viva." Mas, caso se dirija a Deus, isto é uma prece e não a afirmação e a reivindicação de um direito. E, caso se dirija aos homens, é um lamento e não a reivindicação de um direito. Se está sofrendo, como se supõe, de uma doença mortal, nenhum homem poderia ter o dever de fazê-lo viver, porque ele não tem esse poder. E, como não existe o dever de fazer com que continue vivendo quando é impossível, tampouco há para o mortal o direito de ainda viver quando o destino decidiu de outra forma. Não fosse assim, o idoso centenário que chegou por fim à hora da morte, não somente se queixaria dizendo "Gostaria de viver mais um pouco", o que é natural, mas reivindicaria que lhe deixassem viver mais um pouco, como aplicação de seu direito à vida. Os que o cercassem poderiam entreolhar-se e dizer: "O que ele entende como esse 'direito à vida'? Ele não sabe que não somos os senhores da vida?"

Nascemos e muitas vezes morremos por puro acaso. Foram necessários muitos acasos antes do encontro de dois gametas de sexo oposto e sua união, a começar, por exemplo, pelos acasos que fizeram com que o pai, se foi um combatente desta ou daquela guerra mortífera, escapasse muitas vezes à morte. Os acasos que fazem a vida e os acasos que fazem a morte estão ligados, misturam-se e combinam-se inextricavelmente. Porque um dia não cheguei a um encontro porque perdi um trem porque não acordei porque meu despertador não tocou, casei-me não com uma determinada pessoa, mas com outra, tive determinados filhos em vez de determinados outros que, de outro modo, teriam nascido. Nem os que nasceram, nem os que não nasceram tinham direito à vida. Não fosse assim, seria de se supor que se tem o dever de controlar o acaso, mas como não temos essa possibilidade, não temos esse dever.

A rigor, não existe direito de viver.

Todos têm, em compensação, o direito de querer viver, o que acarreta, correlativamente, o direito de deixar viver[60] e de permitir viver. Todo homem, ainda mais que toda criança, quer viver, a não ser que tenha motivos pessoais para querer morrer, e tem a consciência de ter esse direito, a não ser que um forte sentimento de culpa o convença do contrário. Reconhecer o próprio direito de querer viver é identicamente pensar que esse direito deve nos ser reconhecido por todos, e isso porque o reconhecemos para todos, porque todos somos seres humanos igualmente. Quanto aos que não podem afirmar seu direito, devemos substituí-los para afirmá-lo em seu lugar, como as crianças de berço ou antes de nascerem.

Ora, o que significa esse direito? Ele não é um direito à vida, mas é o direito de agir de modo que tenhamos vida e

---

60. "Não matarás."

saúde na medida em que isto depende de nós, e o direito de pedir que se aja de maneira que tenhamos vida e saúde na medida em que isto depende dos homens, não esquecendo, contudo, que o limite desse direito está no direito igual de cada um. Como a vida só é possível pelo ar, pela alimentação e por uma certa liberdade de fazer ou não fazer certas coisas dependendo de se elas são úteis ou prejudiciais à vida, como não permanecer sempre cravado no mesmo lugar, sujeito a um mesmo trabalho, mas fornecer ao corpo algum exercício e alguma variedade de ocupação, o direito de querer viver significa socialmente um direito ao que permite a vida, um direito aos meios de subsistência.

Convém que cada um tenha acesso aos meios de subsistência, e todos igualmente. Suponhamos que haja cem pessoas e que só haja comida para dez pessoas (devido, digamos, a uma catástrofe climática ou a qualquer outra coisa). Nenhuma dessas cem pessoas pode invocar um "direito à vida" para não morrer, pois junto a quem formularia sua reivindicação? Junto a Deus? Mas a noção de "Deus" depende da religião, ou seja, de um discurso particular e não do discurso universal e racional da moral. Não somente não convém supor que haja um Deus, o que tornaria o discurso *particular*, mas convém supor o contrário, ou melhor, não supor absolutamente nada, a fim de que nosso discurso possa ser também o daqueles com quem nada temos em comum, a não ser a palavra e a possibilidade de conversar. Nenhuma dessas cem pessoas pode invocar um direito à vida que um outro não teria. Se houvesse um direito à vida, todos teriam tal direito. Ora, todas elas não podem viver e, segundo a hipótese, ninguém é responsável por isso. Junto a quem elas farão portanto valer esse direito à vida? Junto à ordem fatal das coisas? – Em compensação, todos têm direito ao que permite a vida, têm direito portanto ao meio de se alimentar, têm direito, em outras palavras, a uma parte da comida que há. Noventa pessoas podem renunciar a seu direito para salvar dez, mas, para renunciar a esse direito, em primeiro lugar, é necessário que ele exista.

Esse direito não é, para cada uma delas, o direito de conseguir um décimo de toda a comida que há, embora ela precise de um décimo dessa comida para sobreviver. É o direito a apenas um centésimo dessa comida, embora, conseguindo apenas um centésimo, ela não tenha como deixar de morrer. Assim, o direito aos meios de subsistência não apenas não poderia ser o direito "à vida", mas nem mesmo é o direito aos meios suficientes para subsistir, se tais meios de subsistência não existem em quantidade suficiente para cada um. Não passa do direito *social* aos meios de subsistência; por isso entendemos o direito a uma parte proporcional dos meios de subsistência de que a sociedade dispõe e que, no conjunto, podem ser insuficientes para garantir a sobrevivência de todos.

Por "sociedade", não se deve entender aqui uma sociedade particular que, neste caso, poderia ter mais bens do que os necessários para viver, enquanto uma outra sociedade, ao lado, não teria bens suficientes. Do ponto de vista moral, só existe uma sociedade, pois só existe uma humanidade. Se os povos abastados têm, por um lado, trigo demais, os povos desfavorecidos ao lado não tendo o suficiente, esses povos desfavorecidos têm direito a esse trigo que existe em quantidade excessiva em outra parte, e poderiam legitimamente dele apoderar-se (caso não pudessem comprá-lo), e isso ainda que os outros tenham trabalhado para produzir esse trigo e ainda que eles próprios não tenham de forma alguma trabalhado para produzi-lo. Porque o direito que o trabalho pode dar sobre o produto do trabalho deve ceder diante do direito mais fundamental de cada um sobre os meios de subsistência de que a sociedade dispõe. Na França, atualmente (1981), os silos estão cheios. Não se sabe o que fazer com o trigo. Se um homem moral enchesse durante a noite nesses silos um grande número de sacos de trigo e encontrasse um meio de fazê-los chegar aos campos de refugiados de Ogaden, da Tailândia ou de outro lugar, só estaria cumprindo seu dever. O que seria designado como um "roubo", de acordo com o direito positivo, seria uma boa ação segundo o direito moral, contanto, todavia, que se tratasse de uma operação de transferência puramente desinteressada e sem lucro particular para seu autor (e também supondo talvez – deixemos esse ponto à casuística – que ele tivesse tentado em vão conseguir o dinheiro que permitiria pagar esse trigo). No Brasil, em meados de março de 1981, camponeses famintos saquearam entrepostos e supermercados. O arcebispo de Fortaleza julgou que a apropriação de alimentos que não lhes pertenciam por homens ameaçados de morrer de fome era um "direito legítimo", pois o respeito à propriedade privada tinha limites[61]. Dizemos o mesmo. Se os famintos têm o direito de pegar alimentos onde eles são encontrados, isto significa que existe, correlativamente, um dever de dar da parte dos que os possuem. Dar aos que não têm, quando se tem o bastante, não é dever de caridade, como se diz, mas de justiça, porque se trata, como acabamos de ver, de uma obrigação estrita. Se a França tem trigo em excesso, e se os famintos não conseguem pagá-lo, deve-se dar trigo a eles.

A população da Terra dispõe dos recursos da Terra para sobreviver e viver. Em direito (racional e moral), esses recursos são propriedade de todos. Todos têm direito aos recursos da Terra na medida em que eles são o que permite viver. Muitos homens hoje em dia não têm sua parcela desses recursos, pois os interesses particulares ainda prevalecem atualmente sobre o interesse universal. Só terão sua parcela legítima no contexto de um Estado universal que instaure uma justiça universal. É portanto a exigência moral do momento e dos próximos momentos da história do mundo realizar a unidade humana e reunir todas as nações sob o signo não da oposição, mas da complementaridade, em um único estado universal[62]. Os discursos políticos pu-

---

61. Segundo o jornal *Le Monde* de 15-16 de março de 1981.
62. Utopia? Os que nos opuserem isto não vêem, acreditamos, o que está para acontecer. Se, ademais, em cem ou duzentos anos, nenhum progresso notável foi feito no sentido da unidade humana, a culpa não foi nossa. O que está em andamento não deixará necessariamente de ter suas conseqüências.

ramente nacionais, não abertos ao universal, como são geralmente os discursos políticos em nossas democracias, onde existem em função dos interesses particulares de uma clientela nacional, esses discursos permanecem por natureza aquém da exigência própria e essencial de nossa época.

Capítulo XVIII
Discurso moral e culpa

Comparamos no capítulo XII a questão da pena capital e a questão do aborto, dizendo que o discurso que rejeita a primeira ao mesmo tempo que admite o segundo só pode nos parecer moralmente incoerente, falso e mentiroso. Fora desta relação, o aborto voluntário nos pareceu, em princípio, incompatível com a igualdade de todos os humanos e portanto com o fundamento da moral. Tal discurso pode ter sido sentido como culpabilizante. Da mesma forma, falar de nossos silos cheios de trigo, contrastá-los com a fome que, como se sabe, reina em outros lugares, pode produzir um efeito culpabilizante. De modo geral, definindo um ideal, o discurso moral parece implicar uma espécie de censura aos que não o seguem. Este contudo não é o objetivo do discurso moral racional. Não é fazer com que as pessoas se sintam culpadas, façam seu *mea culpa*, etc. Visa antes esclarecê-las e mostrar-lhes a verdade a fim de que, caso se convençam, ajam no futuro de uma maneira mais responsável do que no passado. A noção de *culpa* é voltada para o passado, a noção de *responsabilidade* para o futuro.

Falaríamos, antes, de ações "equivocadas" mais do que de ações "pelas quais é possível culpar alguém". O discurso moral não visa mais culpabilizar os que erraram agindo do que o discurso matemático visa culpabilizar os que cometem erros de matemática – trata-se antes de instruí-los de modo que evitem erros no futuro. Uma pequena burguesa comum pode não ver qualquer delito no aborto. Pode indignar-se com sinceridade pelo fato de a lei não o facilitar mais. Pode acreditar ter *direito* a ele. Não se trata de dizer-lhe: "Você é culpada e não tem consciência" – tampouco se dirá, é claro, que ela é inocente –, mas, antes, de *liberá*-la do horizonte estreito e medíocre no qual está encerrada pelo estado de espírito laxista, demagógico e debilitante da época. Quer-se ensiná-la a colocar seu ideal, seu nível de exigência num ponto mais alto do que ela fez até agora. A vontade moral é vontade de exigência. É preciso optar pelo caminho mais difícil. Sem dúvida não é porque é *o mais difícil* que é o mais verdadeiro. Mas o que é *mais fácil* está em geral longe da verdade. Não pretendemos que haja uma verdade eterna sobre a "interrupção voluntária da gestação" (por motivos de conveniência pessoal). Este é o ponto de vista da religião que não se pode estabelecer como falso, mas que não resulta da discussão. Trata-se da verdade do homem, isto é, de um horizonte. Foi necessário muito tempo para que o homem chegasse a afirmar a igualdade essencial de todos os homens e a dignidade de qualquer pessoa humana. Afirmar hoje em dia o contrário, mesmo que indireta e implicitamente recusando a certos humanos em formação a qualidade de "homem", *excluindo*-os da humanidade, seria voltar aquém de um ponto já alcançado, seria renunciar a um horizonte entrevisto e definido, seria regredir[63].

A verdade do homem não é a verdade da ave. A ave é o produto da natureza. Não é responsável por si. O homem é formado pelo próprio homem. Esse processo de formação é a cultura (*Bildung*, formação). *A cultura é o que faz com que um homem possa educar um outro*. A cultura matemática faz com que se possa ensinar matemática. A cultura moral

---

63. O feticídio, muito comum no mundo selvagem, foi praticado em muitas nações semicivilizadas ou civilizadas. Sob o Império Romano foi praticado na maioria das vezes por imoralidade, como hoje. Os romanos não consideravam a criança a nascer um ser humano. Com o cristianismo, o aborto voluntário tornou-se uma espécie de assassinato: "Impedir de nascer é um homicídio antecipado", diz Tertuliano, pois: "Já é um homem o que deve tornar-se um homem; da mesma forma, todo fruto já está na semente" (*Apologétique*, 9, 9, trad. fr. Waltzing).

faz com que se possa ensinar moral. O discurso moral faz parte da cultura. Não consiste em dizer: "Você tem uma consciência moral. Siga os ensinamentos de sua consciência; ela não deixará de ensinar-lhe a verdade se você a escutar bem." A consciência moral não é um produto da natureza. Supõe uma *educação*, uma *formação* moral. O discurso moral faz parte da obra de educação. "Ouça a voz da consciência", diz-se. Isso mesmo. Mas ainda é necessário que esta consciência tenha aprendido a falar e a nos falar. A verdade do homem moderno não é mais o que era na época da antiga dominação do homem pelo homem. Novas *exigências* foram acrescentadas. Foi definido um *ideal* mais elevado. Escolher a facilidade na esfera de que falamos aqui, dar prioridade aos valores de conforto e prazer é ser *infiel a esse ideal*. A época atual caracteriza-se pelo conflito entre os valores da cultura, os que se opõem ao informe e ao negligente, que dão ao homem uma forma, uma unidade, um estilo, e os valores da civilização do conforto. A felicidade não precisa do conforto.

Capítulo XIX
O exercício do direito de punir

Normalmente, uma pessoa que comete o que a moral dominante considera um "delito" é julgada "culpada". Admite-se que os culpados devem ser "punidos". Admitindo-se que haja efetivamente um *direito* de punir, que o direito de punir tenha um *fundamento* – esse ponto será examinado adiante (cf. cap. XXIX) –, resta a questão: por que punir? Parece, de fato, que não se deva fazer o que se tem o direito de fazer se não for *bom*. Uma ação só se justifica de maneira geral pelo bem que dela resulta. Como demonstrou Platão, o bem é aquilo que não tem necessidade de ser justificado e aquilo a partir do que tudo o que precisa de justificação se justifica o bem sendo seu fundamento. Por que agir de uma maneira e não de outra? Porque é *melhor* agir assim em vez de agir de outra forma, fazer isto e não aquilo. O *princípio do melhor* é necessariamente o princípio da conduta.

Punir é infligir um sofrimento. O sofrimento é um mal. Infligir um sofrimento, que é um mal (como se tem o direito de fazer caso se tiver o direito de punir), justifica-se se e somente se desse mal puder se extrair algum bem. A vítima de uma má ação procura com bastante naturalidade se vingar. Pode desejar que o culpado sofra para compensar o sofrimento pelo qual ela própria passou. Mas esse desejo, se é natural, nem por isso é razoável. Punir não se justifica de forma alguma quando se trata apenas de agir de maneira que o culpado "pague" por seu crime. Como toda outra ação, a ação de punir só se justifica se dela resultar algo de bom. Não poderia ter o sofrimento como único resultado. Se a criança deve ser punida, deve ser somente à medida que a ação de punir puder ser integrada à obra de educação. Trata-se sobretudo de agir de maneira que ela *se lembre*, de modelar uma memória para ela. Por que punir o adulto criminoso? De um ponto de vista moral, é bom puni-lo se o castigo puder levar à reflexão, à tomada de consciência, ao arrependimento, se permitir ao criminoso criar uma memória para si.

Tem-se o direito de punir apenas aquele que é capaz de compreender que *está sendo punido*. Caso se trate de um criminoso inveterado, incapaz de raciocinar, encerrado em seu pensamento autista, por que puni-lo? Com que direito, já que não se pode por princípio responder à questão: "para quê?". O criminoso ainda consciente, não absolutamente empedernido, capaz de reconhecer que o mal que lhe é infligido é *merecido*, deve, admitamos, ser punido; mas não se tem o direito de punir o criminoso empedernido, isto é, inconsciente. Se for perigoso, convém somente *isolá*-lo. A consciência popular não considera o pequeno e o médio delinqüente "loucos". São puníveis. Mas o grande criminoso, inconsciente e irrecuperável, parece-lhe fora dos limites do humano. "É um louco", dizemos. Não se vê nesse caso com que direito punir os grandes criminosos irrecuperáveis; mas é preciso isolá-los cuidadosamente, como se faz com os loucos perigosos. Não devem ser isolados nas prisões, o que seria assimilá-los a seres sensatos, puníveis, mas antes em estabelecimentos de cuidados como asilos psiquiátricos. O peso do desprezo universal, do "grande desprezo afetuoso" de que fala Nietzsche talvez seja o último remédio capaz de neles suscitar o despertar da razão.

Capítulo XX
O dom da vida

Explicamos por que não se pode falar de um direito "de viver" ou de um direito "à vida", mas somente de um direito de querer viver e de um direito *social* aos meios de subsistência – "social", porque não se trata necessariamente de um direito a tudo o que precisaríamos, mas apenas de um direito a uma parcela dos meios socialmente disponíveis, com base na partilha igual.

Tampouco se pode falar de um direito de dar a vida. Suponhamos que um homem, ou uma mulher, não possam ter filhos. A quem ele, ou ela, irão recriminar? Vendo seus amigos terem filhos, dirão: "Eu também tenho o direito de dar a vida." Mas junto a quem farão valer esse direito? E que significado pode ter invocar um direito se não há nenhuma instância, nenhum poder junto ao qual invocá-lo? Ter direito a isso ou àquilo significa em primeiro lugar que é possível ter isso ou aquilo. Não se poderia ter direito ao que é impossível obter, nem o direito de fazer o que é impossível fazer. Se, agora, se tratasse de um idoso que não pudesse mais ter filhos ou de uma mulher que passou da idade de ter filhos e que eles perguntassem por que também não teriam o direito de dar a vida, o que dizer-lhes? Deve-se incriminar a natureza?

Daí decorre uma conseqüência importante. Vimos, na igualdade de todos os homens, o fundamento da moral; e vimos o fundamento dessa igualdade. Parece agora que a igualdade em direito de todos os homens não acarreta necessariamente a igualdade de direitos. Pois não se pode ter direito àquilo de que se é incapaz. Ora, os homens são muito desigualmente capazes de obter e de fazer. O direito de cada um só tem sentido nos limites de seu poder. Tem-se direito ao que se pode – não, é claro, a tudo o que se pode, mas ao que é bom.

Voltemos ao direito de dar a vida. Acabamos de negar que tal direito seja universal. Ao menos os homens e as mulheres em idade de procriar têm esse direito? Em primeiro lugar, retifiquemos a fórmula. O homem não sabe, ou ainda não sabe, fabricar seres vivos humanos. A operação de dar a vida ainda é, em uma parte essencial e humanamente incontrolável, uma operação da natureza. Falemos somente de um direito de *querer* dar a vida. O homem e a mulher têm o direito de querer agir de maneira a que um novo ser humano venha ao mundo? Duas coisas aparecem com clareza: em primeiro lugar, que esse direito é incontestável, em segundo, que é condicional.

É incontestável. Suponhamos de fato que se negue que o homem e a mulher tenham o direito de *querer* ter filhos. Isso equivaleria a dizer que seria preferível a geração dos homens sempre se operar sem que se queira, de maneira inconsciente e sonambúlica. Ora, qual é, de uma maneira geral, a significação da moral? Ela consiste na exigência de que os processos naturais, mais ou menos cegos, involuntários e fortuitos sejam, na medida em que é possível e desejável, governados e controlados pela vontade e pela razão. Em suma, o homem sempre tem o direito de saber, na medida do possível, o que está fazendo e de querer fazer.

O direito de querer dar a vida é todavia condicional. Supõe que se queira também assumir as conseqüências do ato. Ora, o novo ser humano não é capaz de bastar a si mesmo. Deve, em primeiro lugar, ser carregado durante o período de gestação. Depois, tem necessidade de cuidados e de assistência. Mais adiante, deve ser criado e educado. Aquele que quisesse dar a vida, mas em seguida não quisesse zelar para que seu filho fosse criado, educado e formado culturalmente, isto é, humanamente e, portanto, que não quisesse se comprometer a nada, agiria de maneira irresponsável e, portanto, fora do direito moral. O direito de querer dar a vida só pertence àqueles que estão conscientes dos deveres que esse direito implica. Pode-se acrescentar que se deve levar em conta o ambiente humano que será o da criança. Tem-se o direito de querer colocar crianças no mundo quando se sabe que esse mundo será para elas quase que o pior dos mundos possíveis, pois nele elas estarão praticamente *condenadas* à subalimentação ou ao trabalho insalubre e extenuante? Parece que não, pois não se pode admitir que as crianças sejam colocadas no mundo só para que sofram. Mas, é claro, quando as crianças estão aí, em potência ou em ato, não se tem o direito de suprimi-las[64].

Capítulo XXI
Esclarecimento sobre a igualdade dos direitos

Pode parecer paradoxal que, após insistir tanto na igualdade de todos os homens, tenhamos chegado à afirmação que tal igualdade não acarreta necessariamente que todos os homens tenham em todos os casos direitos iguais. O que é preciso ver é que essa conseqüência decorre por si mesma da igualdade em direito de todos os seres humanos. Igualdade em direito, não de fato. Por natureza, os homens são desiguais e diferentes: têm capacidades diversas e, numa mesma área, desiguais.

Já na infância alguns correm mais rápido ou nadam melhor do que os outros; alguns são bem dotados para a

---

64. O feticídio é todavia compreensível e desculpável no mundo selvagem, onde a fome ocorre muitas vezes em estado endêmico, assim como em certos países do terceiro mundo. Em compensação, é uma das taras morais mais odiosas dos povos demasiadamente alimentados.

música e medíocres no desenho: outros são o contrário. Os imbecis são inaptos para os estudos intelectuais de nível médio ou superior; os idiotas são incapazes de uma atividade intelectual. Ora, falar de um direito que não pode entrar na realidade não tem sentido. Não se pode dizer que as vacas têm direito a pôr ovos. O problema não se coloca. Da mesma maneira, não se pode dizer que uma pessoa que tenha uma perna tem o direito de caminhar com as duas pernas. É incapaz disso ou tornou-se incapaz disso. Um idiota tem o direito de ler Platão, quando se sabe que não consegue ou não conseguirá nunca? É o mesmo que dizer que um homem reduzido a suas forças naturais tem o direito de alçar vôo. Tal "direito" é um contra-senso.

Mas, consideremos um camponês inteligente que, como a sociedade não lhe possibilitou estudar grego, é incapaz de ler Platão no original. Diremos que tem o direito de ler Platão? Tal "direito" não é um contra-senso, é uma zombaria. A diferença é que, em um caso, trata-se de uma impossibilidade que depende da natureza e, no outro, de uma impossibilidade que depende do homem e que, se a sociedade fosse mais justa, se tornaria uma possibilidade. Se o camponês é membro de uma sociedade em que é dada a alguns a possibilidade de aprender o grego, na qual, conseqüentemente para estes, sua possibilidade natural pode realizar-se socialmente, tornar-se, graças à instrução, uma possibilidade real, tal possibilidade deve ser dada também a ele. A igualdade de todos os homens significa o direito de todos os homens de se tornarem e serem homens à sua maneira, conforme sua natureza singular, portanto na diferença e na desigualdade. Todo homem tem o direito de se desenvolver. Em virtude desse mesmo direito fundamental, os homens não têm os mesmos direitos reais. Seria injusto recusar a possibilidade de ler Platão àquele que pode ter a inteligência para lê-lo, enquanto não é injusto recusá-la àquele que, sem qualquer dúvida, não consegue lê-lo. Para dar um exemplo, se os livros didáticos são gratuitos, a sociedade não tem de prever a impressão de exemplares dos

Diálogos de Platão destinados aos retardados mentais. E nisso não haveria qualquer injustiça, porque os indivíduos não têm direito àquilo de que são incapazes por natureza: não podem reivindicar o direito de ter o que são incapazes de usar, ou de fazer o que são incapazes de fazer, etc. Eles *teriam* o direito, em compensação, àquilo de que são incapazes por causa da sociedade. Têm fundamento portanto para constatar na sociedade uma "injustiça" relativa e a querer uma sociedade melhor, isto é, que não trate os capazes como incapazes, os aptos como inaptos, os inteligentes como tolos, que, portanto, trate diferentemente os diferentes e desigualmente os desiguais. Sem serem obrigados nem coagidos, o filósofo potencial deve poder se tornar filósofo, e o músico potencial, músico. Mas isso não significa que a sociedade seja obrigada a fornecer empregos de "filósofos" (na prática, de professores de filosofia) ou de "músicos" a todos os que são filósofos por gosto ou músicos por gosto.

Capítulo XXII
O direito à qualidade de vida e seus limites

Falamos do direito de querer viver. Mas viver pode ser simplesmente trabalhar e subsistir. Pode ser também ter acesso ao universo propriamente humano da cultura, para ali conhecer a liberdade de pensamento e de criação, o desabrochar e a alegria. O homem não conseguiria aceitar viver por muito tempo uma vida quase animal. Sob o Antigo regime, apesar da opressão, o povo tinha sua vida cultural: dias de feira e dias de festa, cerimônias, tradições, folclore constituíam para ele uma vida diferente da vida de rotina e de trabalho. Sob os próprios romanos, os escravos tinham seus dias de festa, as "compitais" e as "saturnais", durante os quais eram dispensados de seu trabalho. Hoje em dia, o indivíduo conhece bem menos que outrora os arrebatamentos, a exaltação e a embriaguez dos dias de alegria. Vive bem menos em uníssono com a coletividade. O homem moderno é *individualista*. Afirma seu direito ao desenvolvimento de si; não dissocia a qualidade de vida da realização de si (daí muitas vezes esse desregramento que diz respeito àquilo que Weil analisou em *Logique de la philosophie*, sob a categoria da "obra": quer-se fazer *qualquer* obra, contanto que seja *a nossa*; quer-se, como diz Éric Weil, "criar por criar"). Os jovens não querem somente e antes de mais nada ter trabalho: querem um trabalho de que gostem, que tenham prazer em fazer e que não seja totalmente um trabalho. O ideal de um indivíduo seria hoje em dia viver poeticamente (o *prattein* importando menos que o *poiein*), isto é, à sua maneira autocriadora, ao mesmo tempo que tem um emprego. Para ele seria necessário um emprego sob medida.

Aí, porém, existe uma contradição. Em sua singularidade, o indivíduo é indefinível, e seu processo autocriador não é programável. Um emprego, por outro lado, corresponde a uma certa definição universal, a um certo "perfil". Um indivíduo pode ocupá-lo, mas um outro indivíduo, diferente do primeiro, também pode ocupá-lo. Quaisquer que sejam suas diferenças – que se encontram anuladas –, basta que tenham recebido a mesma formação. A sociedade precisa de um professor primário, de um bombeiro ou de um ministro. Não precisa de *você* e de *mim*. Ninguém é insubstituível para a sociedade, e a morte do indivíduo não é um mal social (sem dúvida um pai é insubstituível, mas para seus filhos, não para a sociedade). É portanto impossível que cada um seja um criador livre de si mesmo e mais nada. De uma maneira normal e geral, o indivíduo deve ter um emprego, isto é, na sociedade, um papel, uma função que não foram definidos para ele, pensando-se especialmente nele; e ele deve aceitar submeter-se à disciplina do emprego. Tudo o que pode exigir em uma sociedade igualitária é ter tantas chances quanto qualquer outro de ter acesso a qualquer emprego, a seleção fazendo-se unicamente segundo as capacidades de cada um de exercer melhor uma determinada função do que outra. Em suma, em uma sociedade igualitária, nenhum indivíduo que pode trabalhar deve poder escapar totalmente da obrigação ao *trabalho*.

Por que essa obrigação? Ela baseia-se no *princípio da equivalência dos serviços prestados*. O indivíduo deve (se puder e na medida em que puder) devolver à sociedade o equivalente do que recebe ou do que recebeu dela. Outros trabalharam, trabalham para ele; cabe a ele trabalhar para esses outros. A sociedade interessa-se por si mesma, por seu próprio funcionamento. O indivíduo não é um fim em si (a não ser negativamente, nesse sentido de que não deve ser um *simples* meio). Se fosse assim, isso quereria dizer que seria necessário criar empregos não em função das necessidades, mas em função dos desejos de cada um. Como ninguém deseja um emprego penoso e, no entanto, os empregos penosos são socialmente necessários, tal sociedade, que quisesse se preocupar apenas com os gostos de cada um, conheceria rapidamente a ruína. Uma sociedade não é obrigada a fornecer ao indivíduo um emprego que corresponda a seu gosto; ela só é obrigada a dar-lhe um emprego que corresponda à sua formação. Uma sociedade organizada racionalmente não deve preparar os indivíduos para ocupar empregos inexistentes. Ela não é portanto obrigada de forma alguma a preparar todos os indivíduos para todos os empregos, na medida do desejo de cada um – por exemplo, preparar para as funções de inspetor das finanças todos os indivíduos que o desejarem –, mas somente aqueles cujas capacidades os situam acima de um certo patamar (acima do qual haverá um emprego para eles: trata-se portanto de um patamar relativo, variável, considerando-se capacidades iguais, de acordo com as necessidades que, por exemplo, podem ser diferentes em 1970 e dez anos após) segundo o *princípio da seleção dos melhores*. Uma sociedade igualitária deve ser aristocrática, não no sentido de que haveria privilegiados, mas nesse sentido de que não pode, nem deve, confiar qualquer papel ou qualquer emprego a qualquer um, contanto que tenha, por exemplo, uma qualificação *mínima* (pois, nesse caso, se há uma penúria de empregos, os melhores serão sacrificados, e a sociedade irá se empobrecer qualitativamente, irá tornar-se medíocre), mas somente ao melhor. Uma sociedade igualitária deve a si recrutar e formar seus agentes somente em função de suas capacidades. A sociedade atual está longe, nesse sentido, de ser igualitária e portanto aristocrática: o dinheiro, as "relações", as vantagens de situação, etc. deformam o jogo livre da competição e da emulação sociais.

Assim, na melhor das sociedades, o indivíduo não pode pretender com legitimidade uma qualidade de vida definida exclusivamente pela idéia que ele faz desta e pelo direito de cada um viver à sua maneira de acordo com seu gosto. Porque há necessidades sociais objetivas, ele deve, a não ser que se torne a cair em uma sociedade de privilégios, cumprir um papel social, que não poderia ser definido pelo gosto de cada um, mas por regras objetivas. O indivíduo tem liberdade de ser ele mesmo, mas somente nos limites das exigências de sua profissão. Ele simplesmente tem o direito de exigir ter as mesmas chances que qualquer outro de ter acesso a esta ou aquela profissão. Tem o direito de viver em uma sociedade onde reina a igualdade de chances sociais.

Capítulo XXIII
Sociedade igualitária e aristocracia natural

Em uma sociedade não igualitária, a hierarquia natural dos valores – o que chamamos de "aristocracia natural" – encontra-se esmagada pelo jogo dos privilégios. Os incapazes conquistam altos cargos, nos quais se tornam prejudiciais e ridículos. Outros, que poderiam fazer coisas importantes, encontram-se reduzidos a uma condição subalterna e obscura. Uma sociedade igualitária evidencia a aristocracia natural. Nos limites definidos por um contexto social independente de sua vontade, os indivíduos podem realizar o que carregam em si. Se tiver os dons naturais necessários, um filho de operário ou de camponês pobre pode se tornar um grande cientista ou um grande artista.

Mas, então, coloca-se uma questão: a natureza não é injusta na distribuição desigual de seus dons? E, então, a obra do homem não deveria ser retificar a injustiça da natureza? Não se pode dizer que a natureza seja injusta dando a um o que não dá ao outro. Seria injusta caso violasse um direito. Mas ela não viola nenhum direito. Diremos que aquele que não é capaz de estudar música tinha o "direito" de ser dotado para a música? Seria ridículo. Junto a quem, de fato, fazer tal direito valer? Junto à natureza? Seria necessário ela ter deveres para conosco. Mas a natureza não é uma pessoa. Não é responsável. Não tem deveres. A distribuição desigual dos dons, das capacidades não é injusta porque nada nos era devido. Não existe portanto "injustiça" da natureza que o homem deveria retificar.

Contudo, em uma sociedade igualitária onde haveria igualdade de chances de alguém se tornar tudo o que se pode ser, o que aconteceria? Em uma sociedade, assim como num organismo, há necessariamente uma hierarquia de funções, sendo algumas de direção e de responsabilidade, outras de execução e obediência. Existe portanto uma hierarquia de papéis e de empregos, os mais elevados sendo aliás mais raros e mais difíceis de se obter, os menos elevados em maior número e ao alcance de mais gente. Aconteceria então que os indivíduos mais bem dotados, intelectualmente e por seu caráter, obteriam os empregos superiores de controle e de direção, os empregos subalternos e inferiores cabendo à massa dos mediocremente dotados. Ora, não há nada a replicar a isto, a partir do momento em que se escolheu uma sociedade igualitária, que, portanto, dá a cada um todas as chances de desempenhar o papel que seu mérito permite, pois essa igualdade de *chances* não pode, é claro, deixar de se traduzir pela desigualdade de *resultados*. Mas existe um perigo, que seria de os indivíduos que ocupam os cargos mais elevados se considerarem superiores por si mesmos aos que ocupam os cargos subalternos e aos simples executantes, isto contrariamente à igualdade fundamental de todos os seres humanos, que a posição social não pode em nada modificar.

Para remediar esse problema, não se pode pensar em operar de tempos em tempos uma *permutação* entre os funcionários[65] (o termo sendo aqui empregado em sentido amplo, como designando qualquer um que desempenhe uma função – tanto o comerciante quanto o general, etc.), porque, cada qual estando no lugar em que pode estar, o ocupante de um cargo inferior não tem a capacidade de ocupar um cargo mais elevado. O que, em compensação, é possível, é *retrogradar*, de tempos em tempos, os funcionários com cargos elevados para cargos medíocres ou inferiores, com o único intuito de impedir que esqueçam sua igualdade essencial com qualquer homem e de combater a tendência ao orgulho estúpido. O executivo deverá por um tempo tornar-se operário. Transportará nos ombros barras de ferro ou carregará baldes de cimento. O ministro da agricultura tomará conhecimento da condição de operário agrícola e dos trabalhos penosos do camponês pobre. Irá ao Larzac cuidar das vacas ou dos carneiros. Aos membros da Academia francesa serão confiadas, a intervalos regulares, as escolas maternais ou as classes de aperfeiçoamento; também deverão fazer estágio como empregados dos Correios, etc. O general tornará a ser simples soldado, se é que já foi soldado um dia; poderá ver-se momentaneamente sob as ordens de seu cabo. O retorno periódico à base dos altos funcionários, dos dirigentes, dos executivos, etc. pode parecer indispensável para evitar que a hierarquia das funções e dos empregos se transforme em uma hierarquia de *seres* na mente de seus ocupantes. Pois toda hierarquia dos próprios seres humanos é essencialmente falsa. Talvez eu seja mais dotado para a corrida, para a música ou para a matemática do que você, e tenha obtido sucesso naquilo que você fracassou.

---

65. Como no estado solar de Iâmbulos, onde "cada um, por sua vez, desempenha todos os cargos, do servidor ao governador" (Tarn, *op. cit*, p. 120).

Esta é uma desigualdade puramente exterior, natural, não uma desigualdade humana. Enquanto homem, só posso ser seu igual. Isto significa que, ao falar com outro no modo declarativo (isto é, apresentando o que é dito como *verdadeiro* ou *falso*), nenhum homem pode deixar de justificar o que diz, já que a razão é universal e iguala todos os homens a todos os homens na discussão.

É contudo o caso de se duvidar da eficácia do método de retrogradação. Pois é uma coisa inteiramente diferente ser operário agrícola ou camponês pobre, e ser ministro da agricultura brincando de ser operário agrícola ou camponês pobre durante um certo tempo. Em um caso, sabe-se que a condição de operário ou de camponês é definitiva, no outro, que é apenas um mau momento pelo qual se vai ter de passar. Em um caso, a condição das crianças é a condição habitual dos filhos de operários e de camponeses; no outro, ela é e continua sendo a condição das crianças da burguesia. O método de retrogradação é, a bem dizer, inaplicável, nem que seja apenas pelo motivo de que viver uma condição penosa com ou sem a esperança de mudá-la constitui uma diferença radical.

Talvez se diga que a hierarquia das funções e dos papéis não poderia de fato degenerar em uma hierarquia dos seres e conduzir à constituição de uma nova casta (ou classe) se, qualquer que fosse a posição social de seus pais, as crianças se encontrassem estritamente em condições de igualdade no início da vida, no ponto de partida. Mas se há entre os pais desigualdades de renda, como evitar que as crianças se encontrem favorecidas ou desfavorecidas? Seria portanto necessário que a hierarquia das funções e dos funcionários não acarretasse nenhuma hierarquia de rendas. Isso não é impossível, podendo as exigências de função, necessariamente diferentes e desiguais, serem cuidadosamente separadas das rendas propriamente ditas. Todavia, tal solução ainda seria ilusória. É possível admitir que, se todos os funcionários (todos os indivíduos que ocupassem um emprego qualquer na sociedade) tivessem as mesmas rendas, as crianças se encontrariam inicialmente nas mesmas condições materiais. Mas não se encontrariam nem nas mesmas condições culturais, nem nas mesmas condições morais, que seriam inelutavelmente muito variáveis de uma família para outra. O diarista compraria uma motocicleta para seu filho, enquanto o professor consagraria o mesmo dinheiro a livros ou a uma viagem educativa.

O melhor meio de evitar que os aristocratas naturais acabem acreditando-se superiores em essência aos executores, aos empregados subalternos, aos trabalhadores manuais, em suma, aos funcionários que ocupam empregos subordinados, parece ser *a educação moral e política*. O regime democrático tem em si mesmo um valor educativo, porque todos participam igualmente, em princípio, das decisões. Na França de hoje, o sentimento da igualdade essencial dos homens é profundo, qualquer que seja a diferença das posições sociais e das condições. Fala-se de homem para homem, deixando-se de lado as outras diferenças como acidentais e irrisórias.

Entretanto, supondo-se a igualdade de chances realizada para uma geração de crianças de forma que, ao se tornarem adultas, elas se hierarquizariam de acordo com a hierarquia natural das capacidades, das energias, etc., ela não ocorreria mais para a geração seguinte. Existe portanto uma *deriva fatal de uma sociedade igualitária em direção à desigualdade*. Essa desigualdade acabaria recriando entre os homens diferenças de casta e de natureza como ocorreu em outros tempos se não acontecessem de vez em quando *revoluções periódicas* para, por exemplo, confiscar as fortunas particulares em prol do interesse público, para destruir as situações conquistadas, para igualizar as rendas. Tais revoluções não seriam necessariamente violentas (produzindo-se por violação das leis). Poderiam ocorrer, por meio das formas democráticas, após a tomada do poder por partidos políticos portadores das reivindicações igualitárias. O significado da *alternância* do poder, na qual Aristóteles via um traço essencial do regime democrático, é integrar a revolução ao processo regular da vida política.

Capítulo XXIV
O direito de morrer voluntariamente

Sob a influência do cristianismo – o preceito do *Deuteronômio*, "não matarás", implicando, segundo Santo Agostinho e São Tomás, que não poderíamos ser os assassinos de nós mesmos –, muitos filósofos da moral da época moderna, particularmente Kant, recusam ao indivíduo o direito ao suicídio. Mas outros nos reconhecem, com Nietzsche, retomando o *liber mori* do cidadão romano, a "liberdade de morrer"[66]. Montaigne dá o tom replicando a Santo Agostinho e a São Tomás: "Assim como não ofendo as leis que são feitas contra os ladrões quando tiro o que é meu e quando corto minha própria bolsa; nem a dos incendiários quando queimo meu próprio bosque, também não estou sujeito às leis feitas contra os assassinos por haver tirado minha própria vida."[67]

Por que falar de um "direito de morrer" e não de um "direito de *querer* morrer", quando falamos de um direito não de "viver", mas de "querer viver"? É que posso ser, à vontade, a causa suficiente de minha morte, quando não sou a causa suficiente da minha vida. Para morrer, basta querer, enquanto para viver, não basta querer[68]. Para que eu viva, é preciso que a natureza, os outros homens e eu mesmo ajamos juntos no sentido da vida; para que eu morra, basta a ação separada de uma dessas causas. Meu querer viver é condição e não causa de minha vida, enquanto meu querer morrer é causa de minha morte.

Temos o direito de provocar a nossa própria morte? Suponhamos que não o tenhamos. Viveríamos sem a liberdade de viver porque, não tendo a liberdade de morrer, não estaríamos na vida por opção; estaríamos encerrados na

---

66. *La volonté de puissance*, trad. fr. G. Bianquis, t. II, p. 294. Cf. p. 300.
67. *Os ensaios*, II, III, "Costume da ilha de Céos", ed. cit., p. 32.
68. "Para morrer falta apenas o querer", diz Montaigne (*ibid.*, p. 350), com Sêneca (*Ep.*, 70, 21).

vida como em uma prisão. "Quando não se tem a coragem de morrer, a vida é uma escravidão", observa Sêneca (*Ep.*, 77, 15): escravidão de fato; mas, se não se tem o direito de morrer: escravidão de direito. É verdade que não se poderia falar de "escravidão" se a regra que proíbe provocar a nossa própria morte for razoável: "Escravo devo ser apenas da razão", diz Montaigne[69]; ora, isso é precisamente cessar de ser escravo. Se, com efeito, obedeço a uma regra cujo fundamento minha razão me faz reconhecer, não sou escravo se a obedeço, pois estou respeitando uma regra que me parece justa porque me parece justa e não porque sou obrigado a obedecê-la. Disso resulta que o argumento segundo o qual não se vive com liberdade se não se tem a liberdade de morrer não tem valor para aquele aos olhos do qual a recusa do suicídio está fundamentada na razão. Em compensação, conserva seu valor a partir do momento em que a recusa do suicídio, ou, mais precisamente, do direito de morrer, não parece fundamentada na razão. Então, de fato, como não é uma regra de razão, a regra que proíbe provocar sua própria morte é puramente coercitiva e nós a sentimos como nos acorrentando à vida. Ora, é um fato que os homens, filósofos ou não, pensam, com razão e consciência, ter o direito de morrer voluntariamente. Caso esse direito lhes fosse arrebatado, eles iriam sentir-se encerrados na vida como em uma prisão. A partir de então, têm efetivamente esse direito. O direito de morrer com liberdade pertence ou não a cada um, segundo ele o reconheça ou não. É um direito que se tem a partir do momento que se o reconhece com consciência.

No entanto, como todo "direito" traz uma idéia de "razão", usa-se mal um direito quando se o invoca inoportunamente e sem razão, isto é, sem *boas* razões (as más razões não valendo mais do que nenhuma razão). Dizer que o homem, ser razoável, tem o direito de morrer significa apenas que ele pode ter *boas* razões para provocar sua pró-

---

69. III, I, "Do útil e do honesto", ed. cit, p. 12.

pria morte. O direito romano reconhecia motivos legítimos para o suicídio (a doença grave e o sofrimento físico, a saudade dolorosa pela perda de um ser amado, a vergonha de ser um devedor insolvente, etc.), ao lado de outros ilegítimos (por exemplo, o desejo de escapar a uma condenação). Os estóicos enumeravam um certo número de boas razões que autorizavam a "saída razoável". Montaigne evoca o sofrimento físico extremo e o desejo de evitar uma morte pior[70] (sob tortura, por exemplo), a pior das mortes sendo sempre "a que se prolonga", diz Sêneca (*Ep.*, 70, 12). Na verdade, contudo, não é possível dizer objetivamente quais são as "boas" e as "más" razões para se morrer. O direito de morrer faz com que o ato de provocar sua própria morte seja *permitido*. Ora, no campo do permitido, todos têm liberdade total para julgar o que devem fazer. Você faz determinada coisa e tem bons motivos para isso; faço outra e também tenho bons motivos. As "boas razões" só podem ser aqui boas razões *subjetivas*.

Uma jovem desempregada suicida-se[71]. Direi que ela não tinha direito de suicidar-se? Que estar desempregado não é uma boa razão para suicidar-se? Nesse caso, em vez de compreendê-la e falar por ela, falo contra ela, aumento sua desgraça. Ela morreu devido à desgraça e ao desespero. A isso acrescento a culpa. Porque dizer que ela não tinha o direito de matar-se é julgá-la não apenas infeliz, como também culpada. Certamente, enquanto ela estava viva, eu deveria ter-lhe dito que estar desempregada não é uma boa razão para matar-se e ter tentado convencê-la disso, mas, uma vez que ela se matou por esse motivo, que se revelou suficiente para ela, não é mais hora de dizer isso; devo calar-me. Não devo moralizar sobre sua morte. Um indivíduo suicida-se porque a vida não lhe é mais suportável. Antes de seu gesto, ele rumina os motivos para cometê-lo. Essas

---

70. "Uma dor insuportável e uma morte pior parecem-me as incitações mais desculpáveis" ("Costume da ilha de Céos", *op. cit.*, p. 47).

71. Ver os jornais dos dias 29 e 30 de março de 1981.

"razões" não seriam as minhas. São as suas. Não é possível definir objetivamente o que é uma vida "suportável" ou não. As razões de morrer são razões singulares e concretas. Consideradas abstratamente, não têm mais significado. As razões mais fortes para morrer tornam-se fracas quando deparam com uma grande energia interior. Diógenes, o cínico, provavelmente riria do desemprego. Não se sentiria atingido em sua dignidade. Ficaria surpreso com essa fixação do espírito moderno na idéia de trabalho. A jovem desempregada da qual falamos, Anne-Monique, escreveu em seu diário: "Um homem sem trabalho é um homem reduzido à categoria de animal." Nós não escreveríamos isso. Em primeiro lugar, para nós, não é concebível que um homem, com ou sem trabalho, não seja em direito o igual de qualquer outro homem. Em segundo, não situamos os seres em uma hierarquia, como a "escala de natureza" de Raymond Sebond, que permite dizer que uns são "superiores" ou "inferiores" aos outros. O homem talvez conduza o planeta à sua destruição. Bela "superioridade"! Mas, mesmo se a frase de Anne-Monique não tem verdade objetiva, ela tem contudo sua verdade: é a expressão desajeitada, mas autêntica, de seu desânimo e de seu desespero. Adivinha-se um ser humilhado, que está tão farto de sua humilhação que prefere morrer. Tal opção condena o estado das coisas humanas, a "ordem" humana e social e não a jovem suicida. Recusar-lhe o direito de fazer o que ela fez é julgá-la, condená-la e acrescentar o delito à sua infelicidade. Quanto a dizer que ela não estava em seu estado normal no momento da decisão equivale a dizer que alguém está em seu estado normal somente quando se decide por razões que são as nossas, que, como as razões de Anne-Monique não eram boas e suficientes, ela deveria ser julgada culpada se não tivesse a desculpa de uma demência passageira.

 Na época da obrigação dos casamentos arranjados na China, a senhorita Zhao preferiu o suicídio ao casamento arranjado pelos pais. Mao-Tsé-tung, que escreveu muitos artigos sobre esse suicídio, diz-nos[72] que a senhorita Zhao estava presa entre três fios de ferro que se fechavam sobre ela como uma jaula: a sociedade chinesa, sua família e a família do marido que ela não queria. Ela escolheu a única porta de saída que lhe restava. Dizemos que não reconhecer o seu direito de se matar é estender um quarto fio, a moral, e encerrá-la na vida como em uma prisão. O próprio Mao, ao mesmo tempo que compreende, respeita e desculpa o gesto da senhorita Zhao, rejeita o suicídio: é contrário à natureza, ao desejo natural de viver; e é melhor morrer *lutando* – contra uma sociedade que produz o desespero do indivíduo. É certo que a senhorita Zhao queria viver; no entanto ela se matou porque não queria qualquer vida. O querer viver humano não é puramente natural, e a noção de "natureza" não é pertinente aqui. O homem pode preferir qualquer vida à morte; mas não se poderia recusar-lhe o direito de morrer em vez de viver qualquer vida. O desejo humano de viver é desejo de uma vida *humana*; longe de ser-lhe contrário, o suicídio está na lógica desse desejo. Mas não é possível sempre fazer com que a vida adquira um sentido humano por meio da luta? Sim, se não se estiver sozinho. Porém, a senhorita Zhao nos é apresentada como não encontrando apoio em parte alguma, nem em sua família, nem na família de seu futuro marido, nem na sociedade. Para gritar seu direito, é necessário um pouco de esperança de ser ouvido. Para fugir, é necessária a esperança de encontrar em outro lugar um refúgio em que a pessoa não seja considerada um ser desonrado. O suicídio da senhorita Zhao, que é a confissão de seu desespero absoluto, era a única maneira de ela afirmar o direito, a liberdade e a dignidade humana que lhe restavam.

---

72. *Mao Tsé-tung*, apresentado por Stuart Schram, 2.ª ed., Paris, 1972, p. 398.

Histórico

Segundo Cícero, "Pitágoras proíbe deixar sem ordem do chefe, isto é, do deus, o posto da vida no qual se monta guarda"[73]. Segundo o pitagórico Filolau – segundo o *Fédon*, 61 e –, não é permitido cometer violência contra si mesmo; e Sócrates explica (62 bc), apoiando-se em uma fórmula dos Mistérios, que o homem é uma parte da propriedade dos deuses e não tem o direito de acabar com sua vida sem que eles ordenem. Em *Leis* (IX, 873 c; cf. 854 c), Platão condena o suicídio covarde, mas admite que "a dor excessiva de uma desventura sem saída", uma mácula inexpiável, uma vergonha irremediável e intolerável podem deixar a morte como a única saída, segundo o exemplo de alguns heróis trágicos. Em *Ética a Nicômaco*, Aristóteles observa com aprovação que "uma certa degradação cívica vincula-se àquele que destruiu a si mesmo, como tendo agido injustamente contra a cidade" (V, 15, 1138 a, 13, trad. fr. Tricot) e isso, precisa Miguel de Éfeso em seu comentário, porque ele a privou de um soldado, de um general, de um artesão, etc. Assim, dois tipos de argumentos opunham-se ao suicídio: o argumento religioso e o argumento cívico, isto de acordo com a mentalidade dos gregos, conduzidos, por um lado, a julgar ímpio o que é contrário à ordem natural, prontos, por outro lado, a aceitar que a cidade se defenda pela lei contra o que possa debilitá-la.

Mais tarde, com a decadência da cidade-Estado e da religião da cidade, os filósofos da época helenística, sensíveis ao problema da felicidade do indivíduo reduzido a si mesmo, reconheceram-lhe o direito ao suicídio, isto é, ao suicídio "razoável". Hegésias, da escola cirenaica, julgava-o razoável em todos os casos, pois vistos os males da vida, "o que é vantajoso para o tolo é viver, mas para o sábio, morrer"[74].

---

73. *Caton l'Ancien (De la vieillesse)*, 20, 73, trad. fr. Wuilleumier.
74. Epifânio, *Adv. haeres.*, III, 2, 9 (Diels, *Dox. gr.*, p. 591, 31; cf. G. Giannantoni, *I Cirenaici*, p. 447).

Escrevera um livro intitulado o Ἀποκαρτερῶν porque o seu herói é um indivíduo que se deixa morrer de fome: aos amigos que o incitam a abandonar esse projeto, ele responde enumerando os males da existência[75]. Os males prevalecem em muito sobre os bens. Como muita gente após ouvir Hegésias se suicidava, o rei Ptolomeu I teve de obrigá-lo a mudar de assunto. No entanto Sêneca observará que para muitos "viver não é doloroso, mas vão (*supervacuum*)" (*Ep.*, 24, 26). A monotonia da vida acaba por entediá-los, enojá-los, dar-lhes "vontade de morrer" (*libido moriendi, ibid.*, 24, 25). Então Sêneca cita Epicuro, que julga ridículo correr à morte por "repulsa à vida"(*taedium vitae*), quando essa repulsa à vida provém precisamente da vida que se leva, e não menos ridículo aspirar à morte quando é justamente o medo da morte que destruiu o repouso da vida e a tornou insuportável[76]. O sábio epicurista pode compreender que o não sábio se suicide. No entanto, "aquele aos olhos do qual há um grande número de boas razões para abandonar a vida" é, diz Epicuro, um "homem de nada" (*Sentence Vaticane*, 38). Os sofrimentos físicos cruéis autorizam a libertação pelo suicídio. Caso se esteja sofrendo demais, por que continuar a sofrer? "O porto está ali bem perto, porque a morte é um asilo eterno onde todo sentimento desaparece"[77]. Entretanto, Epicuro não se suicidou apesar das fortes dores de que sofria. Os cínicos aprovavam o suicídio do sábio. Acreditavam na tradição segundo a qual Diógenes, muito idoso, acabara com sua vida prendendo a respiração (D.L., VI, 77). Metrocles, seguindo seu exemplo, deixou-se sufocar (VI, 95). Os estóicos reconhecem o direito ao suicídio: "Pense que a porta está aberta", diz Epicteto. "Não sejas mais covarde do que as crianças; quando a coisa não lhes agrada, elas dizem: 'Não brinco mais'; tu também, quando

---

75. Cíc., *Tusc.*, I, 34, 84.
76. *Ibid.*, 24, 22; 24, 23. Cf. Lucrécio, III, 79-82, e, para a monotonia da existência, III, 945 (*eadem sunt omnia semper*).
77. Cíc., *Tusc.*, V, 40, 117, trad. fr. Bréhier, revista por Goldschmidt (*Les Stoïciens*, "La Pléiade", p. 403).

acreditares estar em semelhante situação, diz: não brinco mais, e vai embora; mas, se ficares, nada de gemidos."[78] Todavia Epiteto condena o suicídio impulsivo: deve-se esperar o sinal pelo qual o deus cósmico nos autoriza a abandonar a vida[79], pois só é permitida a "saída razoável", εὔλογος ἐξαγωγή[80]. Cícero (*Tusc.*, I, 30, 74, trad. fr. J. Humbert) dá o exemplo de Catão, que "abandonou a vida como se estivesse feliz por ter encontrado uma razão de morrer": pois "a divindade que reina em nós impede-nos de ir embora daqui debaixo sem sua ordem", mas, quando ela oferece um motivo legítimo, o sábio vai embora alegremente. Sob Adriano, Eufrates de Tiro suicidou-se após ter obtido do soberano, representante da divindade, a autorização para abandonar a vida. A teoria estóica não deixa de apresentar paradoxos[81] que deram motivos à crítica de Plutarco[82].

Virgílio que, no Inferno, coloca os suicidas não entre os culpados, mas entre os infelizes, Cícero, que aprova o suicídio de Catão como a única maneira que ele tinha de permanecer fiel ao que era – pois deveria antes morrer que ver o rosto do tirano (*De Off.*, I, 31, 112) –, Plínio, o Antigo, para quem o poder de provocar sua própria morte é "o mais belo privilégio" que Deus outorgou ao homem em meio a todos os males da vida (*Hist. Nat.*, II, 5, 7), refletem bem o ponto de vista dos romanos, moralmente bastante indiferentes ao suicídio. Os primeiros Santos Doutores ainda o admitiam e até o aprovavam em certos casos. As coisas mudaram com Santo Agostinho que, como vimos, assimilou o suicídio ao

---

78. *Entretiens*, I, 24, 20, trad. fr. Bréhier, revista por Aubenque (em *Les Stoïciens*, "La Pléiade", p. 862).

79. *Ibid.*, I, 9, 16.

80. "O sábio teria razão de abandonar a vida por sua pátria, por seus amigos e também se estivesse padecendo de sofrimentos demasiado penosos, se sofresse mutilações ou se fosse atingido por uma doença incurável" (Diógenes Laércio, VII, 130; em *Les Stoïciens*, já citado, p. 57). Cf. Arnim, *S.V.F.*, III, pp. 187-91.

81. Cf. Cícero, *De Fin.*, III, 18, 60-61.

82. *Des notions communes contre les Stoïciens*, XI.

assassinato (*Cidade de Deus*, I, XX). Essa doutrina foi adotada pela Igreja e influenciou a legislação positiva. O Renascimento e a renovação da admiração pela Antiguidade acarretaram uma reavaliação da morte voluntária. Na *Utopia** de Thomas More (1516), sacerdotes e magistrados exortam ao suicídio o doente atormentado por um mal incurável acompanhado de sofrimentos atrozes: "Os que se deixam persuadir acabam com seus dias pela abstinência voluntária ou, então, são adormecidos por meio de um narcótico mortal e morrem sem perceber."[83] Montaigne reflete, no ensaio de mesmo nome, sobre o "Costume da ilha de Céos", onde era comum os idosos beberem cicuta[84]. Admira o suicídio heróico (Catão) e desculpa o suicídio por eutanásia.

O racionalismo no século XVIII atacou a doutrina da Igreja, assim como as leis do Estado sobre o suicídio. Montesquieu julga as leis contra os suicidas injustas e sem razão: "São furiosas as leis na Europa contra os que se matam. Fazem-nos morrer, por assim dizer, uma segunda vez; são arrastados indignamente pelas ruas; são marcados pela infâmia; seus bens são confiscados. Parece-me que essas leis são bem injustas. Quando estou oprimido pela dor, pela miséria, pelo desprezo, por que querem me impedir de acabar com os meus sofrimentos e privar-me cruelmente de um remédio que está em minhas mãos?" Refuta o argumento cívico: "A sociedade está fundamentada em uma vantagem mútua; mas, quando ela se torna onerosa para mim, quem me impede de renunciar a ela?" (*Lettre persane* 76). Pensando em suas próprias dores na bexiga, Rousseau admite o direito ao suicídio: "como a maioria de nossos males físicos só aumentam sem cessar, as dores violentas no corpo, quando são incuráveis, podem autorizar um ho-

---

* Trad. bras., São Paulo, Martins Fontes, 2.ª ed., 1999.
83. Trad. fr. Stouvenel, revista pela senhora Bottigelli-Tisserand, Paris, 1966, p. 161.
84. Da mesma forma, no estado solar de Iâmbulos, a idade em que se vai morrer está fixada.

mem a dispor de si: pois todas as suas faculdades estando alienadas pela dor, e não tendo remédio para o mal, não usa mais a vontade ou a razão; deixa de ser homem antes de morrer e, abandonando a vida, só faz acabar de deixar um corpo que o prende e onde sua alma não está mais."[85] Em *Traité des délits et des peines* (1764; § 32, "Du suicide"), Beccaria, naturalmente, considera sobretudo o argumento cívico. Matar-se é um mal para o país? Aquele que se mata faz menos mal à sua pátria que o emigrante: "O primeiro deixa tudo a seu país, enquanto o outro arrebata-lhe sua pessoa e uma parte de seus bens. Direi mais. Como a força de uma nação consiste no número de cidadãos, aquele que abandona seu país para se dar a um outro provoca um dano duas vezes maior à sociedade que o suicida" (trad. Morellet, revista). Ora, a despeito disso, diz Beccaria, um Estado não deve tentar impedir a emigração, porque "não se deve tornar o Estado uma prisão"; deve, antes, dissuadir os cidadãos de desejar emigrar tornando-os mais felizes que em outro lugar. Assim, "a lei que aprisiona os cidadãos em seu país é inútil e injusta"; com mais razão ainda a que pune o suicídio. Em seu *Commentaire* sobre o livro de Beccaria (1766), Voltaire opõe as leis mais humanas dos romanos às leis cruéis do século XVIII, derivadas do direito canônico (§ 19, "Do suicídio"). D'Holbach (*Système de la nature*, cap. XIV) é claro que não encontra nada de condenável no suicídio. "Com que direito culpar aquele que se mata por desespero?" Se não consegue mais suportar seus males, morrer é o único remédio. É a própria natureza que, pelo grande sofrimento, não somente nos convida a abandonar a vida, mas "nos ordena a sair dela". Quanto à sociedade, a partir do momento em que não nos auxilia mais, perde seus direitos sobre nós. No final do século XVIII, a Revolução Francesa subtrai a legislação à influência da religião; abole

---

85. *La Nouvelle Héloïse*, parte três, carta 22. Nessa carta, milorde Edouard exprime, nesse momento, o próprio ponto de vista de Rousseau (cf. a carta de Rousseau a Moultou de 23 de dezembro de 1761).

as leis contra o suicídio, inaugurando a liberdade moderna tanto nesse campo como nos outros.

A luta prossegue, contudo, no plano ideológico. A "ideologia alemã", com Kant, Fichte, Hegel, tenta consolidar a antiga doutrina moral, na realidade de essência religiosa, com novos argumentos. Para Kant, não se pode reconhecer que o homem tenha deveres e reconhecer-lhe ao mesmo tempo o direito de se desligar de todas as obrigações; aniquilar em sua própria pessoa o sujeito da moralidade é afastar, na medida em que isto depende de nós, a moralidade do mundo[86]. Da mesma maneira, para Fichte, a vida é a condição da realização da lei moral. Hegel rompe explicitamente com a admiração, clássica desde Cícero e Montaigne, pelos suicidas heróicos da Antiguidade. Ele recusa mesmo ao herói o direito de provocar a própria morte, pois a pessoa não poderia ter um direito sobre si mesma[87].

Schopenhauer e Nietzsche voltam à inspiração pré-cristã, ou melhor, pré-agostiniana. Schopenhauer está mais próximo de Hegésias (o suicídio por inanição parecendo-lhe o único a implicar a negação do querer viver, enquanto o suicídio "comum" traduz antes um desejo de viver e é um protesto do querer viver contra as dores da vida), e Nietzsche dos estóicos ("morre a tempo" ensina Zaratustra, ou seja: agarre o "momento oportuno", o καιρός, para abandonar a vida)[88].

---

86. *Doctrine de la vertu*, parte um, § 6, "Du suicide".
87. *Principes de la philosophie du droit*, § 70, ad. [Trad. bras. *Princípios da filosofia do direito*, São Paulo, Martins Fontes, 1997.]
88. Cf. Schopenhauer, *Le monde comme volonté et comme représentation*, IV, § 69; Nietzsche, *Ainsi parlait Zarathoustra* ("De la mort volontaire"), *Crépuscule des idoles* ("Divagations d'un inactuel", § 36: "morrer altivamente quando não é mais possível viver com altivez. A morte escolhida com liberdade, a morte no momento desejado, lúcida e alegre, realizada junto a seus filhos e testemunhas, de maneira que as despedidas verdadeiras sejam possíveis, pois aquele que se despede ainda está *presente* e é capaz de pesar o que quis e o que conquistou, em suma, de fazer o *balanço* de sua vida", trad. fr. Hémery).

Capítulo XXV
A sabedoria de morrer

Acabamos de ver que é *permitido* querer a morte. Mas, além disso, o sábio não deve desejá-la? Desse ponto de vista, pode-se distinguir, ao lado do suicídio acidental, o suicídio por dever e o suicídio por sabedoria.

Há suicídio *acidental* quando o indivíduo é conduzido ao suicídio devido aos eventos contingentes de sua vida: Anne-Monique suicida-se porque está desempregada, a senhorita Zhao porque querem lhe impor um casamento arranjado. Há crianças que se suicidam após fracassarem em um exame ou após uma repreensão. Provavelmente todos os suicídios infantis têm um caráter "acidental". O indivíduo encontra-se aos poucos ou de repente em uma situação insuportável. Prefere morrer. Pode-se dizer que o evento foi apenas a causa ocasional, desencadeante. Para que tivesse esse efeito foi necessário ou uma disposição do caráter (existem temperamentos adaptáveis e temperamentos *absolutos*), ou um desespero latente, ou talvez uma aspiração inconsciente à morte, ou alguma outra condição favorecedora. De resto, se o evento não tivesse ocorrido, se o indivíduo não se encontrasse de maneira contingente nesta em vez de em outra situação, o suicídio não se produziria.

Embora resulte de uma situação que poderia não ter ocorrido, mas ocorreu, sendo nesse sentido "acidental", o suicídio por *dever* (dever moral, religioso, cívico, patriótico etc.) é de uma natureza diferente daquele sobre o qual acabamos de falar. Impõe-se de fato ao sujeito em virtude da idéia que este tem não de sua felicidade ou de sua desventura, mas de seu dever, portanto, em virtude de uma necessidade ideal. Assim foi o suicídio de Lucrécia, a heroína do pudor. No Renascimento, Pelágia e Sofrônia, santas cristãs que preferiram a morte à desonra, forneciam um exemplo aceito por todos de suicídio legítimo. Montaigne o retoma não sem deixar transparecer uma certa surpresa diante de uma solução que lhe parece excessiva: "Pelágia e Sofrônia, ambas canonizadas, aquela se atirou ao rio com a mãe e as irmãs para evitar a violação por uns soldados, e esta também se matou para evitar a violação pelo imperador Maxêncio" (*Os ensaios*, II, III, ed. cit., p. 40). "A história eclesiástica", acrescenta, "reverencia muitos exemplos semelhantes de pessoas devotas que recorreram à morte como proteção contra os ultrajes que os tiranos preparavam para sua consciência." Tanto no século XVIII quanto no Renascimento, a tradição celebra, por outro lado, os Brutos, Cássios ou Catões, que recorreram ao suicídio como heróis da liberdade. Quando, em 1792, Beaurepaire, que defendia Verdun, ao ver a fortaleza reduzida a capitular, estourou os miolos diante dos burgueses e dos oficiais a fim de não ser aquele que entregaria a cidade, não se deixou de compará-lo com os heróis da Antiguidade; teve direito às honras da apoteose. As épocas sombrias sempre suscitam heróis. Houve os da última guerra que se mataram para não falar, para não trair sob tortura. Citamos também em 1981 esses heróis irlandeses que conduziram com conhecimento de causa sua greve de fome até a morte. Suicídio? Digamos antes "sacrifício". Neste caso, nenhuma angústia, nenhuma lassidão vital, mas uma vontade que submete a morte a si, uma vontade que se faz destino.

Falemos, por fim, de suicídio por *sensatez* ou *filosófico* quando a decisão de morrer é inspirada pela concepção geral que se tem (e com a qual, no discurso interior, nos justificamos a nós mesmos) do mundo e da vida. Assim é o suicídio do estóico para quem um mal incurável, uma dor insuportável, têm valor de sinais que o autorizam a abandonar a vida. O estóico aí não vê simples "acidentes" da vida, mas sinais do destino; e seu suicídio nada tem de "acidental": ele próprio é fatal. A teoria da "saída razoável" é tão essencial à doutrina estóica que sem ela não é possível conceber o estoicismo? É duvidoso. Posidônio recusa dizer que a dor é um mal: por que se matar por causa dela? Não está mais em conformidade com o espírito do estoicismo convidar-nos a ver na dor, por mais intensa que seja, um desafio para a nossa energia e a oportunidade de uma vitória? Compreende-se ser o suicídio permitido ao não sábio. O sábio também tem direito a ele. Mas a própria sabedoria não exige essa conclusão. O mesmo ocorre no epicurismo. A exemplo de Epicuro, o sábio sempre pode "rebater" a dor com a alegria, sobretudo a das lembranças dos momentos felizes; àquele que não consegue é permitido, ou aconselhado, abandonar voluntariamente a vida e optar pelo não sofrimento. De um modo geral, se as sabedorias da época helenística autorizam o suicídio e até o aconselham, não parece que o *implicam*: não são sabedorias "trágicas", entendendo-se por isso que não é a própria sabedoria como tal que exige que alguém queira se suicidar no momento oportuno.

Nessa noção de "sabedoria trágica" abarcamos três elementos: 1) Uma metafísica do nada. A morte significa a não vida, a pura cessação da vida. A partir do momento em que existe um "além" da vida, uma "outra vida", uma "vida eterna" para a religião, pode-se dizer que o espírito da religião é incompatível com o espírito da sabedoria trágica. Só estamos vivos por um breve instante no tempo imenso e na "morte eterna" (*mors aeterna*, Lucr., III, v. 1091). Não existe "eterno retorno do mesmo", dessa mesma vida (*haec vita*)[89]. A vida inteira não passa de um transcorrer. Nossos melhores momentos se reduzem às imagens que nos restam deles na memória e que logo desvanecem. Há decerto a memória social. A sociedade conserva a memória de si mesma: é a história. Mas esta só retém o que tem importância para a coletividade. Deixa escapar por entre as malhas a maioria das vidas. Ademais, nada dura para sempre: a natureza e o esquecimento têm a última palavra a longo prazo. 2) A morte é um acontecimento inevitável, o único evento futuro que não provoca dúvidas. É fatal, é *nosso destino*. Podemos sofrer esse destino passivamente. Podemos também desejá-lo. Como desejar a vida é desejar uma vida *mortal*, de-

---

89. *Non alia sed haec vita sempiterna*, diz Nietzsche para afirmar o eterno retorno. (*Oeuvres philos. complètes*, t. V, *Le gai savoir*, Paris, 1967, p. 487.)

sejar a vida é também desejar a morte. Toda vontade deve ser vontade de vida e (de) morte: *voluntas fati*. 3) A vontade trágica é vontade do melhor, isto é, de dar o máximo de valor, de qualidade possível aos instantes, aos atos, às obras de qualquer duração – que não nos pertencem, com os quais não temos que nos ocupar. Sempre fazer o melhor sem se preocupar com o que acontecerá: a regra é esta. Uma vontade governada pelo princípio do melhor é profundamente razoável: pode-se dizer que a vontade trágica é vontade razoável.

Assim sendo, a morte deve advir não como um evento passivamente sofrido e que vem interromper a vida sem nenhuma necessidade, acidentalmente, mas como um evento que se integra à vida, chamado pelo resto da vida. A morte pode advir como a tesourada do censor que corta uma frase ou como a última palavra que acaba a frase e faz com que ela tenha um sentido completo. Mas, para tanto, é preciso optar pela morte. A morte não deve vir na hora dela, mas na nossa.

a) Em primeiro lugar, "não deve vir na hora *dela*". Não se desprezarão portanto os conselhos da *prudência*. Serão evitados os "riscos inúteis" e a doença, na medida em que ela é resultado de opções erradas no regime alimentar, assim como na habitação e no ambiente, ou na natureza, no ritmo e na qualidade do trabalho, etc. O oposto do homem trágico é o *decadente*, isto é, aquele cujos gostos são nefastos a ele mesmo. Que se pense nas opções de Nietzsche no campo da alimentação mencionadas no *Ecce homo* e, ao contrário, nas de Sartre (que consome álcool, etc.) O decadente suicida-se de uma maneira indireta pelas escolhas erradas que faz. Mistura a vida e a morte. Vive em uma certa atração pela morte e como se aspirasse à morte em segredo. Não quer a plenitude da vida, e a morte apenas quando chegar a hora. Se a vida e a morte são contrários, isto significa que estão unidas e que não se pode ter uma sem a outra, mas isto também significa que são separadas e opostas uma à outra. O alto é inseparável do baixo, mas não se mistura com o baixo, um e outro sendo extremos. Da mesma maneira, a vida e a morte são extremos, e a plenitude da vida é como o alto oposto ao baixo ou o branco perfeito oposto ao negro. Deve-se colocar a vida de um lado e a morte do outro, mas sabendo que, quando se tem um lado, não é possível dispensar o outro, como a frente e o verso de uma folha. O pensamento da morte, o saber constitutivo que se tem de que se vai morrer, não devem impedir de viver tão plenamente quanto possível, e sim, ao contrário, ajudar a tornar a vida mais plena possível. Ainda é necessário para tanto que o pensamento da morte não seja reprimido, e sim assumido. Talvez nada seja pior do que ser dissimuladamente assombrado pela morte sem ousar pensar claramente nela. A angústia (isto é, aquilo que, vivos, sentimos em relação à não vida como destino inevitável), então, age sem que se controlem seus efeitos. Assumida, ela pode ser um princípio de energia e de ação pelo sentimento de urgência que cria[90].

b) Que a morte venha não na hora dela, dizíamos, mas "na nossa". Há três fases na vida: o crescimento, o apogeu, o declínio. Essas fases não são nem sincrônicas, nem isócronas para o corpo e para o espírito, ou para o caráter, por exemplo, para as artérias, para o "coração" no sentido moral[91], nem para a inteligência ou para a memória. Começamos a perder a memória quando a inteligência ainda está intacta. A cada momento da vida, é possível fazer um *balanço*. O balanço é positivo quando se tem satisfação em viver, quando se tem uma atividade, o domínio de si, uma saúde não demasiadamente deteriorada e a capacidade de suportar as dificuldades habituais da vida e mais algumas outras. A partir de um certo momento, quando o declínio se torna *decadência*, a morte, escolhida com lucidez, parece preferível ao sábio tal como o concebemos aqui. Não se espera a morte, provoca-se-a, quando não se tem mais nada a esperar da

---

90. É esse sentimento de urgência que falta, por exemplo, ao fumante que "gostaria" de não fumar, mas fuma assim mesmo.

91. "Em alguns, é o coração que envelhece primeiro, em outros, o espírito" (Nietzsche, *Ainsi parlait Zarathoustra*, "De la mort volontaire").

vida. Conviria que a educação nos familiarizasse e nos preparasse para essa *morte livre*, verso da vida livre. Conceberíamos naturalmente uma sociedade em que a morte livre fosse uma coisa, uma prática, comum[92]. Certamente jamais ela deve tornar-se obrigatória, não mais do que determinada filosofia ou do que a própria filosofia. Bastaria apenas que a sociedade a aceitasse. Também seria possível ser morto por um amigo ou um parente. A eutanásia deveria evidentemente ser autorizada – sob certas condições. Durante a guerra de 1914-1918 (e também durante a última guerra, sem dúvida), aconteceu de, por amizade e humanidade, a um pedido dele, ou talvez sem qualquer pedido, um soldado matar um outro, ferido com demasiada gravidade ou sofrendo de maneira atroz. O que significa "fraternidade" na divisa republicana? Vê-se um exemplo disso aqui. Mas hoje o homem não é educado como um ser que deve morrer. São-lhe ensinadas a vida, as ocupações da vida; não lhe ensinam a morte. De maneira que, quando esta sobrevém, ele não dispõe de preparação ou de força. Fica pasmo. Dirão que a religião prepara para a morte. Não: para uma *falsa morte*. Só que, quando a morte sobrevém, predomina a angústia, e o "crente" tem dificuldade de *acreditar* que a morte é apenas uma falsa morte. Porque ele é, apesar de tudo, um homem de hoje, quando a morte é não vida, é morte absoluta. A religião fala-nos da morte para dissimulá-la de nós, fazendo da morte uma falsa morte. Faz-nos viver na ignorância da morte e portanto na ilusão. Para a religião, não há morte. Mas talvez não haja morte?

Que seja. Só que para o filósofo é preciso viver na hipótese contrária, na hipótese do pior, pois preparar-se para o pior é uma lei da sabedoria. Há uma espécie de oposição entre a sabedoria, que acredita no pior, ou pelo menos supõe o pior, e a religião, que acredita no melhor.

---

92. Cf. Nietzsche: "O suicídio enquanto gênero de morte habitual: nova altivez do homem que estabelece ele próprio o termo de sua vida..." (*Oeuvres philos. complètes*, t. V, p. 344, trad. fr. Klossowski.)

Capítulo XXVI
A natureza e o direito

No capítulo XX e nos capítulos XXI e XXIII, abordamos um tema ao qual gostaríamos de voltar aqui.

Em um zoológico, os animais são tratados igualitariamente: são igualmente privados de liberdade, são alimentados, cuidados, etc. Cada um deles, todavia, é tratado de acordo com sua natureza específica: não se dá vegetais aos carnívoros, etc. O leão tem direito a vegetais? Não. Aqui a natureza limita seu direito. Como veremos, todos os homens têm direito à cultura. Mas cada homem tem uma natureza que limita seu direito. A natureza é *aquilo que resiste à educação*. Vêem-se educadores tentar ensinar sem sucesso matemática elementar a retardados ou débeis mentais. As crianças não têm necessariamente má vontade; simplesmente são deficientes no plano da inteligência e das aptidões intelectuais. Vamos tornar a um exemplo que já demos: suponhamos que os livros escolares sejam gratuitos. Dirão que a criança débil tem direito a um livro de álgebra como as crianças normais? Não! Isto não teria sentido. Não se poderia ter direito àquilo que não se pode usar. Temos direito, de fato, ao que nos é possível e ao que corresponde a uma atividade possível para nós, não ao que nos é impossível e ao que para nós corresponde a uma atividade impossível. Ora, o que é possível a um é impossível a outro. Os indivíduos não têm portanto os mesmos direitos reais. Cada um tem direitos que o outro não tem e não tem os direitos que o outro tem. O débil tem direitos enquanto tal, e o normal tem direitos enquanto tal. A cultura é como uma fonte da qual cada um pode extrair livremente o que lhe é necessário. Mas alguns têm copos grandes, outros, copos pequenos. Extraem o que conseguem, uns mais do que os outros, pois a natureza, isto é, o acaso os dotou de uma capacidade maior de pegar e conservar. Repetimos que não se tem direito àquilo de que se é incapaz. Se fosse de outra maneira, por que não dizer que os bebês têm o direito de fundar uma família?

Isso significa que se tem direito a tudo de que se é capaz? Certamente que não. Sou capaz de matar alguém. Na falta de bons motivos, não tenho esse direito. Na verdade, o possível compreende três elementos: o permitido, o devido e o proibido, e isso em qualquer sociedade, assim como para qualquer moral. O possível é definido pela natureza: trata-se de todas as atividades que estão ao meu alcance. Pode-se considerar a natureza – como φύσις – como o dinamismo interior a cada ser, e pelo qual ele é levado, ele tende, a ir até o fim de suas possibilidades. Apenas do ponto de vista da natureza ele tem o direito, pois, desse ponto de vista, tem-se o direito a tudo de que se é capaz. Porém, em uma sociedade razoável, em virtude da igualdade de todos os homens, cada um tem esse direito. Os indivíduos são "centros de força", como diz Nietzsche. Cada um tende a desenvolver sua esfera de atividade, seu microcosmo, por assim dizer, na medida em que é capaz disso. Ao desenvolver-se, ao crescer, as diversas esferas acabam por se encontrar e chocar, pois não há *ad libitum*, de tudo para todos. Os bens existem em quantidade finita. Para alguns deles, essa finidade não intervém; tudo acontece como se sua quantidade fosse infinita: assim, o ar atmosférico, a água em certas regiões, durante muito tempo foi o caso da caça – a ponto de a água e o ar não serem considerados como riquezas e tampouco os animais selvagens. Para outros, tal finidade revela-se rapidamente: as grandes pastagens ou as terras cultiváveis, por exemplo. Ora, os bens materiais não são *participáveis*, mas somente *divisíveis*. Se ouço uma sonata ou um concerto de Mozart e se você também os ouve, isso não me tira nada. Se acredito em Deus e se o adoro, se você o adora também, isso de nada me priva. Os bens espirituais são participáveis. Mas se você ou os seus manifestaram a pretensão de obter determinado lugar onde há água (em certos países onde a água é rara), ou determinada boa pastagem, ou determinada terra fértil, e eu e os meus também os queremos, não é possível. Se você e eu fizermos parte de uma sociedade razoável e justa, será *o direito* que distribuirá entre mim e você os bens divisíveis – bens que não são participáveis e que é necessário repartir. Se você e eu, você e os seus, eu e os meus não fizermos parte, como membros ou subgrupos, de uma sociedade razoável, a partilha será feita entre nós pela luta, *pela guerra* e segundo a lei do mais forte. As guerras pela posse de bens em quantidade limitada, divisíveis e que só podem pertencer a uns não pertencendo aos outros, como as terras férteis, as matérias-primas, as jazidas, etc. têm em seu princípio um caráter racional. São *guerras racionais*. São essencialmente diferentes das guerras partidárias[93], que, travadas de ambas as partes em nome de bens espirituais, como, por exemplo, as guerras de religião, são profundamente irracionais e absurdas. Uma guerra entre católicos e protestantes realiza tal absurdo quase em estado puro. A tal ponto que, se essas guerras *duram*, é quase certamente por outros motivos. Os fatores econômicos, a questão do território nacional e da unidade nacional, as ambições políticas devem intervir (a luta pelos bens materiais mistura-se quase inevitavelmente à luta religiosa, pois os fiéis de diferentes religiões ou seitas têm interesses materiais e, por outro lado, os bens espirituais têm um suporte material).

Em uma sociedade razoável, como se opera (deve se operar) a limitação das diferentes esferas de atividade própria (dos diferentes microcosmos ou zonas de força), como deve ser feita a partilha dos bens materiais, tenham esses bens uma finalidade material, econômica, ou uma finalidade espiritual como suportes de bens espirituais (um livro, por exemplo)? De acordo com o que já dissemos, em uma sociedade razoável, justamente em virtude do princípio de igualdade, os fortes e os fracos (entendendo-se por "fortes" os que mais podem e por "fracos" os que menos

---

93. As quais devem, por sua vez, ser distinguidas das guerras ideológicas em que se confrontam concepções do homem e de seu futuro, guerras geralmente ligadas à reviravolta representada pela passagem de um mundo antigo para um mundo novo e, nisso, guerras *razoáveis*.

podem[94]) não se encontrarão em pé de igualdade. Pois os fortes e os fracos terão acesso, igualmente, à fonte, mas uns dela poderão extrair mais que outros, e isso é normal e justo, da mesma maneira que, em épocas de restrição alimentar, é normal as rações serem desiguais e proporcionais às necessidades de cada um, maiores para um trabalhador braçal, menores para uma criança ou um idoso. Suponhamos que no decorrer de seus estudos superiores, o estudante A seja capaz de assimilar 400 obras e o estudante B, 200. Suponhamos (mais uma vez) que, em uma sociedade razoável, tenha sido instaurada a gratuidade dos livros: os livros de estudo são distribuídos gratuitamente para os que necessitam. Suponhamos no entanto que a sociedade seja pobre demais para dar aos estudantes todos os livros que eles conseguem assimilar, que só possa oferecer-lhes a metade. O estudante A terá direito a 200 livros, o estudante B a 100. Assim, o direito real de cada um decorre de sua potência, isto é, de sua *natureza*, mesmo em uma sociedade razoável. É a natureza do estudante B, sua incapacidade relativa, que limita seu direito quando a necessidade obriga à partilha.

Se estivermos em uma sociedade de penúria – e é sempre o caso (pois é necessário pensar na humanidade inteira e não em determinada sociedade particular, isolada na imensidão humana, e onde pode reinar uma abundância relativa) –, a penúria deve atingir a todos. Não há motivos para favorecer os fracos em detrimento dos fortes. Convém "favorecê-los" ou "desfavorecê-los", a todos igualmente. Senão, alguns, que têm um potencial menor, teriam o direito de se realizar plenamente, outros não teriam o direito de se realizar plenamente, não tendo sua possibilidade real (social). Por um lado, faculdades, potências passando plenamente ao ato; por outro, faculdades parcialmente não empregadas, possibilidades vazias. Ou ainda: de um lado ho-

---

94. Como se diz: "forte (ou "fraco") em matemática", etc.

mens de menor envergadura, mas completos, do outro, homens de maior envergadura, mas mutilados. Ora, todos os homens têm, em princípio e em estrita igualdade, o direito de desenvolver suas faculdades ao máximo de seus meios, de suas possibilidades, que são desiguais; e, a partir do momento em que o desenvolvimento integral das potências do homem não é universalmente possível, a carência deve ser, qualquer que seja a capacidade de cada um, proporcionalmente a mesma. Tudo isso concilia-se com a fórmula do socialismo: "De cada um, segundo suas capacidades, a cada um segundo seu trabalho"; como as capacidades são diferentes e desiguais e portanto também os trabalhos fornecidos diferentes e desiguais em quantidade e em qualidade, os bens, com base no direito igual, serão distribuídos desigualmente: "Esse direito *igual* é um direito desigual para um trabalho desigual... Reconhece tacitamente a desigualdade dos dons individuais e, conseqüentemente, a capacidade de rendimento como privilégios naturais". São as palavras de Marx[95]. Lênin insiste: "Esse direito igual supõe a *desigualdade*, a desigualdade efetiva, a *desigualdade* dos homens, pois um é forte, o outro fraco, etc.", e ele cita particularmente essa observação de Marx, que os indivíduos "não seriam indivíduos distintos se não fosse desiguais"[96]. Assim, a desigualdade não pode ser eliminada, como a própria natureza[97]. O que dissemos combina igualmente com a fórmula do comunismo: "De cada um segundo suas capacidades, a cada um segundo suas necessidades"[98], porque as necessidades são diferentes e desiguais (em quantidade e em qualidade), como os próprios indivíduos. Alguns têm

---

95. *Critique des programmes de Gotha et d'Erfurt*, ed. Bottigelli, Paris, 1950, p. 24.
96. *Ibid.*, p. 117 (extraído de "Le marxisme au sujet de l'État", 1917).
97. "Imaginar a sociedade socialista como o Império da *igualdade* é uma concepção francesa estreita demais e que se baseia na velha divisa *Liberdade, Igualdade, Fraternidade* que, em sua época e lugar, teve sua razão de ser..." (Engels, *Lettre à Bebel* de 18-28 de março de 1875; *op. cit.*, p. 49.)
98. *Ibid.*, p. 25.

necessidade de um livro ou de um disco que outros não necessitam e jamais necessitarão – por isso os últimos não têm direito a eles. Não dizemos que nosso discurso *nos leva* a fazer essas nossas fórmulas, mas somente que ele "se harmoniza" com elas. Pois o sistema socialista-comunista, em sua forma marxista, pretende substituir a desigualdade não pela igualdade niveladora, mas, sobre a base igualitária do direito de cada um a seu livre desenvolvimento – e considerando que isso significa coisas diferentes para indivíduos diferentes –, uma desigualdade na distribuição dos bens estabelecida através da força e da lei do mais forte por uma desigualdade fundamentada na razão.

Capítulo XXVII
A noção de cultura

Propomo-nos a dizer o que significa o "direito à cultura e às luzes" como direito fundamental do homem. Antes, convém refletir sobre a noção de "cultura" e, antes de mais nada, questionar o fundamento de um conceito que faz parte da linguagem corrente da classe dominante, dita "culta", o de "homem sem cultura". "Homem do povo sem cultura", "camponês sem cultura", etc. são expressões que se ouvem. É possível um camponês jamais ter ouvido falar de Shakespeare, ou, em todo caso, não tê-lo lido; é possível que não saiba quem é Mozart. Não teria "cultura". A literatura, a arte, seria isso a cultura. Visto tal definição, evidentemente a cultura só pode ser um privilégio da classe dominante, ou, se quisermos evitar usar um conceito demasiadamente[99] impregnado de marxismo e talvez falar com maior exatidão, da classe "instruída" (entendendo-se por isso: que fala ou entende outras linguagens além da corrente).

Mas, se o homem dito "sem cultura" não tem uma cultura *particular*, possui a cultura essencial, a que nos faz ho-

---
99. "Demasiadamente", porque, no caso, em vão.

mens. Pode-se, de fato, opor as seguintes observações ao que precede.

a) A cultura é essencialmente linguagem. O homem que tem uma cultura matemática compreende e fala a linguagem da matemática, o que tem uma cultura musical compreende a linguagem dos compositores, dos músicos e a própria linguagem da música, etc. Estas são linguagens particulares, mas que pressupõem a linguagem comum (corrente). Por que a cultura consistiria na posse e domínio de determinada linguagem particular, ou de várias linguagens particulares, e não da linguagem *comum*? Ao contrário, é claro que, se há uma cultura literária, artística, etc., que consiste na posse de uma ou de várias linguagens particulares, a cultura essencial deve consistir na posse e no domínio da linguagem comum.

b) "O homem tem necessidade de cuidados e de cultura (*Bildung*)", diz Kant[100], isto é, tem necessidade de ser *formado*, educado: "O homem só pode tornar-se homem por meio da educação. Ele é apenas o que a educação faz dele."[101] Dizíamos que a cultura é *o que torna um homem capaz de educar um outro*. Se eu domino a linguagem musical, posso ensiná-la a você. Dominar uma linguagem é ser capaz de ensinar os outros a falar essa linguagem. Por que a linguagem fundamental, comum, seria uma exceção? Pode-se falar de uma cultura comum e essencial, a que permite a quem domina e fala sua língua materna ensinar outros, principalmente as crianças, a falar esta língua materna.

c) Existe uma linguagem que se deve aprender para aprender as linguagens particulares, é a linguagem comum. Aqueles que ensinam uma linguagem particular – filosófica, matemática, etc. – exprimem-se na linguagem comum para ensinar a linguagem particular. Para ser possível, o aprendizado de uma cultura supõe uma cultura anterior, a inerente à palavra e ao discurso comuns.

---

100. *Réflexions sur l'éducation*, trad. Philonenko, 1966, p. 72.
101. *Ibid.*, p. 73.

d) O que é um homem culto? E por que o homem do povo, que não freqüentou a escola por muito tempo, não seria um homem culto à sua maneira? Segundo o *Vocabulaire de la philosophie* de Lalande (5.ª ed., sentido B), a cultura é a "característica de uma pessoa instruída e que, por meio dessa instrução, desenvolveu seu gosto, seu senso crítico e seu juízo". Ora, um homem do povo, sem cultura particular, que se formou não por meio dos livros, mas pela experiência do trabalho, dos homens e da vida, *pode* ter mais juízo na esfera moral e prática, ou até política, do que um escritor, um artista, um professor ou um cientista. Vê-se nele, no caso, um juízo mais livre, mais crítico, que depende da própria coisa segundo a maneira como ele a recebe e percebe, não de determinada moda ou idéia preconcebida, ou influência. Ele distingue melhor o que sabe do que não sabe; sabe o que sabe e o que não sabe e não fala daquilo a respeito do que não foi instruído; não assume uma posição a respeito de tudo: suspende seu juízo. Por fim, discerne melhor o essencial, aprecia a justa importância das coisas. Em suma, usa melhor sua razão.

Caso se admitam essas observações, delas decorre a distinção entre a cultura comum e a cultura particular:

1) A cultura comum, essencial, é a do homem dito "sem cultura", na realidade sem cultura particular: cultura "essencial", porque é ela que nos faz homens – e homens desse país e dessa época. O que a constitui não é: *a*) *Nem o saber* – a *polimatia* (o fato de saber muitas coisas, de ter a cabeça "bem cheia": uma grande erudição, etc.), da qual Heráclito já dizia que "não ensina a inteligência" (a justa visão das coisas). Existe todavia um saber que faz parte da cultura essencial, de modo que, se não se encontrar na cultura comum, a cultura comum não será então igual à cultura essencial: ela não será o que deve ser. Trata-se do *saber de si mesmo*. O que faz com que se saiba de si mesmo é a memória, pela qual a pessoa se concentra em si, e a *memória da memória*, isto é, a história: por meio dela, hoje nos lembramos de eventos que não vivemos, mas dos quais

aqueles que os viveram se lembravam (temos uma lembrança indireta daquilo de que eles tinham uma lembrança direta). A história permite que o povo se lembre de si mesmo (de suas antigas condições de vida, de suas lutas, etc.). Para um francês, conhecer a história da China antiga não é ruim, mas não é necessário; contudo, não é apenas bom, mas necessário que ele conheça aquilo que deve lhe permitir se compreender a si mesmo: a história da França. Não que o "saber do múltiplo" (polimatia) seja indispensável aqui, mas é preciso que os grandes Atos significativos e os eventos determinantes da vida coletiva estejam presentes para ele no plano da lembrança. Em suma, o único saber realmente essencial é aquele que permite que cada um *saiba de si mesmo*; na medida em que ele não está presente na cultura comum, ela é uma cultura negligente, e uma cultura negligente é uma cultura decadente. b) *Nem a ciência*. Pode-se conhecer o cálculo tensorial e ter-se menos sabedoria, menos discernimento, menos juízo e menos prudência do que um homem do povo – um artesão ou um camponês; simplesmente dispõe-se de uma cultura especial de que eles não dispõem. c) *Nem a literatura ou a arte*. O homem culto é essencialmente aquele que, tendo que educar uma criança, é capaz de transformá-la em um homem – em um homem verdadeiro. Como? Não talvez fazendo-a ler romances, visitar museus ou exposições, ver peças de teatro ou viajar por prazer ou para a instrução "polimática", mas submetendo-a à disciplina do trabalho ou do esporte ou ajudando-a a compreender as lições que decorrem da experiência dos homens e da vida, ou a ler não passivamente, mas exercendo seu juízo ou formando-o. Todavia, uma certa abertura para a literatura e para a arte ou, pelo menos, para a beleza, parece fazer parte da cultura essencial de nossa época: um homem de hoje deve (deveria) saber *ler* (escolher o que lê, julgar o que lê), *ouvir, ver* – mesmo que apenas o espetáculo da natureza (a poesia não está de forma alguma concentrada, encerrada nos poemas e nas canções; está em todas as coisas, e pode-se aprender a senti-la, a saboreá-la onde está, por toda a parte). *d) Nem a religião*. Muitos homens do povo, que muitas vezes formaram a si mesmos (militantes de partidos operários, anarquistas, etc.), rejeitaram a religião como incompatível com o que deveria ser a noção moderna da cultura, isto é, com a cultura compreendida como *autoformação* do homem. Diz-se que um homem é "culto" quando recebeu uma *formação*, uma forma. O homem moderno dá essa forma a si mesmo. Esta é, caso se oponha "moderno" a "medieval", a concepção moderna da cultura como *autoformação* do homem. Esta já é a concepção de Montaigne, onde ela constitui particularmente a base do capítulo "Da educação das crianças", e é a própria essência do humanismo. A rejeição da religião como não essencial à cultura ali encontrava-se em germe, ainda não afirmada. *e) Nem a filosofia livresca*. Existe toda uma filosofia popular que, entre os espíritos mais livres e mais sérios, nasce, no seio do povo, da experiência dos homens e das relações sociais, como também da experiência da natureza e do trabalho. Permanece no estado de intuições mal conceitualizadas, mal formuladas, coletadas em nenhum livro[102]; mas, como observa F. Nietzsche: "A cultura não procede necessariamente por *conceitos*, mas sobretudo *pela intuição e por uma justa escolha*" e: "Fomos capazes de criar formas bem antes de saber criar *conceitos*."[103] A filosofia livresca é a parte elaborada e subsistente da filosofia, cuja outra parte é a filosofia oral, que acompanha o movimento da vida e é levada com ela.

    O que, definitivamente, constitui a cultura essencial, a que pode ser comum a todos? Simplesmente a capacidade de dominar a linguagem em conformidade com a função essencial da linguagem. E esta é a *comunicação*: a linguagem é o que faz com que possamos, nós, os homens, nos

---

102. A do curtidor Dietzgen, *L'essence du travail intellectuel humain exposée par um travailleur manuel* (1869), constitui uma exceção (mas Dietzgen também se proporcionara um certo conhecimento dos pensadores essenciais).

103. *La volonté de puissance*, trad. fr. Bianquis, t. II, p. 320.

compreender a respeito das coisas e de nós. A comunicação não se produz, é interrompida, falseada, caso a linguagem não seja verídica. Mas dizer a verdade supõe antes de tudo que se pense, ou seja, que se fale para si mesmo, sob a categoria da verdade. O homem culto, verdadeiramente formado, é aquele no qual a linguagem funciona em conformidade com sua essência, que é desvelar e libertar a verdade. Todo homem pode dizer e *se dizer*. Qualquer que seja sua situação, ele pode descrevê-la, falar dela, contá-la, transmutar o sofrimento em discurso do sofrimento ou sobre o sofrimento. Assim fazendo, ele liberta-se da existência utilitária e servil, ou necessitada, ou doente. Toda cultura *liberta* o homem da existência cotidianamente subjugada. Aí está o que a linguagem comum faz no homem "culto", no sentido da cultura comum e essencial da qual estamos falando. Ele sabe usar a linguagem não apenas para exprimir suas paixões (ódio, amor, amargura, etc.), mas também para traduzir sua situação e sua vida em termos de discurso *verdadeiro* e para estabelecer a comunicação com o outro com base no desvelamento e na consideração da realidade no discurso verídico. O que é essencial à cultura é liberar o homem da esfera da existência utilitária, é transportá-lo para o elemento dos valores: do que é verdadeiro e vale porque é verdadeiro, mas também do que é belo, do que é justo e bom, ou, pelo menos, que, para cada cultura, *parece ser assim*[104].

2) A cultura particular – "literária", "artística, "musical", etc. Nesse sentido, o homem culto tem, com base na linguagem comum mais ou menos dominada, o domínio desta ou daquela linguagem particular, por exemplo, da linguagem musical, ou da linguagem da crítica musical, ou de uma linguagem cinematográfica, ou da linguagem da crítica cinematográfica, etc. Nesse segundo sentido, a cultura está ligada à existência de obras – as *obras da cultura*. A cul-

---

104. Cada cultura clássica torna seus valores absolutos; não duvidam que *seu* verdadeiro, *seu* belo, não sejam *o* verdadeiro, *o* belo, *o* certo.

tura comum não produz outras obras além dos próprios homens (de determinada época e de determinado país) na medida em que, antes de mais nada, vivem uma vida social, uma vida de relação. Essa cultura desaparece quando os homens que ela unia são separados pela morte. É fugidia como a vida. Os homens da Idade Média ou do Renascimento, os camponeses do século XIX, os atenienses do século V a.C. manifestaram em suas relações, em sua vida, em sua conversa um espírito, um sentido dos valores, uma "cultura" que para nós hoje em dia de certa forma se perderam e são difíceis de imaginar (certamente tiveram filhos que se pareciam com eles, mas que tiveram filhos que quase não se pareciam mais com eles, os quais tiveram descendentes que não se pareciam mais com eles, pois não julgavam do mesmo modo o que é importante e o que não é). Ao contrário, a cultura dita "particular" fundamenta-se na existência de *obras* que atravessam os séculos e que são o que nos resta das civilizações ou das épocas desaparecidas: tragédias de Sófocles, diálogos de Platão, *Elementos* de Euclides, templos gregos, etc. Essas obras são linguagem: contêm e transmitem-nos a cultura grega, isto é, o que os gregos *têm a nos dizer*. São a obra de homens que tinham suas raízes na cultura comum do povo grego, mas que, além disso, eram *criadores*. Esses criadores estão mortos, mas suas obras nos *dizem* ainda algo, falam para nós, isso na medida em que somos hoje homens cultos.

O criador tem posteridade dupla: em primeiro lugar, uma posteridade de criadores e de imitadores – Lucrécio é discípulo de Epicuro, Newton, o continuador de Kleper, Virgílio, o imitador de Homero, etc. –, em seguida, a posteridade constituída por homens cultos, isto é, por todos aqueles que conhecem e compreendem as obras, especialmente as obras-primas do passado – e do presente. O homem "culto", no sentido habitual do termo, é aquele cuja cultura não se limita à cultura comum, mas que é aberto a outras culturas além da sua (aquela na qual pensa e vive), que compreende *outras linguagens* além da que é comumente falada

– que compreende também justamente por isso outros tipos de homens: nesse sentido, o homem culto é *inteligente*[105]. Assim é Montaigne. O criador garante a *criação* da obra, o homem culto, sua *perpetuação*. Graças ao criador, a obra passa do nada ao ser: ela existe. Graças ao homem culto, ela não torna ao nada: continua a existir.

Deve-se distinguir a linguagem do criador da linguagem do homem culto. Pode-se dizer, aproximadamente, que o criador fala uma única linguagem – no caso do criador de gênio, ele cria essa linguagem –, enquanto o homem culto, da mesma forma que muitas vezes fala várias línguas, ouve e fala muitas linguagens. No caso do criador, funciona o *princípio de exclusão*: o grande criador na esfera literária não é em geral um grande criador no campo das artes plásticas, ou inversamente, o descobridor de um método matemático não é, em geral, um grande escritor, e vice-versa[106]; ao escolher sua linguagem, Proust não podia falar ao mesmo tempo a de Zola. Embora haja criadores menos exclusivos que outros, a verdade é que o *exclusivismo* da linguagem corresponde a uma tendência geral no campo da criação e talvez seja uma condição desta. Ao contrário, o homem culto entende muitas e às vezes inúmeras linguagens: pode compreender Sófocles e Aristófanes, Racine e Shakespeare, um templo grego e as cartas de Epicuro... Ademais, o criador fala, exprime-se em sua linguagem com uma espécie de *necessidade*: é uma linguagem que é dele, que nasceu dele, que lhe é consubstancial; o homem culto, ao contrário, interessa-se mais por isso do que por aquilo, por determinados músicos, pintores ou autores mais do que por outros, é porque os *encontrou* e, sem dúvida, isto supõe uma correspondência com seus gostos e sua própria natureza; no entanto, o encontro comporta sempre um elemento de acaso e de arbitrário, de não necessidade.

Por que há obras da cultura? Por que os criadores criaram? As obras da cultura são o que subsiste do passado, o

---

105. Cf. E. Weil, *Logique de la philosophie*, cap. XI, "L'intelligence".
106. Daí o interesse singular que o gênio de Pascal apresenta.

que permanece. Foram criadas justamente para durar? Sem dúvida, no que se refere aos túmulos, às estátuas, aos retratos... Os criadores (em geral artistas desconhecidos) quiseram criar uma obra *durável*, visaram a duração (e não necessariamente se imortalizar, apesar de Platão). O homem comum, com ou sem o auxílio duvidoso da religião, aceita, ou pelo menos finge aceitar viver sem deixar vestígios notáveis nesse mundo. Os filósofos aconselham a aceitação do nada. Esforçando-se por fazer uma obra durável, o criador luta contra o tempo aniquilante e a morte, e as obras da cultura são o produto desse esforço do homem para vencer o tempo e a morte – tentativa desesperada (pois o tempo e a morte são, a longo prazo, invencíveis), portanto sob o signo do fracasso. Mas o criador não domina o sentido de seu esforço e de sua obra. Tem necessidade, senão de continuadores, de discípulos ou imitadores, em todo caso, de homens cultos que conheçam e compreendam essa obra, que perpetuem seu sentido. O criador precisa do homem culto – cuja vantagem sobre ele é sobreviver-lhe. São necessários ambos para garantir aos dois o sentido da cultura. Por que criar obras, em particular literárias ou artísticas? Corre-se o risco de que essas obras não sejam *retomadas* pela posteridade, de que *não tenham posteridade*. Os homens do futuro irão parecer-se conosco? Admitirão os mesmos valores que nós? Aqui apreende-se o *sentido do platonismo*: os valores são eternos, o que significa que os homens do futuro terão a mesma idéia do verdadeiro, do belo, do justo, do bem..., de modo que basta fazer uma obra que realize esses valores para ter certeza de que esta obra será reconhecida no futuro. Os homens de hoje não são mais platônicos e não sentem a necessidade de sê-lo. Nossa cultura é cosmopolita: admite tudo, "compreende" tudo. Concebe para si um futuro cultural igualmente cosmopolita. Basta sermos nós mesmos, com a esperança de que os homens do futuro nos compreenderão sem se parecerem conosco.

Capítulo XXVIII
O direito à cultura e às luzes

Quem tem direito à cultura? O homem inculto: a criança tem direito à cultura comum, e o homem que só tem a cultura comum, no sentido de cultura média, tem direito à cultura comum, no sentido de cultura essencial; também tem direito a uma cultura mais rica e completa, que comporta o acesso às obras da literatura e da arte. O que significa ser "inculto"? Inativo. Um campo inculto não produz nada de valor. O homem culto distingue-se do homem inculto por sua reação diferente, em viagem diante de uma ruína, de um templo, de uma antiga abadia, no museu diante de um quadro, de uma estátua e, igualmente, ao ler um livro, ao ouvir um concerto, no teatro, etc. O homem culto encontra prazer e interesse onde o homem inculto se aborrece. As mesmas obras "dizem" algo ao primeiro, nada "dizem" ao segundo. O homem culto é ativo: quando lê, olha, ouve, seu espírito "trabalha", a cada vez decifra um texto, uma linguagem. O espírito do homem inculto permanece inativo. O direito à cultura significa o direito a certas atividades do corpo e do espírito, atividades desconhecidas para o homem sem cultura e que são fontes de felicidade. O acesso à cultura é acesso a *atos*, que supõem potências, que de outra forma permanecem potências mortas, inativas. *Ser culto é ser ativo*. O homem sem cultura (sem *a* cultura particularmente exigida) *se aborrece* com Shakespeare, com Mozart, com Platão, porque seu espírito não age, não trabalha. Ao se aborrecer, não é feliz. O que o torna feliz é a atividade livre. O homem elevadamente culto é sempre capaz de uma atividade: jamais se entedia. Tal como o sábio grego. Alguns precisam de um livro, de um disco, de um espetáculo para não se entediar. O filósofo autêntico, que incorporou a filosofia – o sábio – de nada precisa: pois compreende a linguagem dos seres, do mundo, especialmente da natureza – animais, árvores, água e elementos; apreende sua poesia universal e de certa maneira é sempre feliz. O tédio é sinal de incultura – de incultura parcial, de cultura incompleta. A cultura completa é a filosofia – entendendo-se por cultura "completa" a que permite viver uma vida completa, *sem momentos mortos*, isso porque tudo se torna linguagem, tudo foi compreendido. O sábio jamais é pego sem recursos em momento algum: ele interpreta, ele sabe o que isso quer dizer. Graças à sua própria atividade faz o que quer do acontecimento: sujeita-o a ele, impede-o de alterar sua felicidade, sua paz essencial.

O direito à cultura analisa-se da seguinte forma: direito à cultura do corpo e do espírito, mas também da razão, da alma e do coração.

1) *A cultura do corpo.* O corpo é capaz de muitas atividades que jamais realizamos. É preciso aprender nosso corpo e sua linguagem. Consideremos, por exemplo, os corpos de camponeses que permaneceram camponeses por toda a vida e que, por exemplo, morando ao lado de um rio, jamais aprenderam a nadar, pois esta era uma atividade gratuita, inútil, que não se inseria nos trabalhos obrigatórios. O corpo deles desenvolveu pouquíssimas possibilidades. As outras permaneceram inativas como se não existissem. Conviria que todas as crianças, segundo suas possibilidades naturais e nos limites destas, aprendessem e praticassem a ginástica, a pantomima, a dança clássica ou não clássica, o tênis, a natação, a esgrima e outros esportes. Todos os movimentos livres e outras atividades livres do corpo são acompanhados de felicidade (talvez seja necessário ter ficado muito doente para sentir isso): felicidade de respirar, de andar, de correr, de ver ou ouvir, etc. Essa felicidade, vinculada às atividades sensoriais e motrizes do corpo, é a base de toda felicidade (pelo menos de toda felicidade não extraordinária). O desenvolvimento livre ("livre", distinguindo-se do desenvolvimento subordinado às necessidades do trabalho) das possibilidades essenciais do corpo não deve ser reservado a privilegiados. Seria bom estudar quais eram e quais são, nos vários tipos de sociedades não igualitárias, os privilégios nesta área.

2) *A cultura da razão*. O homem é um ser razoável, o que recobre duas coisas: em primeiro lugar, *consegue* justificar para si mesmo, no discurso interior, os motivos de seus pensamentos e de seus atos; em segundo lugar, *precisa* explicar a si mesmo o que pensa e o que faz. Ele vai à missa? Ele diz a si mesmo que vai porque é católico. Por que é católico? Acredita em Deus, em Jesus Cristo e na Virgem. Mas por que acredita? Em geral, evita levar o questionamento longe demais. É da natureza da razão perguntar *a razão*, o "por quê", portanto, questionar: por que dizer isso em vez de outra coisa? Por que fazer isso e não aquilo? No entanto, o que vemos é que em geral os homens não gostam de questionar suas crenças. Aí reside a diferença entre o filósofo e os outros homens: o questionamento do filósofo é *ilimitado* em direito; ele pretende nada admitir do que não viu com seus olhos interiores, do que não justificou a si mesmo, do que não se verificou com provas. No entanto, os grandes filósofos colocam limites em seu questionamento: Descartes não coloca em dúvida as verdades da fé, nem Kant, as verdades científicas. Por que os homens não questionam (no sentido de "interrogar-se", mas também de "colocar em questão") mais suas crenças? É um fato que se deve à educação. Não se educam as crianças para torná-las filósofos, isto é, antes de mais nada, duvidadoras, mas para torná-las homens adaptados socialmente. Elas não são convidadas a questionar infinitamente, mas são, ao contrário, estimuladas a não colocar questões fora do círculo definido pela tradição cultural. Abastece-se a criança *de respostas*: a religião (e igualmente a irreligião dogmática) é uma resposta, um sistema que dá segurança, que é irrecusável, que impede, que detém o desenvolvimento da razão. Por fim, não deveria haver filósofos: a educação tende a manter a criança *na menoridade*[107], abastecendo-a de certezas para a vida. A criança, o adolescente que recusam a religião de seus pais em geral provocam escândalo. No entanto, se a

---

107. Cf. Kant, *Réponse à la question: qu'est-ce que "les lumières"?*

recusam em virtude de uma exigência racional, de uma exigência de fundamento, este não é seu direito absoluto? O homem e, portanto, já a criança têm o direito essencial de só querer acreditar no que é verdadeiro e portanto de não querer acreditar no que é duvidoso. É direito do homem e da criança não lhe apresentarem como verdadeiro o que é duvidoso. Pode-se, seria possível admitir um ensino religioso que realçasse tudo o que há de duvidoso na religião, mas não um ensino que se cala sobre essas dúvidas, que as camufla com cuidado. Seria possível admitir que os homens da Igreja nos[108] falassem da religião, de Deus, dos profetas, de Jesus Cristo, "filho de Deus", dos milagres, etc., contanto que não fingissem acreditar que tudo isso não levanta dúvidas. Ora, eles nos falam de "religião", como se fosse evidente que sua religião é verdadeira, de "Deus", como se fosse evidente que a palavra "Deus" tem um significado, de "Providência", como se fosse evidente que há uma Providência, de "milagres", como se fosse evidente que existem milagres, etc. Pelo menos, deveriam reconhecer que, se têm esta crença, também a crença contrária é igualmente fundamentada, ou seja, igualmente não fundamentada. Mas os que falam de Deus e de religião, ainda em nosso tempo, tratam as crianças e a nós como menores, isto é, como indivíduos que não têm de pensar por si mesmos, que não têm de duvidar e examinar, mas de acreditar na palavra – uma palavra *que eles dizem* ser a de Deus, mas o que eles sabem sobre isso? As crianças têm direito a uma educação puramente racional, o que significa que se deve treiná-las, exercitá-las para fazer a experiência de sua razão. Para elas, para si e para qualquer homem, é preciso reivindicar o direito de rejeitar, não como falso, mas como sem mais valor e importância do que se fosse absolutamente falso, tudo o que não está claro. Todos têm o direito absoluto de se ater, para se orientar nessa existência fugidia, às verdades que se mostram; não às que jamais se mostram

---

108. O "nos" representa aqui o público popular.

ou que se mostram aos outros e não a ele, mas somente às verdades que se mostram a ele, na evidência racional e pessoal. Toda criança deveria ser treinada para perguntar o tempo todo: "como você sabe?", "é verdade?", "o que isto prova?", etc.[109]. Então as religiões teriam menos devotos, e as seitas, menos adeptos. Cultivar a razão quer dizer cultivar a reserva crítica, o sentido da prova, a vontade de clareza – não sem um certo desrespeito por todos os tutores intelectuais, morais, ideológicos – e o hábito de confiar unicamente, pelo menos em última instância, em sua própria razão (em sua própria capacidade de fazer juízos fundamentados), portanto de julgar com toda a independência e de tomar como guia na vida seu próprio juízo (formado).

3) *A cultura do espírito.* Compreendemos aqui por "espírito" o que faz com que sejamos capazes de apreender o *espírito* disto ou daquilo – o espírito de um diálogo de Platão, de um templo grego, de uma catedral romana, de uma pintura figurativa ou de um objeto da arte abstrata, da música de Bach ou de Boulez –, em suma, a capacidade de apreender o que as obras da cultura têm a nos dizer, de ouvir, de interpretar, e até também de falar outras linguagens além da linguagem comum, a linguagem lingüística, aquela cujo meio é a língua como sistema de signos vocais. O espírito é o que faz com que seja possível nos tornarmos homens cultos no sentido estrito, isto é, com que sejamos capazes da educação, da formação que dá acesso a certas obras, isto sem contudo que os limites do possível, fixados pela natureza, possam ser transpostos, pois não podemos apreender o espírito de uma obra musical se formos surdos (de nascença), etc. Opõe-se o espírito à natureza, à matéria, à "carne". O "espírito" de uma obra é, antes, o que se

---

109. "E, se tivesse precisado educar crianças, tanto lhes teria posto nos lábios este modo de responder, inquiridor, não resolutivo: 'o que isso quer dizer?', 'não estou entendendo', 'poderia ser', 'é verdade?', que elas teriam conservado aos sessenta anos o jeito de aprendizes, ao invés de aos dez anos fazerem papel de doutores como fazem." (Montaigne, *Os ensaios*, III, XI, "Dos coxos", ed. cit., p. 369).

opõe ao "literal", ou ainda o princípio universal, global, de unidade, em oposição aos detalhes, às particularidades, às contingências que, todavia, encontram nele sua razão e sua inspiração. É mais ou menos o sentido em que Montesquieu fala de "Espírito das leis" ou do "espírito geral de uma nação"[110] (e do espírito das leis como devendo estar em uma relação de conveniência com o espírito geral de uma nação). Observemos que esse mesmo autor nos fornece uma indicação importante a respeito de seu próprio livro, da qual devemos nos lembrar de uma maneira geral quando se trata de apreender o espírito de uma obra: ele pede que se aceite o livro em sua integridade[111]. Sob esta condição, há um sentido em estudar, em conhecer e em interpretar uma obra de um autor, de um criador, porque ele poderia ter morrido após tê-la produzido; contudo é preferível conhecer todas as suas obras, tudo o que ele fez, isto a fim de apreender melhor seu espírito.

"O espírito." O que isso quer dizer?

Dizíamos que o que constitui essencialmente a cultura é a posse de uma certa linguagem e a capacidade de dominá-la de acordo com a função essencial da linguagem que é de *comunicação* (comunicação entre nós, homens, a propósito de nós mesmos ou de outra coisa). No uso normal da linguagem (que supõe, como se vê, quatro termos), falo de algo para dizer daquilo algo a alguém. Isso exige que seja estabelecido *um contato*: 1) com a própria coisa de que falo: por exemplo, se, poeta, canto o amor, é preciso que eu saiba do amor alguma coisa por experiência (assim, os poetas românticos estão apaixonados, sofrem, etc.; depois do que, cantam o amor e seus sofrimentos), 2) com aquele a quem falo: é preciso que falemos *a mesma* linguagem; senão, eu

---

110. Prefácio a *L'Esprit des lois*. [Trad. bras. *O espírito das leis*, São Paulo, Martins Fontes, 3.ª ed., 2005.] Após Montesquieu, usou-se muito essa noção. Cf., por exemplo, *Essai sur l'esprit et l'influence de la réformation de Luther*, de Ch. Villers (Paris, 1804; 3.ª ed., 1808), onde se vê a passagem do sentido de Montesquieu ao sentido hegeliano.

111. *De l'Esprit des lois*, XIX, 5.

não seria compreendido. No uso normal da linguagem, não se fala por falar; sempre se trata de *outra coisa*. Se apreendo o espírito de uma obra de cultura, por exemplo, de uma obra de arte, de um poema, de uma obra filosófica, isto significa em primeiro lugar que essa obra não é letra morta para mim: ela me "diz" algo; em seguida, isto quer dizer que, por meio dela, entro em contato com uma *nova realidade*, uma realidade contudo que não é real fora e independentemente da própria obra, pois a obra não é uma espécie de decalque ou de cópia do real, como se houvesse um Real em si que as obras do homem refletiriam de certa forma. Não se trata disso. A obra de um grande criador faz com que se vejam as coisas sob uma nova luz, e captar o espírito dessa obra é captar essa nova luz. O que as obras nos fornecem não é a realidade tal como ela "é", o que não tem sentido (sentido humano), mas outros olhos para ver, outros ouvidos para ouvir de outra forma, etc. – outras maneiras de considerar todas as coisas; dado, na maneira de falar, o privilégio concedido à visão, digamos apenas que as obras de gênio nos fornecem, se as compreendermos e apreendermos seu espírito, *outros olhos*, outros olhares sobre o mundo e sobre a vida. Pelo menos em sua forma clássica (isto é, deixando de lado a arte abstrata), a arte imita a realidade: Théodore Rousseau pinta uma paisagem, Lamartine fala do amor, etc.; não que haja a realidade de um lado (que "realidade"? para quem?) e a arte do outro, mas a realidade é exatamente aquilo que é induzido pela imitação que se faz dela (o que é o amor romântico? aquilo que Lamartine canta, etc.). Por que então dissociar arte e realidade, já que essa "realidade" não é nada além daquela sugerida pela própria obra? É porque, pelo prestígio da arte autêntica, a realidade parece viva, parece poder viver *por si só*, de maneira que se acredite nela. Mas a arte pode muito bem renunciar a fornecer a vida, tornar-se "abstrata". Então a arte retém em si mesma os meios e os poderes da vida; recusa dar a vida a criaturas, como um Deus que renunciasse a criar um mundo. Ora, se for este o caso, apreender o espírito de uma obra, de arte ou de literatura principalmente é, de qualquer modo, apreender a vida, apreender a vida de outra maneira, sua vida ou outras vidas. Assim, ao ler Tolstoi, Proust, quantos sentimentos apreendemos que jamais experimentamos, que jamais serão os nossos e que contudo compreendemos? Em suma, as obras da cultura rompem a estreiteza de nossa vida e de nosso mundo, permitem-nos viver, por substituição e ficticiamente, outros mundos e outras vidas.

O homem tem direito a essa ampliação de seu mundo. Na verdade, ele tem o poder essencial de apreender todas as coisas com outros olhos que não os seus, de compreender outras perspectivas – e é isso, finalmente, que chamamos de "espírito". Ora, ele tem o direito de ir até o fim do que pode todas as vezes que isso não tiver como conseqüência impedir os outros de irem também até o fim de seu potencial. É o caso, tratando-se da inteligência das obras da cultura que são *participáveis* e não divisíveis, isto é, são o bem comum de todos. Convém portanto revelar às crianças as múltiplas linguagens da cultura para que não se aborreçam com Corneille ou com Racine, com Bach ou com Mozart, mas, graças à educação, à formação do gosto, apreendam a chave que a cada vez lhes irá abrir um mundo novo.

4) *A cultura da alma*. No sentido da religião e da metafísica tradicional, a alma é um princípio individual e separável. A idéia da "alma" é então em geral associada à idéia de imortalidade e à idéia de Deus. Vamos deixar de lado esse sentido particular. No sentido original, "alma" significa "princípio de vida" e provém de um radical que significa "respirar". Ora, o que é *viver* para um ser humano? É precisamente não se contentar com comer, dormir e respirar. Isso é sobreviver, não é viver: "é ser, não é viver", diz Montaigne. Para merecer ser vivida, a vida não deve se desenvolver apenas no plano da sobrevivência, que é o plano da repetição, do "eterno" retorno do mesmo, retorno monótono que gera a náusea. Uma vida verdadeira – verdadeiramente humana – supõe um certo *ardor*, uma certa *intensi-*

dade. Ora, tal ardor ou intensidade não é concebível em uma solidão onde se abstraísse totalmente o outro. Esta seria antes, ao que parece, uma situação limite onde não haveria mais vida nem pensamento. Pois jamais se pensa sozinho: sendo o discurso interior que mantemos com nós mesmos, o pensamento supõe a linguagem, isto é, a sociedade. Da mesma maneira, não se vive realmente quando se está sozinho – no sentido de uma solidão moral. Montaigne diz só ter vivido realmente, ou seja, plena e intensamente, durante a época de sua amizade com La Boétie. Após a morte deste, o que dizer de sua vida? "... ela é apenas fumaça, é apenas uma noite escura e tediosa" ("Da amizade", ed. cit., p. 288). Segundo Antístenes, o sábio não precisa de amigos. Talvez isso seja verdade para o sábio em sua perfeição (apesar de Epicuro). Também o sábio cínico tem o gênero humano como amigo. Entretanto, a sabedoria nesse sentido, a "auto-suficiência" ou "independência" (*autárkeia*) do sábio praticamente não tem significado para os homens da "região média" (como diz Montaigne) que somos, para quem a felicidade é quase inconcebível na solidão. Ao que se deve nos encontrarmos na solidão moral? De um modo geral, nas relações com o outro, o que se obtém provindo-nos *como retribuição*, praticamente só se tem o que se merece. Se alguém não nos ama talvez seja porque, e é o caso freqüentemente, por nosso lado, praticamente não amamos ou não amamos o suficiente. Max Scheler observa que "todo amor faz nascer um amor recíproco"[112]. Entendemos aqui o termo "amor" em seu sentido amplo e comum. Não se trata, é claro, nem do amor paixão, nem do amor do próximo, no sentido evangélico, mas de algo muito simples e cotidiano: o amor é o que faz com que fiquemos felizes de estar com alguém. Diremos então que a "alma" é um certo poder de "amor", ou seja, de cordialidade, de simpatia, que não exclui, mas ao contrário supõe, uma capacidade primordial de fazer justiça, de ver o outro com honestidade. O

---

112. *Nature et formes de la sympathie*, trad. fr. Lefebvre, p. 245.

amor ou, se quisermos, a cordialidade de que estamos falando, supõe essa capacidade de juízo honesto, mas vai além: vemos os valores negativos e positivos, os "defeitos" e as "qualidades" do outro, talvez até pensemos que ele tem por enquanto mais defeitos do que qualidades, principalmente quando se trata de uma criança que parece "estar se desencaminhando", porém lhe creditamos um potencial melhor do que ela revela empiricamente e do que demonstra, uma riqueza virtual de qualidades positivas. A senhora de Staël aprova a expressão "ter alma" (*Voc.* de Lalande, art. "alma"). Nesse sentido, a alma é aquilo que faz com que tenhamos necessidade do outro, não talvez absolutamente para sermos felizes (pois não se poderia negar que o uso correto da razão, ou seja, aproximadamente, da filosofia, não baste para nos tornar até um certo ponto equilibrados e felizes), mas para sermos mais felizes do que somos. Ela é essa capacidade de experimentar um suplemento de felicidade a partir da presença do outro. É o que faz com que haja um certo calor e uma certa cordialidade, talvez funcionalmente inúteis, nas relações humanas. Em suma, entendemos por "alma" o que faz com que se tenha uma *necessidade nobre do outro*. Há dois tipos de necessidades: a necessidade que implica uma carência, uma deficiência, como a necessidade de alimento quando se tem fome, e a necessidade que não é experimentada como uma carência, mas cuja satisfação nos faz dizer posteriormente que nos faltava algo: a "necessidade do outro" que temos em vista é dessa natureza.

    Em nossa época, sem saber bem o que lhes falta, os homens em geral não são muito felizes, só têm, no conjunto, uma espécie de felicidade negativa. Cada época tem sua forma de felicidade. Temos, nos países ditos "avançados", a forma de felicidade da era industrial. A felicidade deve-se a uma tripla proximidade (geradora de um júbilo tríplice): da natureza, dos outros, de si mesmo. Ora, nossa época é a da técnica industrial (ou pós-industrial), que, diferentemente da técnica da ferramenta, afasta-nos da natureza, dos outros e de nós mesmos. *a*) Afasta-nos da natureza, porque aquilo que age sobre a natureza é a máquina, não somos mais nós. A ferramenta me aproxima da natureza, porque, se corto o mato com uma foice, relaciono-me com o mato mais carnalmente do que quando o contemplo; o mesmo acontece se corto madeira com um machado, etc. Mas, se corto o mato com uma ceifeira, os gestos com os quais dirijo a ceifeira já não têm mais nada a ver com a natureza do mato. A natureza da era industrial e pós-industrial não é mais "natureza": ou não passa de matéria ("matéria-prima", "jazida", "fonte de energia", etc.), ou, ao contrário, *se imaterializa* (a natureza com que se relacionam os técnicos dos centros espaciais é uma natureza matematizada, imaterial). *b*) Ela afasta-nos de nós mesmos. A capacidade de produção das nações industrializadas é tão enorme que as necessidades naturais e fundamentais dos seres humanos seriam facilmente satisfeitas se só houvesse estas. As máquinas funcionam para satisfazer necessidades que os homens de séculos atrás, ou mesmo de décadas atrás, mal sentiam, que são portanto necessidades de *civilização*, artificiais, sem as quais muitos homens viveram felizes. Era fácil há vinte anos ser feliz (contente com seu destino) sem televisão: hoje é mais difícil. Na era da organização industrial, a técnica afasta o homem dele mesmo, isto é, de sua natureza: faz com que ele se esqueça de suas verdadeiras necessidades. A técnica substitui a natureza pelo artifício; *artificializa* o homem. *c*) Afasta-nos dos outros. A verdadeira necessidade humana: ter necessidade dos outros, *ter necessidade de alguém* – para viver, e falar, e pensar, e estar junto. Ora, hoje a técnica substituiu a necessidade dos outros pela necessidade das coisas. Por exemplo, necessita-se "assistir à televisão" para acompanhar programas que não correspondem a nenhuma necessidade (e pelos quais as mídias suscitam um interesse artificial), em vez de falar com a família ou com os amigos, formar as crianças para o diálogo, etc. – Em nossa época, portanto, uma certa ausência de felicidade provém de uma espécie de não proximidade, de uma perda de contato com a natureza, com nós mesmos (na medida em que nos vemos de uma década, ou mesmo de um ano, a outra com novas necessidades que nos foram como que impostas de fora), com os outros. Deixando de certa forma de lado os outros pontos (evocados aqui de uma maneira adjacente), enfatizamos a relação com os outros com a noção de "cultura da alma": deve-se fortalecer no homem de hoje a necessidade dos outros e sobretudo formar essa necessidade nas crianças – formá-las para a vida de relação –, pois não é porque ela é natural que vencerá por si mesma a resistência do artifício. Ao contrário, a natureza é fraca diante do artifício.

5) *A cultura do coração.* Pascal opõe o "coração" à "razão", mas entende então por "razão" apenas a faculdade do racional. Para nós, o "coração" não é o que se opõe à razão; é uma função da razão, contanto que se entenda por "razão" não apenas a faculdade do racional, mas também a faculdade do razoável, ou seja, do que é bom. Entendemos a palavra "coração" no sentido que tem nas expressões: "não ter coração", "sem coração". O que é um homem "sem coração"? Um homem "desprovido de sentimento moral", diz Littré, isto é, um homem insensível à dor do indivíduo que nada tem a ver com ele. Todo homem é mais ou menos sensível à dor de seus próximos, de seus amigos, dos que ele ama. Mas, para ser sensível à desgraça, à dor daqueles que nada têm a ver conosco, isto é, dos que são simplesmente homens, que talvez jamais tenhamos conhecido, é preciso ter "coração". Em suma, o coração é o sentido da bondade. Ora, é evidente que é absolutamente bom ser bom, e, se isso é bom, isso é razoável. Não há nada mais razoável do que a bondade, nada mais em conformidade com a razão, não com a razão puramente racional e abstrata, mas com a razão concreta e completa. Eis por que o coração pode ser considerado uma "função da razão". Segundo as circunstâncias e as situações, o coração se manifesta por diversas disposições e qualidades: benevolência, piedade, espírito de solidariedade, etc. É preciso cultivar essas

disposições e essas qualidades na criação, porque a educação deve, além da instrução, visar tornar a criança melhor[113]. Em geral as famílias não são muito levadas a isso: temem que uma qualidade como a bondade não traga vantagem a seus filhos na luta pela emergência social e seja mais uma fraqueza, ou que a bondade seja para eles mais uma fonte de sofrimentos – o sofrimento de participar da miséria e da dor do outro. Entretanto, as qualidades do coração devem ser cultivadas, desenvolvidas, pois é um princípio de qualquer educação razoável visar tornar, se possível, a criança melhor, não apenas em um sentido relativo no campo do corpo, do espírito ou do julgamento, mas também no sentido absoluto, isto é, propriamente moral. Não irá se tolerar que as crianças façam os animais, os mais fracos que eles, etc. sofrerem. É preciso sobretudo ensinar-lhes – é difícil – dar sem nada receber em troca, nada além do contentamento que se provoca em alguém. Essa capacidade de ficar contente com o contentamento de alguém aumenta felizmente muitas vezes com a idade. Em virtude dela, deseja-se que todos os homens, quaisquer homens, participem das alegrias da vida. Deseja-se uma política da bondade.

Capítulo XXIX
A pena de morte

Com que direito punir? Dizíamos (capítulo XIX) que se deve punir se e somente se disso resultar algo de bom. Por que punir uma criança? Para que ela não "repita", para que evite o erro no futuro, em suma, para lhe modelar uma memória. É bom fazer sofrer se o sofrimento permitir evitar, corrigir o vagar da vontade, forjar uma vontade forte, isto é, em primeiro lugar, uma vontade baseada na memória. Para tanto, ainda é necessário que o sofrimento infligido pareça

---

113. "Qualquer outra ciência é prejudicial para quem não tem a ciência da bondade" (Montaigne, *Os ensaios*, I, xxv, "Do pedantismo", ed. cit., p. 210).

merecido. O direito de punir será usado se isso for bom. Mas ainda é preciso haver, antes de mais nada, um direito de punir. A criança aproveitará o castigo se, em primeiro lugar, ele não parecer arbitrário e imotivado. O culpado aceitará a punição se ela lhe parecer merecida por seu crime. Ora, como convencê-lo de que efetivamente ele merece ser punido? É inútil aqui invocar de uma maneira geral as "leis divinas e humanas" que ele sempre poderá contestar. A respeito do ato bem definido que se lhe censura, é preciso fazê-lo compreender e admitir o *princípio de reciprocidade*. Se roubo a bicicleta de meu vizinho, perco o direito de protestar tanto se alguém roubar minha bicicleta, quanto, mais ainda, se tomarem minha bicicleta ou se me infligirem alguma pena equivalente "para me punir". Ao ameaçar o direito do outro, ameacei meu direito. Se roubar o que pertence a outro, perco o direito tanto de me queixar se roubarem o que é meu, quanto, mais ainda, se, por substituição ao outro, fizerem-me, sob a mesma forma ou sob uma forma equivalente, o que fiz a ele. Da mesma maneira, se eu o injuriar, espancar e ferir, etc. O que faz o mal perde o direito de protestar contra o mal que lhe fazem. Fazer o mal ao outro é fazer o mal a si mesmo. O princípio de reciprocidade repousa, no fundo, no princípio de identidade: o outro sou eu, porque, se eu lhe fizer mal, estou fazendo mal a mim. Não se trata de dizer aqui que o homem injusto é infeliz devido à sua má consciência. Encontraríamos facilmente grandes culpados a quem a culpa quase não pesa. Simplesmente, se eu fizer o mal a outro, talvez eu não esteja fazendo o mal de fato, mas *em direito,* a mim mesmo. Todo mal real cometido dá direito a um mal equivalente. O mal que inflijo é real, aquele ao qual tenho direito só é possível ou virtual. Poderá me ser infligido ou não, mas, se eu o sofrer, só poderei reconhecer tê-lo merecido.

O mesmo acontece com a morte.

O celerado que mata, perde, justamente por matar, qualquer direito ao menor protesto se o matarem. Ele nada pode objetar à pena de morte. Mas isso não resolve a questão para aquele que tem o poder de matar legitimamente o celerado – legitimamente aos olhos do último. O próprio celerado nada pode objetar-lhe. Que seja! Mas, e os outros, especialmente aqueles que têm de pronunciar e aplicar a pena? Não se duvidará que eles devam pensar, antes de mais nada, na vítima. O criminoso matou. A vítima perdeu a vida. Por que isso? A relação foi uma relação do forte com o fraco. A vítima não pôde ou não soube defender-se. Ela tinha o direito de não querer morrer e de se defender. Não pôde usar esse *direito de legítima defesa*. Aqui intervém o *dever de substituição* (ver cap. VIII): tenho o dever de substituir o fraco para fazer seu direito prevalecer em seu lugar. Por exemplo, se um homem foi preso injustamente, devo falar em seu lugar, etc. A vítima tinha o direito de se defender. Não pôde exercer esse direito. Então não tenho o dever de substituí-la para exercer esse direito? Dirão que esse direito não tem objeto porque não é mais hora de a vítima defender-se? Na realidade, ainda é hora em virtude do princípio de identidade. O criminoso que tira a vida de sua vítima tira, como se viu, virtualmente sua própria vida: "*sou* minha vítima", ele pode dizer. Este é o sentido do princípio de identidade no caso da relação do criminoso com a sua vítima. Ele tem direito à morte que provocou. Mas sobre o que se fundamenta o dever de substituição? Ele fundamenta-se igualmente sobre o princípio de identidade: se devo substituir o fraco, o incapaz, para afirmar seu direito, é porque existe identidade entre mim e ele enquanto homens e porque seu direito é o meu. E da mesma maneira para a vítima (o fraco enquanto vítima) e as vítimas: eu *sou* a vítima. Conseqüentemente, não se deve dizer que o direito de legítima defesa não tem mais de se exercer. Tenho o direito de exercê-lo. No entanto, resulta que *devo* exercê-lo, que devo infligir ao criminoso a pena de morte que, de resto, ele merece? Não, porque o direito de legítima defesa é ele próprio apenas um *direito*, não um *dever*. Posso não querer matar, nem mesmo meu agressor. Alguém pode ter dito: "não resista ao mal". A vítima pode ter perdoado. Substituindo-a, não posso excluir esses dados. Não tenho portanto em nenhum caso o dever de punir com a morte.

Conseqüentemente, parece que a pena de morte é justificada e deve ser mantida como direito, mas que sua aplicação não corresponde a um dever. Pode-se condenar à morte e executar os assassinos; não se tem a obrigação moral de condenar à morte e executar os assassinos. Pode-se perdoar. Por que, nesse caso, não perdoar sempre, já que é sempre possível supor que a vítima poderia perdoar? O direito de perdão é justificado, assim como o direito de punir com a morte. Um supõe o outro. Um uso sistemático do direito de perdão destruir-lhe-ia a noção, já que o criminoso conservaria a vida por direito, não por perdão. Todavia, um uso não sistemático do direito de perdão supõe que existam *razões* para não usar esse direito em alguns casos e portanto para aplicar a pena de morte, conseqüentemente, para recusar sua abolição. Suponhamos, com efeito, a pena de morte abolida *de facto* (por um uso sistemático do direito de perdão que lhe transforma a natureza) ou *de jure*. Então o crime de morte cessa de ser punido enquanto crime *de morte*; o assassino cessa de ser punido enquanto assassino. O crime de morte torna-se um crime como qualquer outro, e a pena pode ser idêntica àquela que pune um outro crime, estupro ou seqüestro, por exemplo. Por que não? Dissemos que aquele que faz o mal ao outro faz o mal em direito a si mesmo; aquele que provoca a morte deve estar consciente de que, provocando a morte de outro, ele perde o direito de protestar se alguém provocar sua morte e portanto, em direito, provoca sua própria morte. O direito de punir fundamenta-se nessa reciprocidade e identidade. Ora, abolida a pena de morte, o criminoso sabe que pode provocar a morte do outro sem risco de morte para si mesmo. Os assassinos encontram-se assim na situação de privilegiados: eles têm uma espécie de direito de morte. Certamente, eles sabem e compreendem muito bem que, ao matar, têm direito à morte, mas sabendo também que a sociedade não reconhece tal direito negativo, desprezam uma sociedade que despreza o direito. Com o abalo do princípio de reciprocidade, o que se acha abalado é o direito de punir. Os culpados sabem, com efeito, que, se matarem, não correm o mesmo risco para si mesmos. Então, por que, quando infligem algum sofrimento ou dano ao outro, correriam o risco de receber um dano ou um sofrimento semelhante ou equivalente? Uma sociedade que não acredita mais em seu direito de punir com a morte logo não acreditará mais em seu direito de punir. Vê-se o inconveniente de abolir a pena de morte. Vê-se, por outro lado, o interesse e a necessidade de mantê-la – onde não foi abolida (foi abolida na França em 1981). Trata-se de fato de forjar uma memória para a sociedade. Se não somente é permitido punir, mas se é necessário punir, é para que o culpado *não se esqueça*, para que sua vontade se desvie de querer aquilo que tem como conseqüência o mal e o sofrimento. Ora, não existe apenas uma memória individual. Existe uma memória social, isto é, lembranças comuns que orientam as vontades em comum. Quando a pena de morte não é abolida, as pessoas sabem que correm o maior risco ao matar um ser humano. É bom que não se esqueçam desse fato. Certamente, abolida a pena de morte, não a "esquecerão" do dia para a noite (esse risco, suprimido, ainda os obsedará). Mas, a longo prazo, irão esquecê-la. O alto risco dissuade o homem de efetuar certas ações. A bem dizer, o *risco* tem constantemente um valor dissuasivo. Os "que arriscam tudo" existem, mas são geralmente temperamentos de jogadores que acreditam em sua "boa estrela". Ora, o risco de morte é o maior risco. A dissuasão nuclear baseia-se no risco de morte e de destruição para o agressor. O valor dissuasivo da pena de morte seria tanto maior quanto mais fatalmente ela fosse aplicada[114].

---

114. Alguns duvidam do valor dissuasivo da pena de morte, pretendendo que, abolindo-se esta, os crimes não aumentam. Mas não seria porque, abolida nos textos e da prática penal, a pena de morte ainda não é abolida do inconsciente coletivo? (E será sem dúvida necessário um período muito longo para que isso aconteça.)

Não pode, todavia, ser aplicada de maneira sistemática e cega, como se fosse uma sanção natural. Viu-se que o direito de perdão deveria ser mantido.

Histórico

Platão (*Leis*, IX, 862) só admite a pena de morte no caso do criminoso incorrigível. Justifica-a então por duas razões: dissuadir os outros de agir errado, purgar a cidade dos indivíduos maus. Assim, o problema dos casos de aplicação da pena de morte coloca-se desde a Antiguidade. Mas a casuística não questionava o próprio princípio da legitimidade de tal pena. Foi necessário esperar o século XVIII e Beccaria para que a pena de morte fosse declarada *ilegítima*. Montesquieu justifica-a por aquilo que chamamos o "princípio de reciprocidade"; mas ele vê bem que esse próprio princípio requer que a aplicação da pena de morte se limite aos casos de assassinato[115]. Rousseau apela para a noção de "inimigo público": o criminoso faz a guerra contra a sociedade e deve ser tratado como inimigo. Deve-se matá-lo em virtude do "direito de guerra" que é de "matar o vencido". Mas o direito de matar o inimigo decorre do direito de legítima defesa. Daí Rousseau escrever muito logicamente: "Só se tem o direito de matar, mesmo como exemplo, aquele que não se pode manter sem perigo."[116]

Beccaria sustenta a ilegitimidade da pena de morte: "Um homem não tem qualquer direito legítimo sobre a vida de um outro homem." Depois dele, Robespierre, em um discurso de 30 de março de 1791, afirmará que "a pena de morte é essencialmente injusta". Quando Beccaria escreveu (1763-1764) o tratado *Dei Delitti e delle Pene*, acabara de ler o *Contrato social*, publicado em 1762. Sua argumentação demonstra a influência da obra de Rousseau: a pena de

---

115. *De l'Esprit des lois*, XII, 5.
116. *Du Contrat social*, II, 57. [Trad. bras. *O contrato social*, São Paulo, Martins Fontes, 3.ª ed., 1996.]

morte não é fundamentada em nenhum direito, porque, no contrato social, nenhum membro da sociedade pôde querer dar a outros homens o direito de tirar-lhe a vida. Rousseau escrevera: "Pergunta-se como os particulares que não têm o direito de dispor de sua própria vida podem transmitir ao Soberano esse mesmo direito que não têm" (II, 5), acrescentando que era colocar mal o problema. Beccaria reconhece que sua argumentação repousa na máxima que proíbe o suicídio: "Ou o homem tem o direito de matar a si mesmo ou ele não pode ceder esse direito a um outro, nem à sociedade inteira. A pena de morte não é sustentada portanto por nenhum *direito*" (§ 28)[117]. Concordando com Beccaria que o homem não tem direito sobre sua própria vida, Kant rejeita sua argumentação, na qual só vê sofisma e argúcia jurídica: "Ninguém é punido por ter desejado *a pena*, mas por ter desejado uma *ação punível*... Dizer: quero ser punido se eu matar alguém nada significa além de: submeto-me, assim como todos os outros, às leis que se tornarão naturalmente leis penais se houver criminosos no povo" (*Doctrine du droit*, trad. fr. Philonenko, p. 218). De qualquer modo, após ter declarado que a pena de morte não se baseia em nenhum direito, Beccaria acrescentava, sempre sob a influência de Rousseau: "É uma guerra declarada a um cidadão pela nação, que julga a destruição desse cidadão necessária ou útil." Assim sendo, ele se esforçava para provar que a pena de morte não é útil nem necessária. Segundo ele, as exceções seriam os períodos de conturbação: nas épocas conturbadas, a pena de morte permanece necessária para os prisioneiros políticos que, do fundo de sua prisão, poderiam manter a anarquia ou fomentar a revolução[118]. Nos períodos de calma, "não pode haver qualquer necessidade de

---

117. Citamos a edição, com introdução e comentário, de Faustin Hélie, Paris, 1856 (reimpr. Plan de la Tour, 1980). Nela, o capítulo 28 ostenta o número 16, como na trad. fr. Morellet (1766). A tradução de M. Chevallier, com introdução e notas de Franco Venturi, Genebra, 1965, respeita a ordem dos capítulos da obra original.

118. Ou a contra-revolução. Não se pode dizer que Robespierre tenha sido infiel a Beccaria e a seu próprio discurso de 1791.

tirar a vida de uma cidadão, a menos que a morte seja o único freio capaz de impedir novos crimes". Ora, acrescentava Beccaria, "a escravidão perpétua como substituta da pena de morte tem todo o rigor necessário para afastar do crime a mente mais determinada". Em suma, a pena de morte pode ser então substituída, sem inconveniente, pela escravidão perpétua.

Kant acredita que a pena de morte não pode ser substituída por outra pena, nem mesmo pela escravidão perpétua, porque "não existe *medida comum* entre uma vida, por mais penosa que possa ser, e a morte" (*op. cit.*, p. 216). Fundamenta, no que lhe diz respeito, a pena de morte na *lei do talião* – "mas, é claro, no tribunal (e não em um julgamento particular)" (p. 215): aquele que mata deve morrer; evidentemente não tem nenhum direito de queixar-se de que a pena é pesada demais e injusta (p. 217). De nossa parte, não estamos dizendo que o criminoso culpado de assassinato *deva* morrer. Pode-se executá-lo legitimamente, mas também é possível perdoá-lo, porque o direito que se tem de matá-lo não acarreta um dever: é um direito que se pode exercer ou não. Posso matar o criminoso, pois substituo a vítima. A vítima, porém, poderia querer não revidar o mal com o mal. Em vez de matar por direito de legítima defesa, ela poderia perdoar. Por substituição, também tenho esse poder. O direito de perdão pertence, em primeiro lugar, a cada um de nós; e é por isso que pode pertencer ao Soberano. Para Kant (*ibid.*, p. 220), a exemplo de Rousseau, que havia escrito que o direito de perdoar "só pertence àquele que está acima do juiz e da lei, ou seja, ao Soberano" (*loc. cit.*), o direito de perdão só pertence ao Soberano; porém, ele próprio somente pode exercê-lo com relação aos crimes ou tentativas criminosas que lhe dizem respeito.

Capítulo XXX
A suspensão do direito de punir com a morte

No capítulo precedente, falamos a linguagem da razão. O que dissemos nos pareceu verdadeiro; e dissemos o que dissemos não simplesmente para exprimir uma opinião, mas para compartilhar com o leitor, interlocutor virtual em um diálogo, nossa maneira de ver. Supondo, contudo, que nossa verdade seja admitida universalmente, isto é, por um interlocutor qualquer, ela permaneceria uma verdade humana, nada mais que humana. Nada teria de absoluto. Não nos referimos, de fato, a nenhum livro "santo" ou "sagrado"; de resto, sempre é apenas o julgamento humano que os sacraliza. Ora, a morte é, para aquele que por ela é atingido, algo absoluto: morto, deixa para sempre de ser desse mundo. Não há recurso para a morte. Ela só pode portanto ser legitimamente infligida em nome de um direito absoluto que seria, sem nenhuma sombra de dúvida, estabelecido para sempre. Como nosso discurso humano nada tem de absoluto (porque não é exclusivo, em direito, de toda dúvida possível), ele nada pode fundamentar absolutamente e para sempre. O direito de punir com a morte é, a nosso ver, incontestável; mas o "é" é temperado pelo "nos parece". Esse direito vale o que a razão humana e o discurso humano valem. Evitemos absolutizar as verdades humanas quando tal absolutização conduz não a deixar viver, mas a matar. Quando se deixa viver e se errou, sempre haverá tempo para matar (e, de resto, a natureza logo se encarregará disso por nós), mas quando se matou, não há remédio. Por mais que tenhamos direito de punir com a morte, convém suspendê-lo: não aboli-lo, dizemos, pois é fundamentado, mas *suspendê-lo*, porque seu fundamento é apenas a razão humana que não deve se levar tão a sério a ponto de, por seus decretos, chegar a degolar as pessoas. Quando um homem está morto, isto é definitivo. Ora, temos certeza, após os motivos que demos, de jamais encontrar outros que sejam contrários a eles? Vamos então ressuscitar os mortos? Pratiquemos portanto a *suspensão* com relação ao direito negativo que os grandes culpados têm à morte que merecem, suspensão que não é nem abolição, nem perdão[119]. Mas peçamos também aos que pleiteiam o aborto por conveniência, quaisquer que sejam seus "bons motivos", que talvez não sejam irresistíveis, que pratiquem a mesma suspensão. Em suma, respeitemos qualquer vida humana, pelo menos em benefício da dúvida.

Capítulo XXXI
O direito de não ser julgado

Aquele que faz o bem nem por isso é bom: a prudência, a arte da felicidade podem ser os princípios suficientes de uma boa conduta; muitas pessoas, cuja conduta é irrepreensível, não agem por puro dever ou por amor ao bem: durante toda a sua vida, garantem o *decorum*, são pessoas honradas, mas jamais são boas (mas só é permitido dizer isso *em geral*, não para este ou aquele especificamente). Inversamente, aquele que faz o mal nem por isso é malvado. O criminoso condenado à morte ou à reclusão paga por seus crimes. É executado ou aprisionado devido ao que fez, não porque seria malvado. A má ação não prova o "mau coração" – no sentido bíblico da palavra, em que o coração é o lugar de onde nascem as intenções –, não prova que o âmago do homem seja mau[120]. É verdade que tampouco ex-

---

119. No espírito dos abolicionistas, a abolição é definitiva; no espírito dos "suspencionistas", a suspensão pode ser sustada. Poderia ser sustada, por exemplo, se estivermos novamente diante de inimigos públicos do tipo daqueles que foram julgados em Nuremberg.

120. "Não é possível estabelecer com segurança a partir da experiência que o autor dos atos é um homem mau", reconhece Kant (*La religion dans les limites de la simples raison*, trad. fr. Gibelin, p. 38). Ele não tinha portanto fundamento para evocar a experiência a fim de concluir por uma inclinação radical ao mal na natureza humana. Neste ponto, não soube se separar da linha cristã (quaisquer que sejam as nuances, pois o mal radical, diferentemente do pecado original, tem sua origem fora do tempo, no caráter inteligível). Lem-

clui a maldade. A crueldade, a má alegria existem. Pode acontecer que o culpado não apenas tenha agido mal, mas tenha agido por maldade. No entanto, sempre existe uma certa temeridade em pretender penetrar o segredo das intenções. Ao dizer nominalmente: "Este é malvado", existe um grande risco de juízo temerário, isto é, baseado em indícios insuficientes para justificar a conclusão. Por isso, da mesma maneira que não se deve acreditar na bondade de alguém porque este agiu bem (sem excluir todavia essa bondade), não se deve concluir pela maldade ou pela "malvadeza" de alguém porque ele agiu mal. Pode ser que o celerado seja intrinsecamente mau, isto é, tenha uma inclinação para escolher o mal enquanto o bem o conduziria ao mesmo resultado; no entanto, como não é possível sondar as intenções com certeza, ele tem o direito de não ser julgado, nem presumido, malvado.

---

bremos que, para os gregos, o mal é fundamentalmente estranho ao coração do homem. Ele só comete o mal devido à ignorância ou ao erro. Se faz o mal, não é por essência, mas por acidente. Para Rousseau, se os homens são maus atualmente, é porque se tornaram maus. Foram depravados por todas as mudanças que os fizeram passar do estado de natureza ao estado selvagem e em seguida ao estado de civilização. O homem tornou-se mau em conseqüência dos acidentes de sua história. Para os cristãos, existe na natureza do homem uma espécie de corrupção original que predispõe ao mal. O dogma do pecado original faz parte da doutrina dos grandes doutores da Igreja, formulada pelo concílio de Trento. Todos os homens *participam* do pecado de Adão. A doutrina do pecado original, sua origem estando no tempo ou fora do tempo, é nefasta. Ao se repetir a uma criança que ela é tola, acabaremos por persuadi-la disso e por transformá-la em tola; repetindo-lhe: "Você é má", conseguimos que ela diga a si mesma que é má e aja em conseqüência disso: "por que não arrancar as patas dessa mosca já que sou mau?", etc. Da mesma maneira, ao dizer ao homem que ele é mau, pode-se tê-lo convencido disso e ter-se contribuído para torná-lo mau. A concepção grega parece válida para o homem natural, isto é, egoísta (trata-se de um egoísmo baixo ou de um egoísmo nobre), e portanto para a maioria dos homens: o homem busca o que lhe é bom e decide-se pelo mal quando vê que não há outro meio (isso sem excluir uma patologia moral: pois há sem dúvida miseráveis que gostam do mal e a quem agrada prejudicar; são aparentemente doentes, pois fazer o mal sem outro motivo além do próprio mal não é concebível em um ser em posse de sua razão).

Assim, aquele que age bem não tem o direito de ser julgado bom; aquele que age mal tem o direito de não ser julgado malvado. O primeiro será recompensado pelas suas boas ações e não por sua "bondade"; o segundo será punido por seus delitos e não por sua "maldade". Há pessoas que parecem sempre preocupadas com o bem não apenas para elas mesmas, mas para os outros, ou até que parecem pensar ainda mais nos outros do que nelas mesmas. São "boas", dizem. Existem outras cujos atos, às vezes, e, com maior freqüência, o que dizem, como julgam, parecem inspirados pela malícia. São "más", somos tentados a dizer. O melhor, contudo, é não julgar. É o direito essencial de qualquer homem, não enquanto autor destes ou daqueles atos (pois ele deve prestar contas de seus atos), mas enquanto pessoa, não ser julgado (moralmente). A noção de "pessoa" significa precisamente isso: que o homem não é em si passível de julgamento; ele é um centro obscuro. O quanto *vale* um homem? Nenhum homem pode dizê-lo, isto é, na medida em que sabemos, ninguém pode dizê-lo. Todo homem é visto pelos outros homens com demasiada parcialidade, subjetividade, superficialidade. Ele próprio não consegue apreciar seu próprio grau de bondade ou de maldade. Esquece seus atos e suas intenções; só tem uma lembrança incerta de si mesmo, e só se apreende parcialmente e a partir da subjetividade particular do momento. O que acontece então com o conceito de "valor moral" de um homem? Não é suscetível de ser preenchido; permanece vazio. Certamente alguns homens ou crianças parecem-nos, não é possível negar, "melhores" que outros. Contudo tal juízo deve permanecer um juízo de opinião e se mostrar como tal. Não pode se pretender "objetivo" sem assumir o caráter de um juízo temerário. Todo e qualquer homem pode apelar de qualquer julgamento sobre sua "bondade" ou sua "maldade". Apelar junto a quem? Nenhum homem poderia pronunciar-se definitivamente. Quanto à noção de um ser que saberia a verdade sobre o coração do homem, ela implicaria que houvesse uma verdade a esse respeito. Ora, talvez não haja verdade a esse respeito. É possível que qualquer juízo seja não somente para nós, mas por princípio, impossível, porque a síntese total das aparências por meio das quais um homem se manifesta não pode ocorrer. Em si, o homem não tem segredo; nada é além de suas aparências, entendendo-se por isso tudo o que é para si mesmo e para os outros. Mas essas aparências formam um conjunto disparate. Com relação a qualquer intenção ou perspectiva que se possa ter com referência a elas, as aparências transbordam em todos os sentidos, escapam por todos os lados. É impossível agrupá-las. Não podem ser todas vistas ao mesmo tempo. No entanto, isto seria necessário para que um juízo sobre o valor de um homem levasse todas elas em consideração. Vamos concluir que um homem tem o direito essencial de não ser o objeto de um juízo absoluto por parte de um outro homem ou de si mesmo.

CONCLUSÃO

Em tudo o que precede sobre a igualdade entre todos os homens, a dignidade do ser humano, o dever de substituição, a liberdade de palavra, o direito de querer viver ou de querer morrer, etc., admitimos a diferença do verdadeiro e do falso e nos esforçamos por dizer *a verdade*, entendendo por isso o que nos parecia a verdade pela força das razões e que, por essas mesmas razões, deveria parecer a verdade aos outros e até a qualquer um, a um interlocutor *qualquer*. Não apresentamos contudo essas verdades, por mais necessárias e universais que nos pareçam e devam nos parecer, como verdades de sempre, verdades eternas. Não que humanamente duvidemos delas e temamos um desmentido, mas o que sabemos do "sempre"? O que sabemos do "eterno"? Elas só exprimem a verdade do homem e não a verdade do homem para outro ser além do homem, mas a verdade do homem para o próprio homem e não para o homem em geral, mas para o homem *vivo*, o homem de hoje, para o homem da civilização de hoje, herdeiro de um evento universal – a Revolução Francesa –, inconcebível sem ele. Em suma, trata-se aqui da linguagem suscetível de ser falada pelos homens de uma certa civilização, e, portanto, na verdade, da *definição* de uma civilização, isto é, de um conjunto de características que exprimem, todas, uma mesma representação do homem. Nosso ponto de partida foi a igualdade de qualquer homem com qualquer outro, na medida em que podem, assim como ele ou qualquer outro homem, colocar a verdade em circulação. Admitimos portanto que aquele que tem acesso à verdade é o indivíduo e não este ou aquele corpo como tal, por exemplo, o corpo dos sacerdotes depositário de uma tradição ou o corpo das instâncias dirigentes de uma organização qualquer. Quisemos apontar verdades suscetíveis de parecer verdades a todos. Por isso mesmo, admitimos que qualquer um podia julgá-las, que qualquer homem tinha acesso à verdade igualmente. Esse postulado é ao mesmo tempo o da democracia e o da filosofia. A verdade não se revela a alguns que em seguida teriam o direito de dizer aos outros que ela lhes foi revelada. Aqueles que não admitem todas as verdades aqui enunciadas e que se colocam portanto, por um lado, fora da civilização que elas definem são "bárbaros"? A civilização que querem é fundamentada em uma outra idéia do homem. Na medida em que falam *parcialmente* a mesma linguagem que nós, admitem *algumas* das verdades aqui estabelecidas, pode-se dizer que são bárbaros *parciais*. Eles próprios, por sua vez, podem sustentar o mesmo discurso com relação a nós, pois não existe tribunal que nos coloque de acordo. Nossa civilização de fato agrupa homens que, a rigor, deveriam parecer "bárbaros parciais" uns aos outros. Ela não repousa em uma idéia do homem una e coerente. Alguns concebem o que é ser "civilizado" de uma maneira diferente da dos outros. Em nossa civilização, a despeito de uma concordância geral (não universal) e verbal sobre alguns princípios e verdades principais, há uma desordem, uma confusão, uma certa balbúrdia de idéias discordantes.

 Reconhece-se o que acabamos de dizer pelo fato de que um mesmo acontecimento, por exemplo, a expulsão provocada de um embrião ou de um feto, é apreciado de diversas maneiras opostas. Para alguns, trata-se de um acontecimento que cada um tem liberdade de apreciar como entender, que portanto nada tem a ver com a moral; para outros é um ato sem gravidade do ponto de vista moral; para outros, finalmente, é um ato condenável do ponto de vista moral e até criminoso. Este é apenas um exemplo. De um modo geral, estamos diante do problema: que acontecimento é importante e que acontecimento não é importante? Cada civilização tem sua própria maneira de julgar; mas a filosofia moral fornece o critério da importância *absoluta* de um evento ("absoluta" para a civilização cuja definição ela envolve). Vamos distinguir entre a importância de um evento *com relação a* (importância objetiva) e a importância *para* (importância subjetiva). Objetivamente, pode-se dizer que um acontecimento é mais "importante" que outro se mais acontecimentos dele dependem: a cheia de um rio será considerada mais "importante" que o transbordamento de um riacho, a morte de Henrique IV tem mais "importância" que a morte no mesmo dia deste ou daquele súdito seu. Tal "importância" pode ser apreciada objetivamente pela amplitude das conseqüências que resultam do acontecimento. A filosofia moral não tem de intervir aqui. Mas, por outro lado, caso se relacionem não os eventos entre si, mas o homem e o evento, pode-se falar de importância no sentido subjetivo, ou de *importância para*. "... o corpo", diz Montaigne, "recebe as cargas que lhe pomos em cima exatamente como elas são; já o espírito aumenta-as e agrava-as amiúde à sua própria custa, dando-lhes o tamanho que bem lhe parecer" (*Os ensaios*, III, X, ed. cit., pp. 334-5). Ele brinca com a palavra "*charge*"*. Um saco de trigo de 60 quilos, que carrego nos ombros, é três vezes mais pesado que um saco de 20 quilos. Se, porém, exerço um cargo na prefeitura de Bordeaux, o que significa ter de lidar com muitos acontecimentos, posso "estendê-lo", "torná-lo mais pesado", como Montaigne viu seu pai fazer, ou, ao contrário, torná-lo pouco absorvente e leve, como ele próprio fez. A alma dá ao acontecimento a importância que quer. Tem a liberdade, no limite, de reduzir tudo a nada. Normalmente, não se chega até esse ponto. Alguns acontecimentos, positivos ou negativos, são sentidos e julgados como importantes. Destacam-

---

* Que se pode traduzir por "carga" ou "cargo". (N. da T.)

se de um fundo de acontecimentos indiferenciados porque desinteressantes (a monotonia do mundo). O que é julgado "importante"? Isso depende do sujeito envolvido no acontecimento. O que é importante para um povo (o fato de poder se autodeterminar, de dispor de um território, de formar um Estado) é diferente do que é importante para um país (a independência, a segurança), para os habitantes de um país (seu bem-estar, seu futuro), para uma casta, uma ordem, uma classe, para um meio (literário, artístico, etc. – a "classe política" é um meio), para uma província, uma região, uma cidade, para uma família, para um indivíduo; e o que é importante para o indivíduo coletivo, inteiramente conforme a um modelo (do guerreiro, da esposa, etc.), é diferente do que é importante para o indivíduo categorial, socializado e profissionalizado (o indivíduo *enquanto* camponês, médico, professor, etc.), ou para o indivíduo personalizado, autônomo, que é um mundo por si só. O que era importante para Montaigne? Apreender isso seria realmente compreendê-lo. Nesses casos diferentes, o interesse do sujeito fornece a cada vez um critério da importância de um evento, mas da importância *relativa*, porque ninguém é obrigado a considerar importante para ele aquilo que é importante para o outro, isso porque os interesses divergem, quando não se opõem (nesse caso, o evento positivo para um é negativo para o outro). Ora, a filosofia moral já fornece o critério do que tem uma importância *absoluta*, isto é, que é tão importante que todos os homens *devem* considerar importante. Quando se considera, por exemplo, a fome e a desnutrição, ou o trabalho infantil no terceiro mundo, estes são eventos que talvez não tenham importância por sua influência nestes ou naqueles eventos, ou do ponto de vista destes ou daqueles interesses, mas que contudo são de uma importância absoluta, porque todos os inúmeros pontos de vista a partir dos quais se poderia dizer que são acontecimentos sem importância (por exemplo, que influência têm sobre o retorno das estações? sobre a pesquisa espacial? teriam relevância na gestão de um grupo financeiro?, etc.) moralmente não são nada. O que só tem uma importância *de fato* apaga-se com efeito absolutamente diante do que tem uma importância *de direito*. Pode-se dizer ainda que a filosofia moral fornece o critério não do que é importante para um povo, para um Estado, para este ou aquele sujeito em particular, isto é, do que tem uma importância *particular*, e sim do que é importante para a própria civilização como tal, isto é, do que tem uma importância *universal*.

Lembramo-nos do que é importante. Esquecemo-nos do que não tem importância. Lembramo-nos do que é importante para nós porque *queremos* lembrar. Se um indivíduo pretende lembrar-se dos acontecimentos de sua vida, pode lembrar-se, contanto que os *repita* para si mesmo, contanto que conte de vez em quando esses eventos, usando referências, vestígios materiais. Um povo, um país, uma classe social, um meio, uma província, uma cidade... só podem lembrar-se de si graças a indivíduos cuja função é conservar e transmitir o passado. São, particularmente, os historiadores. A história é essencialmente a memória de um povo. O povo interessa-se sobretudo por sua própria história e por sua história global enquanto povo. O interesse pela história dos outros povos existe principalmente na medida em que o destino de um povo está ligado ao de outros. Um acontecimento europeu como as Cruzadas interessa sobretudo enquanto evento nacional. O interesse pela história de uma província, de uma cidade, provém da curiosidade ou do particularismo. O interesse de um povo pela sua história é essencial ao próprio *ser* desse povo. Porque um povo existe *na duração*. Só pode existir enquanto povo representando para si mesmo seu passado e seu futuro; portanto, pela representação histórica. Se esquece a si mesmo, transforma-se em uma poeira de indivíduos que podem igualmente se fundir com um outro povo ou tornar-se súditos de um outro Estado. Ora, a memória de si só é possível pela vontade de ser si mesmo, isto é, de perdurar na fidelidade a si próprio, à sua natureza, à sua essência, no sentido em que Unamuno fala de uma "essência da Espanha". Não se é si mesmo, de fato, trate-se de um indivíduo ou de um povo, no sentido de uma identidade substancial. Só se é si mesmo insistindo-se em ser si mesmo e pelo querer ser. É-se si mesmo pela vontade de ser si mesmo. O próprio ser do homem – indivíduo ou povo – é vontade. Um povo que não se interessa por sua história é um povo que não se interessa por si mesmo, o que significa que renuncia a si mesmo, que opta pelo nada (aqui voltamos a encontrar a noção de "decadência"). A filosofia moral não vê nenhum inconveniente nisso. Para ela, um indivíduo equivale absolutamente a um outro. A seus olhos, a diferença entre um israelense e um palestino, entre um turco e um armênio, etc., não conta. Um homem é um homem. A filosofia moral nada tem a objetar a que os povos renunciem a formar Estados, a que os Estados nacionais cessem de existir enquanto independentes e soberanos, a que todos os povos do mundo se fundam em uma única humanidade. Ela não obriga o indivíduo de forma alguma a lembrar-se de que pertence a este ou àquele povo (mesmo se lhe reconhece absolutamente esse direito e obriga todo homem a reconhecer-lhe esse direito) e dos acontecimentos da história desse povo, nem mesmo de algum acontecimento cuja importância é apenas particular ou relativa. Exige antes que se torne um indivíduo universal, conservando (em direito) a memória apenas dos acontecimentos de uma importância absoluta, em outras palavras, querendo se lembrar não que estes e aqueles homens são de determinada raça, nacionalidade ou religião, ou têm determinada outra particularidade qualquer, mas somente que determinados homens ou crianças têm fome, são analfabetos, etc. Ora, os que contam não são os que *tiveram* fome e morreram, mas os que *têm* fome e estão vivos. Só contam moralmente os vivos, não os mortos. Portanto, não é *necessário* lembrar-se dos mortos, e sim dos vivos. Certamente a filosofia moral não exclui que os mortos sejam lembrados, mas não torna isso uma obrigação (cabe a cada um na intimidade de seu amor lembrar-se de seus mortos). A memória que lhe importa não é a memória do passado, mas a *memória do presente*. Aquilo que se *deve* lembrar é o que se passa ou acontece *no presente* no mundo e que tem a cada vez o caráter de um acontecimento absoluto bom ou mau em si. Todo acontecimento que constitui uma ofensa à dignidade do homem tem esse caráter.

    Ora, que vontade deve encontrar seu fundamento nessa memória moral? Não uma simples vontade individual e limitada, mas uma *vontade cósmica*, na medida da massa dos acontecimentos negativos que constituem a desordem moral do mundo – do que chamamos a "realidade moral cósmica". Essa vontade cósmica só pode ser uma vontade política, não ligada aos interesses particulares deste ou daquele Estado nacional, mas supranacional, levando apenas em consideração os puros interesses humanos, os interesses de toda a humanidade, voltada, conseqüentemente, para a realização humana no contexto de um Estado razoável verdadeiramente universal. Num Estado assim, moral e normal, todos (homens, mulheres, crianças) teriam igualmente não apenas o direito formal de querer viver, mas o direito real aos meios de sobrevivência, não apenas o direito formal à instrução e à cultura, mas o direito real (a possibilidade efetiva) de aprender e de criar[1], etc. Não é possível alcançar essa meta por caminhos que não existem. O filósofo da moral não tem de traçar novos caminhos nas nuvens. Deve considerar a Terra, e, entre os caminhos que os homens seguem, procurar aqueles que conduzem da desordem à ordem. Pois alguns, sem dúvida, não levam a parte alguma, outros levam a uma desordem pior, outros, por

---

    1. Isso supõe que as crianças não possam ser exploradas por seu trabalho como acontece ainda hoje. Segundo um relatório apresentado diante da comissão de direitos humanos da ONU (fevereiro de 1982), 145 milhões de crianças no mundo são obrigadas a trabalhar. Não é raro crianças permanecerem encerradas oito horas por dia em uma mina para extrair carvão. Em determinado país da América Latina, uma criança enche cerca de trinta sacos por dia por sete pesos o saco, ou seja, vinte e cinco vezes menos o preço de venda do saco de carvão.

fim, conduzem a uma desordem menor. São os últimos que o *princípio do mal menor* nos obriga a preferir, aqueles que, por meio da redução das desigualdades *entre os povos* (e não somente entre os indivíduos do mesmo povo), principalmente entre os povos ricos e os povos pobres, e do estabelecimento institucional da complementaridade e da solidariedade das nações, apontam para a unidade humana. Quais são eles precisamente? Responder a essa questão iria tirar-nos do contexto do presente trabalho. Convém nos determos aqui, nas fronteiras da política.

ÍNDICE DE ASSUNTOS

Aborto, 6, 11, 72-4, 89-91, 122, 123 e n. 63, 190; *ver* Feticídio.
Absolutização, 71, 189.
Ação, ato, atividade, 1, 3-5, 22, 32, 35-6, 81, 83 n. 23, 85, 92-3, 121-5, 138, 152-3, 155-7, 163, 169-70, 185, 187, 190-1, 196.
Acaso, 118, 127, 155, 167.
Acontecimento, evento, 34, 47, 50, 54, 149, 151, 163, 170, 197; – universal, 195; – europeu, 199; – nacional, 199; – importante, 196-8; – positivo, 197; – negativo, 197, 200-1; – absoluto, 197, 200-1; – inevitável, 163-4.
Acreditar, 50, 69, 106, 154, 212.
Afinidade, 77.
Alma, 103, 170, 176-80, 197.
Alternância, 137.
Amigo, amizade, 62, 154, 177-8, 180.
Amor, 19-20, 22, 24, 62, 64, 91, 105, 165, 174, 177, 190, 200.
Anarquia, 187; – moral, 6-7, 12, 31; – política, 6; anarquismo, 164; liberdade anárquica, 30.

Angústia, 153-4.
Animais, 11, 23, 113, 155, 181.
Aparência, 43-6, 57, 71, 94, 105, 193.
Aptidão, 59, 155; *ver* Capacidade.
Aristocracia, aristocrata, 55-6, 109, 112-3, 116-7, 132-3; – natural, 133-7.
Arrependimento, 8.
Arte, 11, 102, 104 n. 47, 161-3, 167-8, 174-6.
Artifício, 180.
Atimia, 13.
Autarkeia, 177.
Autodestruição, 1, 19, 38.
Autoridade, 58, 67.

Bárbaro, 56, 196.
Beleza, 85, 163, 165, e n. 6, 168.
Bem, 1-3, 11, 27, 28-30, 32, 124, 165 n. 104, 168, 190.
Bens, 89, 144, 156-7, 160, 176, 182; – materiais, 65, 109, 120, 146, 156-7; – espirituais, 157; – participáveis, 156, 176; – partilháveis, 156, 176; – divisíveis, 156.
Bondade, 8, 10-1, 24, 181, 192.

Capacidade, 4, 54-5, 99, 104, 106, 126, 128-34, 156-8, 164, 173, 179; *ver* Aptidão.
Caráter, 10, 61, 106-7, 115, 134, 149, 153, 190-1 n. 120.
Caridade, 8, 10, 22, 121.
Castidade, 8, 10.
Causa, 21-2, 42, 47, 53, 81, 105, 138, 149.
Cidadão, 56, 83, 100, 101, 110, 138, 147, 187.
Cidade, 55-6, 58, 83-4 e n. 23, 96, 101, 143, 186; – do mundo, 83.
Civilização, 13, 22-3, 91, 124, 166, 179, 190-1 n. 120, 195-7.
Classe, 52, 78, 111, 137, 198; – dominante, 16, 116, 160; – instruída, 162; – dos produtores, 16 n. 9; – dos consumidores, 16 n. 9; – privilegiada, 117.
Coerência, 11, 68, 122, 196.
Coletividade, 13-4, 18-9, 27, 65-6, 130, 151.
Compaixão, 8-9, 22, 26, 180.
Comunicação, 50, 100, 164-5, 174.
Comunidade, 18-9, 58.
Comunismo, 83-4 n. 23, 159.
Condição, 26, 53-4, 57, 80, 83-4 n. 23, 86, 95-6, 110, 113, 116, 133-6, 163, 167, 174; – humana, 53, 82; – proletária, 53; – social, 13, 58; – condições materiais, 136-7; – condições culturais, 136-7; – condições morais, 137.
Consciência, 63, 70, 79, 93-5, 99, 114, 118, 125, 139, 150, 184; – moral, 2-3, 7-8, 10, 80, 96, 124, 139; – moral comum, 1, 4, 12, 32-5, 37; – individual, 55, 150;

– coletiva, 4, 34-5; – particular, 4, 6; – universal, 1, 6; – pública, 75, 93; – popular, 125, – jurídica, 94-6; – que julga, 94; má –, 182; – de classe, 111; liberdade de –, 7, 12.
Consenso, 6, 35.
Conteúdo, 3-5, 14, 20.
Contradição, 7-8, 11, 31, 34, 36, 55, 93, 98, 105-6, 131.
Conversa, 39, 49, 54-6, 67, 98, 119, 165.
Coração, 67, 109, 153, 170, 180-1, 190, 192.
Coragem, 8, 12, 83-4 n. 23, 106, 109, 139.
Cordialidade, 177.
Corpo, 81, 170, 181, 196, 197.
Crença, 7, 24, 105-6, 113, 154, 171-2.
Criação, 130-2, 165, 167, 174-5, 201.
Criança, 9, 12-3, 23 e n. 20, 34-5, 37-8, 58-9, 64, 69-70, 72-3, 86, 88-91, 98, 113, 118, 123 n. 63, 126-8, 137, 149, 155, 158, 161-2, 166, 169-70, 171-2, 176, 179-82, 190-1 n. 120, 192, 198, 200-1; *ver* Aborto.
Cristianismo, 4, 19-20, 25, 123 n. 63, 138, 190-1 n. 120.
Culpa, 118, 122-4, 140-1, 145, 182-4.
Cultura, 123-4, 128, 130, 155, 160-8; – comum, 161-8; – média, 169; – essencial, 161-5; – completa, 169-70; – particular, 161-2, 165-9; – especial, 163; – clássica, 165 n. 104; – grega, 166; – cosmopolita, 168; – matemática, 123, 161; – moral, 123-4; – musical, 161,

165; – científica, 87 n. 25; – literária, 160, 165; – artística, 160, 165; – negligente, 163; – decadente, 163; – e liberdade, 165; direito à –, 155, 169-81.

Debilidade, 59, 74, 155.
Decadência, decadente, 1, 24, 38, 74, 152, 200; – da Grécia, 54-8, 80, 96, 143; – de Roma, 78.
Decisão, 92, 137, 140-1, 150-1.
Declínio, 78, 153.
Decorum, 190.
Deficiente, 60, 72-3, 84, 90-1, 98.
Degradação, 69, 74, 153.
Delito: moral, 1, 6, 8, 10-1, 39, 124, 141, 181, 192; – de Adão, 190-1 n. 120.
Democracia, 15, 67, 74, 76-9, 99-100, 103, 112, 122, 137, 196.
Dependência, 69, 109-10, 115.
Desemprego, 140-1, 149.
Desenvolvimento de si mesmo, 131, 159.
Desespero, 140-2, 147-8, 168.
Desigualdade, 59-62, 68, 97-8, 108-12, 115, 128-30, 134-7, 158-60, 170; – moral, 60-1; – essencial ou real, 63; – não essencial, 73; – social, 116-7; – entre os povos, 202.
Desobediência, 8, 64-5, 82, 110-1.
Desordem, 6, 11, 79, 81-2, 196, 201.
Desrespeito, 67, 172-3.
Destino, 11, 54, 78, 81, 118, 150-1, 153.
Determinismo, 48.
Deus, 117, 119, 143, 145, 156, 171-2, 175

Dever, 4-5, 7-8, 15, 18-20, 32, 39, 63-4, 79-80, 82, 95, 117-8, 121, 127-8, 133, 148, 183, 190; – de substituição, 69-70, 79, 84-5, 98, 183-4, 195; – de liberdade, 104-7; – de subversão razoável, 79-81; – de deixar viver, 117-8 (*ver* Aborto); – de dar, 121, 181; – religioso, 7-8, 149; – cívico, 149; – patriótico, 149; dever ser, 3.
Dialética, 11, 39, 54-5, 56; *ver* Método.
Diálogo, 39, 42-6, 49-50, 54-5, 67-8, 72, 179, 189.
Dignidade: humana, 63-8, 72-3, 75, 79, 82, 85, 87, 89-92, 98, 114, 123, 141-2, 195, 201; – pessoal, 81, 114.
Direito, 1-5, 7, 10, 15, 27, 52, 62, 67-70, 79, 87, 94, 98-9, 101-2, 109, 113, 117-8, 134, 148, 156, 158, 169, 182-4, 201; de – 15, 50, 52, 54, 58, 72, 87-9, 101-2, 126-9, 143, 172, 183, 201; – consuetudinário, 13; – escrito, 13; – civil, 110; – político, 110; – canônico, 147; – romano, 113, 140; – positivo, 95-6, 120; – social, 96, 120, 126; – natural, 83-4 n. 23, 97, 156; – racional, 95, 121; – moral, 81, 95-6, 121, 126-7; – essencial, 65, 69, 99, 172, 192-3; – absoluto, 172-3, 189; – formal, 201; – real, 129, 155, 158-9, 201; – direitos do homem, 5-6, 52, 75, 98-9, 126-8, 172; – de julgar, 1-2; – de revolta, 63-8, 80-1; – à palavra, 49, 96-104, 110-2, 114; – de querer viver e – aos

meios de vida, 117-22, 126, 130, 195, 201; "direito à vida", 117-8, 126; – de ser deixado vivo, 73 (*ver* Aborto); – de querer dar vida, 126-7; – ao casamento e à família, 110, 113; – legítimo de apropriação, 121; – à qualidade de vida, 130-3; – de morrer voluntariamente, 11, 32, 138-48, 195; e – e a natureza, 155-60; – de se realizar, 159; – de desenvolver suas faculdades, 159; – ao desenvolvimento de si, 131; – ao desenvolvimento livre, 160; – à instrução, 98, 111, 201; – à cultura e às luzes, 160, 169-81, 201 (à cultura do corpo, 170, da razão, 171-3, do espírito, 173-6, da alma, 176-80, do coração, 180-1); – de punir, 125-6, 181-3, 189-90; – de legítima defesa, 183-6, 188; – de misericórdia, 184-6, 188; – "da guerra", 186; – de não ser julgado, 190-3.

Discurso, 2, 20, 39, 44, 50, 67, 71, 87, 93, 97-8, 106 110-2, 122, 160, 165; – moral, 76-7, 84-7, 93, 122-4; – moral e – político, 71-9; – moral e – de sensatez, 80-6; – moral e culpa, 122-4; – político imperialista, 77; – político revolucionário, 77-9; – político nacional, 77, 122; – hegemônico, 77; – democrático, 106-9; – científico, 87; – ideológico, 75; – dominante, 93; – comum, 44, 161; – humano, 71, 189; – racional, 119, 122-3; – de razão, 85; – universal, 76, 84-6, 119-21; – particular, 119; – interior, 97, 103-4, 150, 171, 177; – oral, 103; – silencioso, 103.

Discussão, 39, 49, 64, 67-8, 122-3, 136.

Dom: da vida, 126-8; dons naturais, 133-4, 159 (*ver* Aptidão, Capacidade); dar, 181.

Dominação: universal, 77-8; – do homem pelo homem, 123-4.

Dor, sofrimento, 34-5, 47, 53, 81, 90, 125-6, 128, 140, 143-5 e n. 80, 146-8, 154, 165, 180-2, 185-6.

Dotado de razão, razoável, 5, 50-1, 59, 65, 71, 72, 125, 139, 143, 157 n. 93, 171, 180-1.

Duelo, 14.

Duração, 151, 157, 168, 199.

Dúvida, 27, 55, 83, 106, 151, 171-2, 189-90, 195.

Educação, 10, 53, 123-6, 154-5, 161-3, 171-2, 176, 181; – racional, 172-3; – moral, 8, 12-3, 124, 137; – política, 137; – silenciosa, 8-9.

Egoísmo, 8, 22, 24 n. 22, 25, 35 n. 34, 37-8, 190-1 n. 120.

Eleuthería, 99, 101.

Emigração, 147.

Emprego, 131-4.

Enargeia (evidência), 48.

Energia, 10, 82, 106, 137, 141, 151, 153.

Entendimento, 11, 50, 100 n. 36.

Epicurismo, 80, 151; *ver* Epicuro.

Escravo, escravidão, 14-5, 23-4, 26, 49-50, 56 e n. 8, 58, 64-5, 67, 70, 78, 81, 83-4 n. 23, 101, 103, 104, 109-15, 130, 139, 188.

Escuta, escutar, 41-2, 45, 49, 100, 124, 163, 169.
Esperança, 10, 90-1, 111, 136, 142, 168.
Espírito, 2, 6, 12, 27, 74, 102, 106, 141, 151, 153, 164, 166, 169-70, 173-6, 181, 197; – da época, 42; – da cidade, 55; – burguês, 116-7; – de solidariedade, 181; – da religião, 151; – da Revolução, 78; – de independência, 115.
Essência, 25, 36, 53-4, 59, 61, 63, 69, 98, 164, 199.
Estado, 16-7, 78-9, 99-100, 110-1, 135 n. 65, 147, 198-9; – mundial, 17-8; – nacional, 75, 200-1; – universal, 76, 78, 83-4 n. 23, 121, 201; – particular, 77; – revolucionário, 79; – razoável, 201; – moral, 201; – normal, 201; – ideal, 99-100; – solar, 83-4 n. 23, 135 n. 65, 146 n. 84.
Estoicismo, 82-3 e n. 23, 150; *ver* Estóicos.
Eterno retorno, 151, 176.
Ética, 22.
Eu, 9, 156-7.
Eutanásia, 146, 154.
Evidência, 12, 48, 172-3.
Excomunhão, 14.
Exigência, 8; – moral, 5, 13, 29-30, 121-4; – universal, 72; – racional, 172; – do ofício, 133; vontade de –, 123.
Existência, 85, 88, 93, 114, 144, 165, 172.
Experiência, 22, 103, 162-3, 174, 190-1 n. 120; – moral, 34.

Falsidade, 46, 103, 107-9, 112-4.
Fato, 15, 51-2, 54, 96; de – e de direito, 22, 52, 59, 101, 106, 128-9, 139, 182, 199; – singular, 59; – universal, 59; – diferença de –, 54; estado de –, 25.
Felicidade, 10, 32, 58, 80, 82, 85, 103, 124, 143, 149, 169-70, 178-80.
Feto, feticídio, 72, 74, 89-92, 123 n. 63, 128 n. 64, 196; *ver* Aborto.
Ficção racional, 60.
Filosofia, filósofo, 20, 24-5, 35, 42, 57-8, 61, 64, 68, 80, 82-4 e n. 23, 86, 99-101, 130, 138, 143, 150, 154, 164, 170-1, 178, 196; – moral, 196-8, 201-2; – revolucionária, 83-4 n. 23; – popular, 164; – oral, 164.
Fim: em si, 5, 131-2; – objetivo, 5; – negativo, 5.
Força, forte, 8, 23, 37-8, 58, 62, 64, 110, 147, 154, 157, 157-8, 183; – pública, 110; – da razão, 46, 195.
Forma, 2-3, 124, 162, 164-5.
Formação, 123, 131-2, 162, 164-5, 173, 176; autoformação, 164.
Fraco, 23-5, 36-7, 39, 66, 84-5, 115, 157-8, 181, 183-4.
Fraternidade, 62, 64, 154, 159 n. 97.
Fundação, 13, 32-3.
Fundamento, 2-6, 11, 13, 18, 20-31, 32-3, 35, 38, 41-2, 45-9, 51, 63, 67, 80, 94, 105, 122, 124, 126, 172, 189, 201.
Futuro, 13, 24, 37, 74, 83, 122, 156, 168, 181, 198, 199.

Generalidade, 33.
Gosto, 1, 38, 53, 130-3, 152, 161, 167, 176.

Guerra, 56, 70, 84, 157, 186-7; – de classes, 78; – racional, 157; – partidária, 157; – razoável, 157; – ideológica, 157 n. 1; – irracional, 157; – absurda, 157.

Herança moral, 12-3.
Hierarquia, 8, 54, 58, 63-4, 115-7, 133-7, 141; – de valores, 8; v. Aristocracia.
História, 13, 26, 53, 79, 114, 121, 151, 163, 190 n. 120, 199-200.
Homem, 5-6, 13, 49-58, 61-2, 63-8, 71-2, 76, 85, 90-8, 104, 107-12, 123 n. 63, 124, 126, 129, 135-6, 154, 157 n. 93, 158-62, 166-7, 171, 180, 183, 192-3, 195, 200; – moderno, 124, 164; – de hoje, 154, 163, 179-80, 195; – trágico, 151-2; – completo, 159; – mutilado, 159; – "sem cultura", 160-9; – culto, 160-8, 173; – natural, 190 n. 120; – livre, 114; – verdadeiro, 13, 163; essência do –, 53, 61.
Honestidade, 8, 10, 36, 61, 177.
Humanidade, 13, 17 n. 11, 18-9, 23, 70, 78-9, 89, 98, 120, 123, 158, 201; virtude da –, 8, 26, 154.
Humanismo, 73, 93, 100 n. 36, 164.
Humildade, 8, 70, 112-3.
Humilhação, 64, 69, 141.

Ideal, 56, 76, 100, 122-4, 131; – do sábio, 62, 82.
Ideologia, 58, 148; – alemã, 148; ideológico, 107, 148, 157 n. 93, 172-3.
Idiotia, idiota, 60, 69, 73, 88-91, 129.

Igualdade, 6, 26, 64, 83-4 n. 23, 89, 97-100, 116, 137, 155, 158; – de direito, 52, 61, 128; – essencial, 52-3, 55, 58-60, 69, 73, 93, 96, 98-9, 122, 134-7; – de todos os homens, 49-58, 60-2, 64, 69-70, 72, 76, 79-80, 86, 89-92, 96-8, 108-9, 119, 122, 126-8, 134-7, 156, 195; – de direitos, 126-30; – de chances sociais, 131-7; – civil, 52; – social, 52; – natural, 54-5; – política, 52; – econômica, 52; – niveladora, 160, – das nações, 78; liberdade de palavra e –, 107-17.
Ilusão, 4, 27, 44, 106, 154.
Imbecilidade, 60, 90, 129.
Imperativo, 3, 20; – categórico, 3-4, 5, 20.
Imperialismo, 55-6, 78, 83-4 n. 23.
Importância, 107, 151, 163, 165, 172; – de um evento, 197-8. (– relativa, 197-9; absoluta, 198-9; de fato, 198-9; de direito, 198-9; particular, 198-9, 200; universal, 198-9).
Indiferença, 7, 31, 57, 80, 82, 112, 145.
Individualismo, 55-7, 82, 130-1; – universalista, 55, 57.
Indivíduo, 3, 7-11, 13, 23, 30, 35 n. 34, 38, 57, 61, 64, 69, 72, 82, 87, 91-2, 109, 130-4, 137, 140-1, 143, 149, 155, 156, 159-60, 196, 198-9; – coletivo, 198; – conceitual, 198; – personalizado, 198; – autônomo, 198; – universal, 200.
Indulgência, 22, 36-7, 62, 180.

Inferioridade, inferior, 26, 63, 70, 98, 134, 141; *ver* Aristocracia, Hierarquia, Desigualdade.
Instrução, 87, 98, 111, 129, 163, 181, 201, direito à –: *ver* Direito.
Insubordinação, 64-5.
Insurreição, 64-5, 67-8, 78, 111.
Inteligência, 59-60, 90, 98, 153, 155, 162, 167, 176.
Intenção, 32, 57, 115-7, 192.
Interesse, 2, 16, 24, 30-1, 35 n. 34, 41, 55, 75-6, 79, 104, 110, 121, 157, 167 n. 106, 169, 198-9; – particular, 79, 121, 201; – do mundo, 79; – universal, 121; – público, 137; – artificial, 179.

Julgamento, juízo, 32-3, 41-2, 47, 50-1, 59, 71, 86, 94-6, 105-7, 115, 162, 164, 172-3, 178, 181, 188, 191-3, 197; – moral, 1-13, 31-3; – prescritivo, 4; – constatativo, 4, – livre, 105-6; – declarativo, 136; – de valor, 5; – de razão, 50-1; – temerário, 191-2; – absoluto, 193.
Justiça, injustiça, 5, 8, 10, 17, 26, 61, 80-2, 95, 115, 121, 129, 130, 134, 146-7, 156-8, 168, 177, 183, 186; negação de –, 5.

Legislação, 15, 68 n. 19., 146-7.
Lei, 83, 122, 138, 143, 187-8; – moral, 3-4, 15, 20, 22, 29-30, 33, 147-8; – jurídica, 3, 15, 75, 101, 137, 146-7; – penal, 187; – social, 17; – do mais forte, 23-4, 37, 157, 160; – comum, 83; – da sabedoria, 154; "leis divinas e humanas", 182.

Liberdade, 4, 6, 9-10, 28-31, 45-9, 78, 82, 90, 92, 99-102, 104-7, 109, 114, 119, 130, 138, 150, 159 n. 97, 165, 170, 196; – de consciência, 7, 12; – de costume, 10; – interior, 101, 105-6; – espiritual, 101; – política, 101-2; – social, 101-2; verdade e –, 45-9, 107; – de palavra 96-106, 195; – de palavra e igualdade, 107-17; – de morrer, 138-48; – de viver, 138, – moderna, 148.
Linguagem, 23, 42, 50, 57, 60, 64, 72-3, 87-8, 94, 96, 102-3, 108, 111, 160-1, 164-70, 173-5, 189, 195; – corrente, 161; – comum, 161, 165, 173; – universal, 50; – particular, 161, 165; – lingüística, 173; – do corpo, 170; – musical, 161, 165; – filosófica, 161; – matemática, 161; – animal, 94.
Literatura, 161, 163-4, 169, 176.
Logos, 42.
Luta, 79, 111, 142, 148, 157, 163, 181; – pela vida, 23; – de classes, 52, 111.
Luxo, 17.
Luzes, 160, 169, 171-3.

Mal, 1-2, 10-1, 21-2, 27, 60-1, 67, 80-1, 125-6, 131, 144-5, 182-5, 188, 190-1.
Maldade, malvado, 8, 36, 60-2, 182, 190-1 e n. 120.
Marxismo, 159, 160.
Matéria, 42, 173, 179.
Máxima, 20, 33-4, 187.
Memória, 73, 125, 151, 162, 181, 185, 192, 199-200; – social, 151, 185; – moral, 200-1; – do presente, 201.

Mentira, 8, 33-4, 39, 46-50, 59, 108, 112-5, 123.
Metafísica, 27, 151, 176.
Método, 20, 31-9, 54, 167; – dialético, 39, 54; – de retrogradação, 136.
Miséria, 17, 80, 146, 181.
Monarquia, 56, 65-6, 77, 83-4 n. 23, 110.
Monitória, 14.
Monstro, 91-2.
Moral, 1-39, 41-2, 45-6, 48, 57, 80-6, 122-3, 126, 142, 148, 156, 196 et passim; – independente, 13; – coletiva, 14, 19, 26-7; – dominante, 124; – universal, 14, 18, 20, 27-8, 39; – universalista, 57; – humana, 41, 46; – cristã, 19, 24; – de senhores e – de escravos, 23-4; significado da –, 126-7; v. Discurso, Fundamento.
Morte, 30, 53-4, 67, 74, 82-4 n. 23, 89-90, 101, 106-7, 113, 117-8, 166, 168, 189-90, 197, 200; – livre, 154; falsa –, 154; – eterna, 151; – absoluta, 154; – voluntária, 138-48; pena de –, 11, 15, 92-3, 122, 181-90.
Mulher, 23-4, 58, 72, 74, 87-8, 98, 101, 109, 126-7, 201.
Mundo, 36-7, 39, 58, 76, 79, 82-3, 85, 108, 121, 127, 150, 157 n. 93, 168-9, 176, 198, 201; – humano, 28, 79, 85, 108; – habitado (*oikouméne*), 58; – selvagem, 123 n. 63; – melhor, 84.

Nação, 58, 70, 75-7, 121, 123 n. 63, 174.
Nada, 107, 151, 168, 200.

Natureza, 26, 28, 30-1, 53-4, 56 n. 8, 59, 64, 79, 85, 89, 92, 96-7, 104 n. 47, 115, 123-4, 127-8, 133-4, 138, 141-2, 147, 152, 163, 167, 169, 173, 178-80, 189, 199; – humana, 190-1 n. 120; – singular, 53-4, 129, 158, 199-200; – específica, 155; estado de –, 190-1 n.120; a – e o direito, 155-60.
Necessário, 44, 46, 53-4, 163, 168, 187; – relativo, 17-8; – absoluto, 17-8; verdade –, 44.
Necessidade, 17, 53-4, 132-3, 158-9, 177; – do outro, 177-9; – das coisas, 179-80; – natural, 179-80; – de civilização, 179-80.
Necessidade, 44, 53-4, 152, 167, 179, 187; – natural, 55 e n. 7; – ideal, 149; – causal, 48, 54 n. 5; – de essência, 54 n. 5.
Niilismo: moral, 3, 80; – legal, 72; – metodológico, 46.

Obra, 90, 130-1, 134, 152, 166, 168, 173-5.
Obrigação, 15, 17, 21, 30, 95, 121, 132, 147, 184, 200.
Opinião, 3, 5, 12-4, 26, 42, 103, 104 n. 47, 105 n. 50, 107, 189, 191; – pública, 101; – geral, 99.
Ordem, 67, 70, 78, 80, 83, 115, 141, 196, 201; – natural, 93, 143.
Origem, 20, 22, 24-5, 37, 190-1 n. 120.
Outro, 37, 57, 61, 63, 85, 106-8, 165, 177-85, 184, 192; altruísmo, 25, 37.

Papel, 63, 131-5.
Parentesco, 62, 98.

Parrhesía, 99-104, 108.
Participação, 181.
Pecado original, 190-1 n. 120.
Pena, 14-5, 182, 186-8; – de morte, 11, 15, 34, 92-3, 122, 181-90.
Pensamento, pensar, 11, 42-3, 55, 71, 86, 97, 100, 103, 106-7, 115, 130, 153, 164, 167, 171, 177.
Perdão, 184-5, 188, 190.
Permissão, 2, 94-5, 140, 151, 156, 185.
Permutação social, 135.
Perpetuação, 168.
Perspectivismo, perspectiva, 14, 176, 193.
Pessimismo, 144.
Pessoa, 5, 9, 65, 85-6, 123, 134, 148, 192.
Physis, 156.
Pior, 154.
Pirronismo, 80; *ver* Pírron.
Platonismo, 56; sentido do – , 168; *ver* Platão.
Pobreza, 17, 76, 108; – relativa, 17, 108; – absoluta, 34, 74.
Poder, potência, 64, 128, 157-8; em – 30-1, 60, 69, 72-3, 84-9, 93, 130, 157-8, 159, 169: *ver* Possibilidade.
Poesia, 100, 131, 163-4, 169, 174.
Polimatia, 162-3.
Política, 27, 56, 58, 71-9, 83-4 e n. 23, 96, 99, 107, 110 e n. 53, 112, 116, 122, 137, 162, 181, 198, 202.
Possível, possibilidade, 26, 28, 48, 58-60, 87, 105, 118, 119, 129-31, 155-7, 170, 173, 201-2.
Posteridade, 167-8.

Preconceito, 5; -s morais, 25, 33.
Princípio, 2, 11-2, 18-21, 24 n. 22, 25-6, 29, 31-3, 55, 58, 67-8, 83, 87, 90, 93, 99, 153, 157, 185, 190; em – 50, 53, 122, 137, 157; por – 83-4 n. 23, 98, 125, 193; – de exclusão, 167; – de identidade, 182-3; – de unidade, 174; – do melhor, 125, 152; – da conduta, 21, 125, 190; – de reciprocidade, 182, 184-6; – da seleção dos melhores, 132; – da equivalência dos serviços prestados, 132; – do menor mal, 201-2.
Privação, 69, 72-3, 86.
Privilégio, privilegiados, 5, 66, 78, 100, 110, 115-6, 131-3, 145, 159, 170, 184; – da verdade, 52.
Probidade, 9, 36.
Progresso, 44, 74, 121 n. 62; – moral, 13-5.
Propriedade, 6, 16, 73, 110, 121, 143.
Prova, 2, 50, 173.
Próximo, 19-20, 24 n. 22, 177.
Prudência, 114, 152, 163, 190.

Questionar, 43, 45-6, 49, 171-2.

Raciocinar, 47-8, 50.
Racismo, 5, 14.
Razão, 10, 21, 27, 31, 41-2, 46-7, 50-1, 53, 57-60, 64, 68-9, 72, 81, 86, 94, 97 n. 32, 104-5, 125, 127, 136, 139-41, 143, 147, 157-60, 162, 171-3, 180-1, 184, 186, 189, 190-1 n. 120, 195; – suficiente, 11, 27, 50-1, 140-1; – racional e abstrata, 180; – concreta e completa,

180; – cósmica, 58; razões singulares, 140-1.
Realidade, 129, 165, 175-6; – humana, 28; – moral, 11, 25 n. 24, 33-4, 39, 201; – objetiva, 34; – jurídica, 93; – social, 93; – simbólica, 67.
Regra, 114, 133, 139, 152; – moral, 2, 20, 29, 33-5, 139; -s de d'Alembert, 17-8; – jurídica, 15.
Reivindicação: universal, 70, 79, 172-3; – igualitária, 137.
Religião, 13, 18-20, 27, 58, 67-8, 115, 119, 123, 143, 148, 151, 154, 164, 115, 171-3, 176, 200.
Remorso, 9.
Respeito, 8, 22-3, 34, 80, 93.
Responsabilidade, 10, 61, 73, 85, 92, 113, 122, 128, 134.
Resposta, 43, 45-6, 49, 102, 114, 171-2, 173 n. 109.
Retrogradação (social), 135-7.
Revelação, 196.
Revolta, 63, 78, 83-4 n. 23, 110-2, 114; direito de –, 63-8, 80-2; dever de – , 65, 67-8, 80.
Revolução, 16 n. 9, 68 e n. 19, 78-9, 83-4 n. 23, 99, 187; – periódica, 137; – Francesa, 7, 15, 16 n. 9, 78, 147, 195.
Risco, 5, 65, 92, 101, 114, 152, 184-5.

Sabedoria, 31, 58, 62, 80-6, 162-3, 177; conversão à –, 82-3; – de morrer 149-60; – trágica, 150-60.
Saber, 95, 100, 102, 111, 127, 162-3, 170, 185; – constitutivo, 153; – teórico, 103.
Sábio, sensato, 58, 62, 81-2, 82-5 e n. 23, 143-4, 149-60, 169-70, 177-8; – moderno, 86.

Sacrifício, 66, 150.
"Saída razoável", 140, 143, 150.
Salvação, 57, 62, 103.
Saúde, 39, 60, 81, 105-8, 153.
Segurança, 31, 198.
Seita, 67, 157, 172.
Senhor, 23, 25, 55 n. 7, 56 n. 8, 64, 67, 81, 98, 109-10, 114, 118.
Sensibilidade moral, 9-10.
Sentido, 27, 29, 37, 47, 67, 96, 100 n. 36, 105, 116, 129, 142, 152, 155, 175; – de verdade, 47-9; – da história, 13; – da cultura, 168; – do platonismo, 168.
Ser, 44, 53, 57-8, 71-2, 111, 135-6, 141, 167, 171, 176, 192, 199; – supremo, 6; – razoável, 50-1, 71-2, 98, 139; 171; – humano, 11, 37, 41, 57-8, 61, 71-2, 74, 80, 84-5, 87-8, 90-1, 98, 110, 115, 118, 123 n. 63, 127-8, 135-6.
Servidão, 64-5, 65, 100; *ver* Escravo.
Silêncio, 8, 58, 66, 97-8, 103, 108, 114, 171.
Simpatia, 61, 177.
Sinceridade, 8, 46, 48, 122-3.
Socialismo, 159.
Sociedade, 5, 10, 13, 35, 36-7, 39, 52, 70, 74, 85, 94-6, 111-2, 116, 129-30, 142, 146-7, 154, 156, 177, 186-7; – razoável, 156-8; – igualitária, 98, 131-3; –igualitária e aristocracia natural, 133-7; – aristocrática, 109, 132 (*ver* Aristocracia); – não igualitária, 108-10, 115, 170; – particular, 120, 158; – popular, 116; – de penúria, 158; – escravagista, 109-10; – decadente, 38, 74; – chinesa, 142.

Solidão moral, 177-80.
Solidariedade: social, 19, 181; – das nações, 202.
Substituição, 87, 176, 183, 188; dever de – 69-70, 73, 79, 84-5, 98, 118, 183-4.
Suicídio, 11, 32, 138-48, 149-60, 187; – indireto, 38, 152; – heróico, 146-7; – acidental, 149; – por dever, 149; – filosófico, 149 ss.; – legítimo, 149; eutanásia, 146; – razoável, 143, 150-1.
Sujeito moral, 4, 34, 87-8, 148.
Superioridade, 63, 70, 98, 134, 141.
Suspensão, 66-8, 189-90.

Talião, 14, 188.
Técnica, 178-9.
Tédio, 144, 169-70, 176.
Tempo, 53, 151, 168, 185 n. 114, 190-1 n. 120.
Tirania, tirano, 64, 83-4 n. 23, 100, 145, 150.
Tolerância, 8.
Tortura, 14-5, 67, 140, 150.
Trabalho, 8, 63, 70, 73, 84, 109, 111, 113-4, 119, 129-31, 140-1, 152, 159, 162, 164 e n. 102, 170, 201 n. 1.
Tudo, 30, 53.

Unidade: humana, 19, 70, 79, 121, 202; – nacional, 158.
Unificação humana, 18, 200.
Universalidade, 3-4, 18, 25, 33-4, 55, 72-3, 75-6, 84; – de razão, 72.
Urgência, 6, 18, 34-6, 39, 153.
Utopia, 70, 121 n. 62.

Validade, 4, 26, 33, 48.
Valor, 8, 25, 27-8, 75, 103, 124, 134, 137, 152, 165, 168, 178, 185; – moral, 21-2, 25, 27, 60-1, 192-3; – da moral, 25; – de verdade, 22.
Velhice, velho, 60, 69, 73, 75, 81, 84, 117, 126, 146, 158.
Veracidade, 8, 112, 114.
Verdade, 1, 26-8, 35, 41, 43-9, 50-2, 54-5, 57-61, 67, 69, 86, 92, 94, 97-104 e n. 47, 105-7, 114-5, 122-3, 136, 141, 165-6, 168, 171-3, 189, 192, 195-8; – do homem, 99, 122-3, 195; – humana, 46, 189; – de juízo, 47; circulação da –, 50, 60, 97-9, 107-8, 196; – moral, 1, 3, 26-7, 46; – e liberdade, 45-9; – universal, 44-7, 57-8; – eterna, 71, 122-3, 195; – e verificabilidade, 50, 106; – inverificável, 50; – s de fé, 171-2; – científica, 171; – singular, 52-3.
Verídico, 108-9, 113, 116, 164-5.
Vício, 8, 10, 36, 39, 53, 56, 61, 103.
Vingança, 14, 125.
Virtude, 9, 10, 21, 36, 39, 53, 56, 61, 80, 103, 116.
Voluntas fati, 152.
Vontade, 4, 10, 28-9, 32, 38, 72, 82, 127, 133, 138, 147, 150, 152, 173, 181, 185, 201; – moral, 38, 122-3; – de exigência, 123; boa – 4, 32; – sobrenatural, 10; – de Deus, 67; – educadora, 13; – de futuro, 13, 24, 38-9; – de sentido, 38-9; – razoável, 152; – de clareza, 173; – trágica, 152; – de poder, 25; – política, 201; – cósmica, 201.

ÍNDICE DE NOMES[1]

ADRIANO, 145.
AGOSTINHO, SANTO, 138, 145.
ALCIBÍADES, 55.
ALEXANDRE, O GRANDE, 57, 77, 82, 102.
ANAXÁGORAS, 101.
ANÍBAL, 86.
ANTÍFON, o sofista, 55 n. 7.
ANTÍGONO GÔNATAS, 83-4 n. 23.
ANTÍPATRO de Tarso, 83-4 n. 23.
ANTÍSTENES, 177.
APOLÔNIO DE TIANA, 112.
ARISTÓFANES, 101, 167.
ARISTÔNICO, 83-4 n. 23.
ARISTÓTELES, 29, 53, 55, 96, 99-100, 137, 143.
AUGUSTO, 78.
AULO GÉLIO, 57 n. 9.

BACH, 173, 176.
BARDESANO, 78.
BARNAVE, 15.
BARRÈRE (Joseph), 100 n. 32.
BAUER (Wilhelm), 16 n. 9.
BEAUREPAIRE, 150.
BECCARIA, 15, 147, 186-9.

BEVAN (Edwyn), 62 n. 15.
BÍON DU BORYSTHÈNE, 108.
BLÓSSIO DE CUMAS, 83-4 n. 23
BOISSE (Louis), 28.
BOULEZ, 173.
BRÉHIER (Émile), 80 n. 21.
BRUTO, 83-4 n. 23, 150.

CARACALA, 78.
CÁSSIO, 150.
CATÃO DE ÚTICA, 83-4 n. 23, 145, 150.
CÉSAR, 77, 83-4 n. 23.
Céticos, 71, 80, 96; ver Pírron.
CÍCERO, 48 n. 2, 53, 58 nn. 11 e 12, 62, 102 n. 42, 143, 144 e nn. 75-77, 145 e n. 81.
Cínicos, 55-6, 62, 64, 80, 82, 96, 103-4, 108, 143, 177.
CIPIÃO (o Jovem e o Africano), 86.
CLEÔMENES III de Esparta, 83-4 n. 23.
COMTE (Auguste), 6-7, 23 n. 20.
CORNEILLE, 176.
CRATES de Tebas, 103.
CRISIPO, 82.

---

1. Exceto os nomes de editores, tradutores e puros doxógrafos.

D'ALEMBERT, 16-7.
D'HOLBACH, 147.
DELBOS (Victor), 21 n. 14.
DEMÓCRITO, 101.
DESCARTES, 47, 171.
DIÁGORAS DE MELOS, 101.
DIETZGEN (Joseph), 164 n. 102.
DIÓGENES de Sinope, 102-3, 112, 141, 144.
DÍON de Prusa, dito Crisóstomo, 103 n. 44.
DOSTOIÉVSKI, 61.
DUCHÈNE (H.), 88-9 nn. 26 e 27.
DURKHEIM, 14.

ENGELS, 159 n. 97.
EPAMINONDAS, 86.
EPICTETO, 62, 81, 145.
EPICURO, *Epicuristas*, 47, 58, 62, 80, 82, 96, 104 n. 47, 144-5, 151, 166, 177.
ESPINOSA, 91.
ESTÍLPON de Mégara, 101.
Estóicos, 10, 54 n.5, 58, 62, 65, 77, 80-4, 96, 140, 144-5, 148, 150.
EUCLIDES de Alexandria, 166.
EUFRATES de Tiro, 145.
EURÍPIDES, 108.

FICHTE, 148.
FILODEMO DE GADARA, 62, 104 n. 47.
FILOLAU de Taranto, 143.
FITOCLES, 58.
FLAVIANOS (Os), 83-4 n. 23.

GIGANTE (Marcello), 62 n. 14, 104 n. 47.
GORKI, 85.
GRACO (Tibério), 83-4 n. 23.
GUIZOT, 111 n. 57.
GWINNER, 38.

HEGEL, 29, 148.
HEGÉSIAS de Cirene, 143-4, 148.
HÉLIE (Faustin), 187 n. 117.
HENRIQUE IV, 197.
HERÁCLITO, 42, 59, 81, 162.
HERDER, 11.
HOMERO, 71, 166.

IÂMBULOS, 83-4 n. 23, 135 n. 65, 146 n. 84.
ISÓCRATES, 99.

JAUCOURT (de), 55 n. 8.
JESUS CRISTO, 67, 171.
JULIANO, o Imperador, 12, 101, 103 e nn. 45 e 46.

KANT, 4-5, 12, 20, 24, 29, 31-3, 47, 51, 68, 138, 148, 161, 171, 188, 190-1 n. 120.
KLEPER, 166.

LA BOÉTIE, 64, 100, 177.
LACTÂNCIO, 58 n. 10.
LALANDE (André), 26, 28, 162, 178.
LAMARTINE, 175.
LAUKHARD (Frédéric-Christian), 16 n. 9.
LÊNIN, 85, 159.
LÉVY-BRÜHL, 28.
LICURGO, 83-4 n. 23.
LITTRÉ, 26, 91, 180.
LUCRÉCIO, 22, 24, 37, 144 n. 76, 151, 166.

MAO TSÉ-TUNG (= MAO ZE-DONG), 141-2.
MARCO AURÉLIO, 62, 78, 83-4 n. 23.
MARX, 159.
MASSILLON, 91.
MATEUS, 22.
METROCLES DE MARONEIA, 144.

MIGUEL DE ÉFESO, 143.
MONTAIGNE, 10, 12, 15, 53, 59, 64, 86, 94, 96, 105-6, 112, 115-6, 138, 140, 146, 149-50, 164, 167, 173 n. 109, 177, 177, 181 n. 113, 197-8.
MONTESQUIEU, 146, 174, 186.
MORE (Thomas), 146.
MOZART, 156, 160, 169, 176.

NAPOLEÃO, 77.
NERO, 83-4 n. 23.
NEWTON, 166.
NICOLAS (Augustin), 15.
NIETZSCHE, 1, 23-5, 38, 74, 112, 116, 126, 138, 148, 151 n. 89, 153 n. 91, 154 n. 92, 156, 164.

PASCAL, 30, 167 n. 106, 180.
PAULO (SÃO), 67.
PÉCAUT (P.-F.), 23 n. 20.
PIGANIOL (André), 83-4 n. 23.
PÍRRON, 57, 80, 82.
PITÁGORAS, 143.
PLATÃO, *Platônicos*, 50, 56, 96, 99-100, 129-30, 143, 166, 168-9, 173, 186.
PLÍNIO, o Velho, 145.
PLUTARCO, 83, 102 n. 42, 145.
POLÍBIO, 22, 99.
PONTHÉBERT (de), 111 n. 56.
POSIDÔNIO, 150.
PROUST, 167, 176.
PTOLOMEU I Soter, 144.

RACINE, 167, 176.
ROBESPIERRE, 187 e n. 118.
ROUSSEAU (J.-J.), 146, 147 n. 85, 186-8, 190-1 n. 120.
ROUSSEAU (Théodore), 175.

SARTRE, 152.
SCHELER (Max), 177.
SCHOPENHAUER, 21-2, 25, 35, 38, 97 n. 32, 148 e n. 88.

SCHRAM (Stuart), 142 n. 72.
SEBOND (Raymond), 141.
SÊNECA, 64, 107, 114, 138 n. 68, 140, 144.
SEVEROS (Os), 110 n. 53.
SHAKESPEARE, 160, 167, 169.
SMIRNOFF (V.), 88-9 nn. 26 e 27.
SÓCRATES, 45, 50, 55, 61, 86, 101, 143.
Sofistas, 55.
SÓFOCLES, 166-7.
SPHAIROS do Boristene, 83-4 n. 23.
STAËL (Mme de), 178.

TARN (W. W.), 83 n. 23, 135 n. 65.
TEODORO de Cireno, dito o Ateu, 101.
TEÓGNIS de Mégara, 108.
TERTULIANO, 123 n. 63.
TIBÉRIO, 115.
TOLSTOI, 176.
TOMÁS (SANTO), 138.
TUCÍDIDES, 101.

ULPIANO, 96.
UNAMUNO, 199.

VAN BIÉMA (E.), 27.
VENTURI (Franco), 187 n. 117.
VILLERS (Charles), 174 n. 110.
VIRGÍLIO, 145, 166.
VOLTAIRE, 55 n. 8, 147.

WALTER (Gérard), 111 n. 56.
WEIL (Éric), 131, 167 n. 105.
WILL (Edouard), 83 n. 23.

XENOFONTE, 55.

ZELLER, 56 n. 8.
ZENÃO DE CICIO, 58, 83 e n. 23.
ZOLA, 167.

Cromosete
Gráfica e editora Ltda.

Impressão e acabamento
Rua Uhland, 307 - Vila Ema
03283-000 - São Paulo - SP
Tel/Fax: (011) 6104-1176
Email: adm@cromosete.com.br